四川大學
中國俗文化研究所叢書

謝 謙 | 著

短長集

中國社會科學出版社

圖書在版編目(CIP)數據

短長集/謝謙著. —北京：中國社會科學出版社，2015.12
ISBN 978-7-5161-6637-6

Ⅰ.①短… Ⅱ.①謝… Ⅲ.①中國文學—古典文學研究
Ⅳ.①I206.2

中國版本圖書館 CIP 數據核字(2015)第 166999 號

出 版 人	趙劍英	
責任編輯	郭曉鴻	
特約編輯	李　英	
責任校對	閆　萃	
責任印製	戴　寬	

出　　版	中國社會科學出版社	
社　　址	北京鼓樓西大街甲 158 號	
郵　　編	100720	
網　　址	http://www.csspw.cn	
發 行 部	010-84083685	
門 市 部	010-84029450	
經　　銷	新華書店及其他書店	

印　　刷	北京明恒達印務有限公司	
裝　　訂	廊坊市廣陽區廣增裝訂廠	
版　　次	2015 年 12 月第 1 版	
印　　次	2015 年 12 月第 1 次印刷	

開　　本	710×1000　1/16	
印　　張	15.75	
插　　頁	2	
字　　數	253 千字	
定　　價	59.00 元	

凡購買中國社會科學出版社圖書，如有質量問題請與本社營銷中心聯繫調換
電話：010-84083683
版權所有　侵權必究

總　序

　　這套叢書是四川大學中國俗文化研究所部分同仁的學術論文自選集。

　　四川大學中國俗文化研究所成立於1999年6月,2000年9月被批準成為教育部人文社會科學重點研究基地,是"985工程"文化遺產與文化互動創新基地的主要依託機構,也是"211工程"重點學科建設項目的重要組成部分。研究所下設俗語言、俗文學、俗信仰、文化遺產與文化認同四個研究方向,涵蓋文學、語言學、历史學、宗教學、民俗學、人類學等多個學科,現有專、兼職研究人員20餘人。

　　多年來,所内研究人員已出版專著百餘種;研究所成立以來,也已先後出版"俗文化研究"、"宋代佛教文學研究"等叢書,但學者們在專著之外發表的論文則散見各處,不利於翻檢與參考。為此,我們決定出版此套叢書,以個人為單位,主要收集學者們著作之外已公開發表的單篇論文。入選者既有學界的領軍人物,亦不乏青年才俊;研究內容以中國俗文化為主,也旁及其他一些領域;方法上既注重文獻梳理,亦注重田野考察;行文或謹重嚴密,或議論生新;在一定程度上展示出了我所的治學特色與學術實力。

　　希望這套叢書能得到廣大讀者和學界同仁的關注與批評!

四川大學中國俗文化研究所

目　錄

"儒學獨尊"的文化背景說 …………………………………（1）
儒教：中國歷代王朝的國家宗教 …………………………（10）
儒學獨尊的歷史真相與儒家學者的精神蛻變 ……………（20）
論屈原形象的塑造 …………………………………………（33）
劉向著述考略 ………………………………………………（47）
論朱熹《詩》說與毛鄭之學的異同及歷史意義 …………（56）
試論朱熹的"美刺"之辨 …………………………………（68）
朱熹"淫詩"之說平議 ……………………………………（79）
關於朱熹《詩》說的兩條考辨 ……………………………（90）
論北宋的通俗滑稽詞 ………………………………………（101）
論宋代文人詞的俚俗化 ……………………………………（109）
歐陽修豔詞緋聞辨疑 ………………………………………（119）
游於藝：徐渭的藝術精神 …………………………………（130）
論明末文人阮大鋮的墮落 …………………………………（140）
復古與創新：尋找失落的"真詩" ………………………（151）
詞中故事：明末士風與清初科場案 ………………………（158）
論"度柳翠"雜劇的兩個系統 ……………………………（165）
小說文本：中國文化的另一種解讀 ………………………（177）
白蛇傳：民間傳說的三教演繹 ……………………………（184）
朱熹與嚴蕊：從南宋流言到晚明小說 ……………………（193）

吳敬梓等人修復先賢祠質疑 …………………………………（204）
吳敬梓"不赴廷試"辨析 ……………………………………（209）
"典型共名":革命"紅學"的一場筆墨官司 …………………（218）
《鐘與鼓》譯序 ………………………………………………（232）
龐德:中國詩的"發明者" ……………………………………（238）

後記 ……………………………………………………………（245）

"儒學獨尊"的文化背景說

　　儒學是漢代以後中國歷代王朝轉相尊奉的正統之學。在先秦時代，儒學是諸子私學；而在秦始皇時代，它遭到禁絕，漢初諸帝也不好儒。直到漢武帝時代，它才開始交上好運，從諸子私學一躍而成為官學，從此享受獨尊的殊榮。問題在於，當時活躍於思想界的學派並非儒學一家，司馬談《論六家要旨》列舉了六家，班固《藝文志·諸子略》列舉了十家。黃老之學和五行家在當時的影響勢力決不在儒家之下，甚至超過了儒家。那麼，漢武帝又為什麼在諸子百家之中選擇儒家，讓它享受獨尊的殊榮呢？

　　從"五四"新文化運動以來，學術界對此有兩種截然不同的看法。反孔派的學者認為，因為儒學最符合大一統封建專制的政治需要，而且舉出了一系列證據，如"君君臣臣""三綱五常""忠孝節義"等。尊孔派的學者則認為，儒學原非專制政治的思想工具，它的許多思想與專制政治格格不入，而且也舉出了一系列證據，如"天聰明自我民聰明""民貴君輕""誅一夫"等，漢代統治者不過是假借孔子之名，行其專制政治之實，所謂"王霸道雜用"，從未實行過孔子的真儒學。這似乎已成為一種思維定式：凡是涉及儒學獨尊這一歷史問題的討論，反孔派或尊孔派的學者都要為真假孔學這樣一個"見仁見智"，而且事實上永遠也說不清的問題爭論不休。我們並不否認，即使是這種得不出統一結論的爭論，在思想文化史上也自有其意義，不必強求任何一種爭論都必須得出統一的結論。但是，如果我們將儒學獨尊作為一個文化問題來認識，從另外一個角度，譬如說從漢王朝繼往開來的文化建設的角度，而不必拘泥於真假儒學之爭這種思維定式，來審視儒學獨尊的因果關係，或許更有助於我們歷史地認識儒學獨尊這一歷史問題。

一

尊孔派的學者多以秦始皇"焚書坑儒"來反證孔子的真儒學並不是符合封建專制政治的思想工具。其實，秦始皇個人雖然"刻削毋仁恩和義"，但在統一天下的過程中及統一天下之初，對於諸子各派，他不但寬容，而且廣為網羅。他"悉召文學方術士甚眾，欲以興太平"（《史記·秦始皇本紀》）。在秦博士中，就有許多儒生。當然，這並不意味著秦始皇要保留戰國時代的諸子爭鳴的局面。相反，為了使大一統的秦王朝長治久安，一世、二世傳至無窮，他在統一天下之後，便採取了"一法度衡石丈尺，車同軌，書同文字"（同上）等一系列文化統一措施。而統一的標準，便是秦文化。

秦王朝的建立，與漢王朝的建立是不一樣的。它實際上是秦國的勝利，是秦民族也即秦文化的勝利。不管秦王國在歷史上與周王朝以及與中原正統文化有怎樣的依附關係，它畢竟是一個具有近六百年歷史的民族國家（笔者按：據《史記·秦始皇本紀》："秦襄公至二世，六百一十歲。"張守節《正義》："《秦本紀》自襄公至二世，五百七十六年矣。《年表》自襄公至二世，五百六十一年。三說不同，未知孰是。"）而且也有自己的民族文化傳統，包括文字、曆法、宗教、禮樂制度等。也就是說，秦王朝並非是一個有今無古的"暴發戶"。這一點也就決定了它的大一統王朝文化建設的基本路線，即以本民族的傳統文化為基礎，同時兼收並蓄其他被征服民族的文化，包括周文化。事實上，秦王朝的許多基本制度，例如郡縣制、雍四時祭上帝、事統尚法等，皆秦舊制，而非新創。也就是說，在秦王朝的大一統文化中，處於主導地位的是秦文化，而其他非秦的文化只不過是從屬。作為私學的諸子百家也只是被利用的對象，絕不可能取代秦文化而被奉為正統，享受獨尊的殊榮。如果要獨尊，那自然是秦文化。

但是，產生於諸侯力政時代的諸子百家之學並非文化制度，而是各家各派的理論學說與意識形態，"百家殊方，指意不同"。秦相李斯一語中的："人善其所私學，以非上之所建立。"（《史記·秦始皇本紀》）更為嚴重的是，私學"語皆道古以害今"（同上）。所謂"古"，無非是"五帝三王"之古。秦王朝有自己的列祖列宗，有自己的歷史與文化傳統，所以當諸生以"五帝三王"之古來評判秦王朝之今時，那就不只是一個"以古非今"的問題了，也意味著無視秦文化的正統地位。因此，禁絕私學，對於秦王朝來說，不但有統一思想的現實意義，同時也有維護秦文化正統地位的歷史意義。這就是"焚書坑儒"的歷史背景。

其實，秦始皇禁絕私學的極端措施，並非只針對儒學一家，而是廣泛針對一切非秦的思想文化傳統。李斯禁絕私學的建議說得非常清楚："史官非秦記皆燒之。非博士官所職，天下敢有藏《詩》《書》、百家語者，皆詣守、尉雜燒之……所不去者，醫藥卜筮種樹之書。"（同上）總之，凡屬非秦的文化意識形態，凡屬諸子私學，都在禁絕之列。秦王國自己的歷史文化傳統和秦王朝的法令即是欽定的意識形態。這與秦王朝建立之初的文化統一的基本路線是完全一致的。

總而言之，秦王朝自始至終都走著以本民族的文化傳統為基礎建設大一統王朝文化的路線，它竭力維護並強化著秦文化的正統地位。因此，無論它是採取寬容的政策，還是施行極端的措施，都不可能將諸子之學的任何一家奉為正統官學，儒家沒有資格，法家也沒有資格。儘管秦始皇本人專任法治，但申、韓之學也在禁絕之列，並未被欽定為人人必讀的經典。任何一家諸子私學都不可能取代秦文化的正統地位，這一點是可以肯定的。

二

漢王朝卻全然不同。高祖劉邦以一介匹夫而為天子，在此之前，既沒有一個漢民族，也無所謂漢文化。漢王朝的歷史只是從劉邦開始的，它是一個"有今無古"的"暴發戶"。所以漢皇室常謂"天下者，高皇帝之天下"，而劉邦本人也理所當然地把漢家江山看作他自己掙來的一份"家業"。這就決定了漢王朝在建設自己的大一統王朝文化時，必須選擇一種既有的文化傳統，以此為基礎來建設所謂漢文化。

對於漢王朝的統治者來說，至少有三種文化傳統可供選擇：

第一種選擇是楚文化。劉邦是楚地人，對楚文化有深厚的感情，但是他又並非楚王室或同姓貴族的後裔。儘管初起時曾奉楚懷王之孫心為王，後又因項羽放殺義帝（即楚王心）而舉兵討項羽，擺開了楚漢之爭的戰場，但這只不過是一種策略。他的最終目的是建立劉氏的漢家江山，而不是復興楚國或建立楚王朝。而且楚國只是諸侯列國，其文化並不代表中原華夏文化的正統。所以，儘管高祖好楚聲，武帝好楚辭，甚至武帝在建立漢家郊祀制度時奉太一（楚神）為至尊神，郊祀樂章也多仿《九歌》體制，但漢王朝最終還是沒有選擇楚文化來作為漢文化建設的基礎。

第二種選擇是秦文化。事實上，漢初制度多因襲秦制，如朝廷禮儀，即是由故秦博士叔孫通"采古禮與秦儀雜就之"（《史記‧叔孫通傳》），而正朔服色等也因天下初定，而未遑改更（見《史記‧曆書》）。儘管如此，劉邦並未以繼秦自命。他深知"天下苦秦久矣"，初入關中，即宣佈"約法三章"，"餘悉除去秦法"（《史記‧高祖本紀》）。他力圖給天下一種萬象更新的印象，但為什麼又要採取亡秦的正朔服色等制度呢？原來根據當時流行的"五德終始"之說，朝代的更替乃五德轉運，例如，黃帝得土德，夏得木德，商得金德，周得火德，而代周者則為水德（參見《呂氏春秋‧應同》）。正朔服色及一切禮儀制度也應與此一一對應。秦始皇統一天下後，即推"終始五德"之運，認為"秦代周德，從所不勝，方今水德之始"，於是秦王朝的正朔服色及一切禮儀制度也與此對應，如以十月為歲首，服色尚黑，度以六為紀，音上大呂，事統上法，等等。而這一切，無非是證明秦王朝代周而有天下是天命所歸。然而，漢高祖劉邦卻否認了秦王朝在終始五德之運中的正統地位，"自以為獲水德之瑞"。據《史記‧封禪書》載，高祖擊項羽而還入關，問："故秦時上帝祠何帝也？"對曰："四帝，有青、白、黃、赤帝之祠。"高祖曰："吾聞天有五帝，而有四，何也？"莫知其說。於是高祖曰："吾知之矣，乃待我而具五也。"乃立黑帝祠，命曰北畤。其實，劉邦何嘗不知道五帝之中的黑帝乃秦帝，"秦自以水德為其一"（王先謙《漢書補注》引何曾說）。他故作不知，無非是想說明代周而王天下者在漢而不在秦。他非常巧妙地將秦剔出終始五德之運的系統，從而也將秦王朝排除了"五帝三王"一脈相承的正統。這不僅為漢襲秦制找到了理論依據，也為第三種選擇埋下了伏筆。

　　第三種選擇即是以周文化為代表的中原正統文化。漢高祖劉邦代秦而以繼周自命，用陸賈的話說："皇帝起豐沛，討暴秦，誅強楚，為天下興利除害，繼五帝三王之業，統理中國。"（《史記·陸賈傳》）"五帝三王"即中國古人心目中代代相傳的正統，作為"有今無古"的漢王朝自然要攀上這一正統。如果說，高祖、高后時代，漢王朝統治者還無暇顧及"稽古禮文"之事，那麼到了漢文帝時代，以繼周為主題的文化建設運動就開始了。文帝初即位，賈誼就提出了改德改制的建議。賈誼從五德終始之運的另一系統中，推出漢繼周當為土德，認為漢"宜當改正朔，易服色制度，定官名，興禮樂"，並"草具其儀法，色上黃，數用五，為官名，悉更秦之法"（《史記·賈誼傳》）。其後，魯人公孫臣又再次上書陳五德終始之運，"言方今土德時，土德應黃龍現，當改正朔、易服色制度"（《史記·封禪書》）。所謂改德改制，實質上就是要改變漢襲秦制的現狀，建立大漢王朝自己的文化制度。既然漢王朝統治者以繼周自命，那麼以周文化為代表的中原正統文化理所當然也就成了漢文化的模範。因此，當文帝最終採納了改德改制的建議時，他一面拜公孫臣為博士，"與諸生草改曆服色事"，一面又"使博士諸生刺《六經》中作《王制》"。（同上）《王制》所言乃三代爵祿制度，非秦制。據劉向《別錄》云，文帝使博士諸生所造書還有《本制》《兵制》《服制》等。儘管文帝本人好黃老刑名之學，但當他著手改德改制時，還是選擇了以周文化為代表的中原正統文化。這樣，"有今無古"的漢王朝也就攀上了中國歷史上"五帝三王"的正統。

　　漢王朝"法三代"或"取法乎周"的文化路線並非是基於儒家思想，因為漢初諸帝以及統治集團的主要人物都不好儒術。漢王朝統治者之所以採取這一路線，完全是由於它本身沒有一個既成的文化傳統，如秦王朝那樣。它必須憑借一個既成的文化傳統為基礎，來建設發展大一統的王朝文化，而在可能選擇的文化傳統中，以周文化為代表的中原正統文化毫無疑問是最佳選擇。漢王朝統治者在確定這一路線之初，實在並無意於將諸子私學包括儒學奉為王朝的正統。

三

到了武帝時代，漢王朝的文化建設進入了全盛期。《漢書‧武帝紀》總結這一時代的文化建設說：〝孝武初立，卓然罷黜百家，表章《六經》。遂疇咨海內，舉其俊茂，與之立功。興太學，修郊祀，改正朔，定曆數，協音律，作詩樂，建封禪，禮百神，紹周後，號令文章，煥焉可述。後嗣得遵洪業，而有三代之風。〞顯然，武帝時代的文化建設，依然是遵循著漢初以繼周為主題的文化路線的。

那麼，以周文化為代表的中原正統文化又是什麼呢？自然是儒家所崇奉的《六經》。《六經》本非諸子私學，而是王官文化，是〝先王舊典〞，而非私家著述。《莊子‧天下篇》說，古之道術〝其明而在數度者，舊法世傳之史尚多有之，其在於《詩》《書》《禮》《樂》者，鄒魯之士，搢紳先生多能明之〞。《易》是周代卜筮之書，而《春秋》則是魯國舊史。即使我們承認《六經》是經孔子編訂的，如《史記‧孔子世家》所說，《六經》的材料依然是〝先王舊典〞，所謂〝《六經》皆史〞也。事實上，孔子不過是《六經》的第一個非官方的傳人，首開私家講學之風，以《詩》《書》《禮》《樂》示教。當然，孔子有他自己的一套〝治國平天下〞的政治思想，即以〝仁義〞為核心，以〝禮樂〞教化為形式的倫理本位主義。但他並不訴諸空言，而是借《六經》來發揮自己的思想。他自謂〝述而不作，信而好古〞，然而事實上，他不過是借述五帝三王之古，來闡明自己〝治國平天下〞的思想。以傳經而傳道，這就是孔子的特點，也是儒家學派的特點。《漢書‧藝文志》說，儒家者流〝游文於《六經》之中，留意於仁義之際，祖述堯舜，憲章文武，宗師仲尼，以重其言〞。儒家學派以傳經而傳道的特點，恰好符合了漢王朝文化建設的需要。因為漢王朝是以〝法三代〞或〝取法乎周〞為其基本路線的，而〝稽古禮文之事〞，引經據典，是儒家的看家本領，非儒家莫屬。儒家以傳經而傳道，漢武帝也因宗經（中原正統文化）而尊儒（諸子私學），這就是儒學獨尊的文化背景，也就是漢武帝〝罷黜百家，獨尊儒術〞的歷史原因。

這裏，需要說明兩個問題。

第一，《六經》和儒學的異同。今人多將《六經》和儒學混為一談，實則兩者是有區別的。《六經》是"先王舊典"，是王官文化，而儒家是諸子私學，它不過借助了《六經》來發揮自己的思想，即以傳經而傳道，所謂"我欲載之空言，不如見之於行事之深切著明也"（《史記·太史公自序》引孔子語）。這也就是中國史官文化的傳統。儘管如此，在漢代，經學是經學，儒學是儒學。《漢書·藝文志》敘"六藝"，著錄了《易》《書》《詩》《禮》《樂》《春秋》《論語》《孝經》等及漢代解經說經的著述，甚至包括《國語》《戰國策》《世本》《太古以來年紀》《漢大年紀》《漢封禪群祀》《楚漢春秋》《太史公》等非儒家的著作。顯然，班固所謂的"六藝"是指"先王舊典"和記錄歷代治亂盛衰的古史，而並未以儒家標準為取捨。儒家雖然"於道為最高"，但也只是"十流九家"之一。所以，《子思》《曾子》《孟子》《荀子》等儒家著述只是排在《諸子略》中，甚至不能同漢人的注經之學並列。即使在漢代以後，這種分別還是很嚴格的。程、朱、陸、王等儒學大師的非經學著述都只能列名於子部，享受不到列名經部的殊榮。朱熹的《四書集注》曾被欽定為科考的標準答案，然而《朱子大全》《朱子語類》則僅是一家之言。原因就在於經學與儒學的區別。

第二，宗經與尊儒的因果關係。前文已言及漢武帝是因宗經而尊儒，而不是因為尊儒而宗經。這並非推論，而是於史有征。漢初諸帝並不好儒術，然高祖時已基本確定了繼周的文化路線，文帝時已"使博士諸生刺《六經》中作《王制》"，又使晁錯往濟南伏生受《尚書》。武帝建元五年（前136），置《五經》博士，而兩年之後，即元光五年（前134），董仲舒才以《春秋》大一統之義，提出了"諸不在六藝之科，孔子之術者，皆絕其道，勿使並進"（《漢書·董仲舒傳》）的建議。顯然是宗經在前，尊儒在後。漢武帝在詔策中已明確提出"章先帝之洪業休德，上參堯舜，下配三王"（同上），效法"五帝三王"的主題是非常突出的。而以傳經而傳道的儒家，既以稱說《六經》為其看家本領，引經據典，辨明"五帝三王"之道，也就非他莫屬。於是，也就出現了儒學獨尊、百家盡黜的歷史結果。

四

　　毫無疑問，儒學的基本思想是符合大一統封建專制的政治要求的。孔子創立儒學的本意，是在為統治者設計"治國平天下"之道，他周游列國，也是為了得到國君的賞識與重用。我們並不同意現代新儒學有意要將孔學純化為一種完全超然於現實政治之外的人生哲學或文化哲學。現代新儒學之所以淡化孔學的政治色彩，否認或半否認孔學與大一統封建專制政治相適應的一面，無非是因為孔子及其儒學同時也代表了中華民族的文化傳統，所以他們從"復興民族文化"的夢想出發，竭力要把孔子塑造成一位超越時空的聖哲，甚至把儒學預言為21世紀人類精神的依歸。他們心中鬱結著強烈而深沉的"民族情結"或"中國情懷"。尤其是他們遠離故國，漂泊異鄉，面對歐美文化的昌盛，痛感中華文化的衰落，因而高揚"民族復興"的旗幟，盛稱中國文化的偉大，並力圖從孔子及其儒學中闡釋出中華民族賴以自信、自立、自強的現實意義，其苦心孤詣是可以理解的。然而，理解歸理解，歷史歸歷史。如果說，孔子及其儒學的基本思想並不符合大一統封建專制政治的需要，歷代統治者實行的都是假孔學而非真孔學，那麼在中國延續了兩千多年的儒學獨尊的歷史，豈不是成了一場鬧劇？

　　問題的關鍵並不在這裏。事實上，並非只有儒家才為統治者設計"治國平天下"的方案，而且也並非只有儒家才最符合大一統封建專制政治的要求，成為專制政治的思想工具。可以說，春秋戰國時代並稱"顯學"的諸子各家，無一不是在為統治者尋求"治國平天下"之道，都是"君人南面之術"。《漢書·藝文志》說："諸子十家，其可觀者九家而已。皆起於王道既微，諸侯力政，時君世主，好惡殊方，是以九家之術蠭出並作，各引一端，崇其所善，以此馳說，取合諸侯。"司馬談《論六家要旨》也說："夫陰陽、儒、墨、名、法、道德，此務為治者也，直所從言之異路，有省不省耳。"既然諸子之學都是"務為治者"的統治之術，那麼我們就不能斷言其中哪一家是最符合統治者要求的。班固說儒家"於道為最高"，而司馬遷"論大道則先黃老而後《六經》"。站在秦始皇的立場上，法家也許比儒家更符合他的需要。事實上，我們也可以從儒家學說中找到或引申出反對專制政治的思想，如近代改良派和現代新儒學所做的那樣。諸子百家提供了形形色色的意識形態與統治之術，統治者要統一思想，有多種選擇，未必一定要統一於儒家，法家也可，道家也未必不可。其間並不存在非此不可的必然性。也就是說，儒家之所以享受到獨尊的殊榮，主要不是因為它的思想本身，不是因為它的思想最符合大一統封建專制政治的需要，而是因為它以傳經而傳道的形式符合了漢王朝的文化建設路線。如果漢王朝在建立之前已有自己的文化傳統，如秦王朝那樣，那麼，享受獨尊殊榮的不可能是儒學，而是漢文化。即使漢王朝不採取禁絕私學以至"焚書坑儒"那樣的極端措施，擅長引經據典稱說"五帝三王"的儒家學者最多也只能"具官待問"而已。

原載中華書局《傳統文化與現代化》1993年第3期

儒教：中國歷代王朝的國家宗教

　　現代學者討論儒教或儒家，一般總是從流行的宗教定義出發，並以基督教、佛教或道教等宗教作為參照，據此來衡量儒教或儒家是不是宗教。其實，宗教定義不過只是某些學者對宗教現象的一般概括。早在19世紀，宗教學的奠基人之一英國學者麥克斯·繆勒在其《宗教的起源與發展》一書中，就曾經列舉過多種互相矛盾的宗教定義，並由此得出結論說："世界上有多少種宗教，就會有多少種宗教的定義。"儘管如此，我們還是暫時採用通常的定義，即宗教是對超自然的神靈的信仰與崇拜，來對中國傳統的宗教與儒教作一番定性分析。

　　說到中國的宗教，人們自然首先想到佛道二教。儘管儒家經典中充斥著鬼神觀念，而且古代就已經有"三教同源""三教合一"之類的說法，但現代學者還是更傾向於將儒教視為教化之教，而不是宗教之教。毫無疑問，儒家注重人倫，注重道德教化，講求修齊治平的"內聖外王"之學，講求"忠君孝親"的綱常倫理；而且，我們還可以從儒家的代表人物那裏，找出一大堆與宗教觀念完全相反的思想，例如孔子的"不語怪力亂神"、荀子的"制天命而用之"等等。總之，根據通常的宗教定義，我們很難得出儒教或儒家是宗教的結論。儒家之學是倫理之學，是中國歷代王朝尊奉的正統之學，這似乎已成定論。

　　但是，只要我們翻翻歷代的正史，就不難發現除佛道二教之外，中國還存在另外一種宗教現象，而且其歷史比佛道二教還要悠久得多。這就是秦漢以來歷代漢民族甚至非漢民族王朝如清朝列為國家祭典的郊廟制度。郊，是祭祀天神地祇的宗教儀式，因為分別在國都的南北郊舉行，所以稱為"郊"。廟即宗廟,是祭祀祖宗的所在,因此也代指祭祀祖宗的宗教儀式。《周禮·考工記》:"左祖(宗廟)右社(社稷)。"歷代的郊廟制度非常複雜,其儀式也非常煩瑣,而且都有專用的樂舞,這些都詳細記載於歷代正史的《郊祀志》或《禮樂志》之中,是歷代王朝主要的禮樂制度。

郊廟禮樂祭祀的是天神、地祇、人鬼,這是歷代王朝轉相尊奉的三元系列神。天神以上帝為尊,次以日月星辰、風雨雷電之神;地祇以社稷(漢以後改為后土)為尊,次以山川林澤、江河湖海之神;人鬼以始祖為尊,次以列祖列宗、先公先妣。這一三元神崇拜的基本格局形成于商代,現代學者陳夢家在《殷墟卜辭綜述》中曾將商民族祭祀的諸神歸為三大系列:

甲、天神系列:上帝、日、東母、西母、雲、風、雨、雪;

乙、地祇系列:社、四方、四戈、四巫、山、川;

丙、人鬼系列:先王、先公、先妣、諸子、諸母、舊臣。

因為商民族將始祖當作至尊神,所以上帝既是眾神之主,又是商民族的始祖,是商民族的保護神。商民族的宗教以天地祖宗三元神為崇拜物,是一種多神教。周武王克商後,基本沿襲了這一宗教傳統。《周禮·春官》所載西周的宗教祀典如下:

> 大宗伯之職,掌建邦之天神、人鬼、地示之禮,以佐王建保邦國,以吉禮事邦國之鬼神祇:以禋祀祀昊天上帝,以實柴祀日月星辰,以槱燎祀司中、司命、風師雨師;以血祭祭社稷、五祀、五嶽,以埋沉祭山林川澤,以疈辜祭四方百物;以肆獻祼享先王,以饋食享先王,以祠春享先王,以夏禴享先王,以嘗秋享先王,以烝冬享先王。

但周人對商民族的上帝觀念進行了改造,即將始祖神與至尊神一分為二,將上帝與天聯繫起來,使其成為超越某一民族或氏族的最高神,稱為"昊天上帝",並將其始祖后稷尊為五穀之長,與"社"合併為"社稷",居於地祇之首。這就是孔子所謂"周因于殷禮"而又有所"損益"者也。

而周文化在中國文化上的典範意義，又決定了歷代大一統王朝國家宗教的發展模式。

我在《"儒學獨尊"的文化背景說》①一文中，曾經對西漢王朝的文化路線作過一番探討，認為漢文化的建設有三種模式可供選擇，即秦文化、楚文化和周文化，每一種模式西漢統治者都曾經嘗試過，而最後選擇了繼周的文化路線。如果說漢武帝在建立漢家大一統宗教時還深受楚文化的影響的話，例如以"太一"而不是"昊天上帝"為至尊神，那麼在元、成之際，漢家大一統宗教就開始全面恢復西周古制，其高潮就是王莽在漢平帝元始年間發動的"元始改制"②。"元始改制"的依據就是古文經《周禮》。光武中興，其郊廟制度基本上是採用"元始故事"，即以王莽以漢平帝名義頒佈的宗教祀典為依據。清代學者秦蕙田指出："西漢所謂郊祀天地者，乃是祀五時及甘泉太一、汾陰后土之類，皆出於方士祈福之說，而非古人報本反始之意也。"(《五禮通考》卷七）而"元始故事"則是西周古制，這正符合漢王朝在文化建設上繼周的基本路線。這樣，以商周三元神崇拜為中心的郊廟制度就正式作為大一統王朝的宗教祀典確立了下來。漢以後歷代王朝的宗教祀典，儘管因時因地而有所變化，但卻保持了這種三元神崇拜的基本格局，其崇拜祭祀的對象不出天、地、人三界，於是就形成了中國古代祭祀天地祖宗的郊廟制度。根據儒教的傳統，帝王建國君民，第一等大事就是制禮作樂，即建立其本朝以郊廟制度為中心的禮樂制度。

郊廟制度是國家祀典，不僅是一種宗教儀式，同時也是一種政治制度。例如，只有天子才有祭天的特權，臣民只能祭祀自家的祖宗。中國傳統的"上帝"似乎只是帝王家的保護神，這也許就是中西方"上帝"的最大區別。人間帝王才是獨一無二的"天子"，並非人人都是上帝的"選民"，所以在一般百姓的心目中，這個上帝是非常遙遠的。中國人上帝觀念的淡薄，而忠君觀念的濃厚，也許可以從這裏得到解釋。事實上，在古代中國人的心目中，帝王絕非凡人，而是"天子"，是人神，尤其是那些

---

① 《"儒學獨尊"的文化背景說》，載《傳統文化與現代化》1993年第3期。
② 參見拙文《漢代的儒學復古運動與"元始改制"》，載《四川師範大學學報》1996年第2期。

打天下的開國皇帝，更是神聖。古代帝王感生的神話，就是這種宗教觀念的產物。而且，儘管臣民可以祭祀自家的祖宗，但宗廟制度也有等級之分。據《禮記·王制》說："天子七廟，三昭三穆與天祖之廟而七；諸侯五廟，二昭二穆與太祖之廟而五；大夫三廟，一昭一穆與太祖之廟而三；士一廟；庶人祭於寢。"清代學者孫希旦認為，這種廟制乃出於漢儒，非西周古制（參見《禮記集解》卷五十三）。也許，西周廟制不一定如此，但通過廟制體現上下尊卑的等級秩序則自古皆然。這種以三元神崇拜為基礎的郊廟制度，不僅體現了古代社會的等級秩序，而且也體現了傳統道德的最高觀念即"忠君"與"孝親"。宗廟之祭就是為了"慎終追遠"，而"忠君"不只是"孝"的擴展，也有其宗教基礎，即帝王乃"天子"的觀念。總之，作為歷代王朝國家祀典的郊廟制度，有著三層意義，即宗教信仰、政治制度與倫理觀念。

這一套祭祀天地祖宗的宗教祀典，是中國歷代王朝奉行的傳統。即使在佛道二教流行之際，甚至朝廷也舉行水陸道場或齋醮等祈福禳災儀式，但從沒有廢棄這一套宗教祀典，而且其重要性遠在佛道儀式之上。歷代都有人排斥佛道二教，但卻從沒有人出來排斥這一套宗教祀典。原因非常簡單，這才是中國本土源遠流長的傳統宗教，是商周立國的根本信仰，是自西漢以來歷代王朝奉為正統的國家宗教。

這一國家宗教是客觀存在的歷史現象，即使根據通常的定義，也不能否認其為宗教。事實上，現代學者在論及中國古代宗教時，不是沒有注意到這一宗教現象，而是苦於找不到一個貼切的名稱，如道教、佛教、基督教等約定俗成或古已有之的名稱。也就是說，關鍵在於稱謂。我們則認為，中國歷代王朝的國家宗教可以稱為儒教。

這裏先區分兩個概念：儒教與儒家。眾所周知，道家與道教是兩個概念，前者是一個學派，後者是一種宗教。儒家與儒教也可作類似的區分：儒家是孔子創立的一個學派，儒教則是華夏民族的傳統宗教即歷代王朝的國家宗教。需要指出的是，這兩個概念的內涵是我們界定的，而在古代，兩個概念之間是沒有這種界定的。就如同我們今天都將道家與道教嚴加區別，但事實上古代道教卻將老聃與莊周奉為"太上老君"與"南華真人"，而將《老子》與《莊子》尊為道教寶典。在中國古代，本來客觀上就存在著一個孔子創立的學派和比這個學派歷史更古老的華夏民族的宗教傳統與文化傳統，而兩者之間又有著非常緊密的聯繫，古代學者籠統稱為"先王之教"，現代學者籠統稱為"儒家文化"，那麼，我們拈出"儒家"與"儒教"這兩個古已有之的詞語，來區分孔子所創立的學派與華夏民族的傳統宗教，也就不是別出心裁的"發明"。

其實，在古代中國人心目中，以天地祖宗為信仰中心的國家宗教與所謂"儒教"本來就是一回事，這是不言自明的。古人所謂儒教是什麼？就是禮教，以禮為教。而所謂禮，首先就是以天地祖宗為中心信仰的宗教祭禮。《禮記·祭統》說："凡治人之道，莫急於禮；禮有五經，莫重於祭。"又說："祭者，教之本也。"這就是後世儒家盛稱的"先王之教"。唐代韓愈在其《原道》一文中區分儒釋道三教的差別時說：

> 夫所謂先王之教者，何也？博愛之謂仁，行而宜之之謂義，由是而之焉之謂道，足乎己無待於外之謂德。其文：《詩》《書》《易》《春秋》；其法：禮、樂、刑、政；其民：士、農、工、賈；其位：君臣、父子、師友、賓主、昆弟、夫婦；其服：麻、絲；其居：宮、室；其食：粟、米、果蔬、魚肉。其為道易明，其為教易行也。……斯吾所謂道也，非向所謂老與佛之道也。堯以是傳之舜，舜以是傳之禹，禹以是傳之湯，湯以是傳之文、武、周公，周公以是傳之孔子……

孔子之前，是否存在著這樣一個歷聖相傳的"道統"，我們先存而不論。但孔子之前的古代文化即三代古禮，絕非憑空創造，而是代代累積而成。孔子曾說："周監於二代，鬱鬱乎文哉。吾從周。"(《論語·八佾》)又說："殷因于夏禮，所損益可知也；周因于殷禮，所損益可知也。"(《論語·為政》)這個"禮"最初就是祭神的宗教儀式。《尚書·堯典》："帝曰：'咨四嶽，有能典朕三禮？'"馬融注："三禮：天神、地祇、人鬼之禮。"鄭玄注："天事、地事、人事之禮。"(見孫星衍《尚書今古文疏證》卷一)古代文化之中心在宗教，古代禮樂之中心在祭神，而三代宗教與禮樂的一脈相傳，就形成了古代華夏民族的文化傳統，此即被後世儒家神化的歷聖相傳的"道統"。古代的禮教即"先王之教"本是宗教之教，其道德教化就包含在宗教之教中。這就是儒教，就是後世儒家之所本。

儒教是華夏民族的傳統宗教，也即是歷代王朝的國家宗教，《詩》《書》《禮》《樂》《易》《春秋》即是儒教的聖經，其性質相當於猶太教的《舊約》，既是宗教寶典，又是古代先民的歷史。現代學者以清儒"六經皆史"之說為據，將"六經"視為"史"，但須知所謂"史"與宗教經典在上古時代本來就沒有什麼分別。站在今人的立場上，凡以往之陳跡皆可以謂之"史"，而在這些"史"中，"六經"之所以能被歷代王朝尊奉為經典，就在於它們代表著華夏民族的文化正統，是民族文化的元典。歷代以正統自居的漢民族王朝甚至非漢民族王朝如清朝，不可能不尊崇這一文化正統，其國家宗教及其郊廟制度必須以經典所載為依據。例如，天子祭昊天上帝於國都之南郊，祭后土於國都之北郊，立宗廟於皇宮之左，立社稷於皇宮之右，以及封禪泰山、明堂制度等等，無一不是以"六經"為依據的。歷代王朝之尊崇"六經"，並非因為它們出自孔子，而是因為它們乃華夏民族之文化元典。

這就是說，儒教的傳統並不始於孔子，孔子無非只是這一古老的文化傳統的一位傳人。其實，孔子本人並沒有創立一個什麼學派的意圖。所謂儒家，所謂學派，都是後人的表述。孔子既沒有發明"儒"這個名詞，也沒有以"儒家"的創始人自居。孔子之前，中國並不存在後世所謂的學派，文化包括宗教都由王官所掌，即所謂"王官文化"，其典籍就是"六經"。孔子生當春秋末世，眼見得自己傾心嚮往的文化傳統將墜於地，於是以發揚光大這一文化傳統為己任，自謂"述而不作，信而好古"（《論語·述而》）。他首開私家講學之風，以《詩》《書》《禮》《樂》為教，把本是"王官文化"的"六經"傳到了民間。後世有孔子刪定"六經"的說法，但即使是"刪定"，也不是憑空的創作，而是對"先王舊典"的整理。孔子對"夏禮""殷禮"與"周禮"都非常熟悉，對其"因於"與"損益"也頗得其詳，這就構成了孔子的思想特點，即以禮為教。這也成了孔門後學"一以貫之"的傳統。在孔子時代，所謂"儒"是一種職業或熟悉禮樂儀式的術士的通稱，因為孔子及其弟子的看家本領就是熟悉古禮，所以孔門就有了"儒家"之稱。

孔子及其儒家所謂"禮"，當然不只是祭神的宗教禮樂，不只是郊社宗廟之禮。在孔子之前，禮就已經從祭神的宗教儀式擴大到了人事。據今傳《儀禮》所載，其大別即有士冠禮、士婚禮、士相見禮、鄉飲酒禮、鄉射禮、燕禮、大射禮、聘禮、公食大夫禮、覲禮、喪禮、既夕禮、特牲饋食禮、少牢饋食禮等十七類。其中的冠婚射燕等就是人事之禮。《周禮》有"以五禮防民之偽"之說，所謂"五禮"，據鄭玄注，即"吉、凶、軍、賓、嘉"是也。"五禮"的功能分別是："以吉禮事邦國之鬼神祇"，"以凶禮哀邦國之憂""以賓禮親邦國"，"以軍禮同邦國"，"以嘉禮親萬民"（《周禮·春官》）。《周禮》是否即周公制禮作樂以至太平之書，歷來就有人懷疑，但孔子之前，古禮已經由祭神的儀式擴大到人事，卻是不可否認的歷史事實。儘管如此，孔子時代卻不是一個非宗教的時代。論者多以春秋時代出現的宗教懷疑論或無神論來證明中國人"理性早熟"，例如鄭子產所謂"天道遠，人道邇"，老子所謂"道法自然"，以及孔子的"不語怪力亂神"，但少數先知先覺的"理性早熟"並不能證明一個民族的宗教觀念淡薄。事實上，在孔子生前以至身後的兩千多年，華夏民族都保持著一種以天地祖宗信仰為中心的傳統宗教，這就是儒教。

孔子本人也許是一個無神論者，至少是一個宗教懷疑論者，不是一個虔誠的宗教信徒。他"敬鬼神而遠之"的態度就是證據。其實，宗教都只是芸芸眾生的精神依歸，大智大慧如孔子、老子、莊子、孟子、荀子，他們都是先知先覺。孔子的深刻之處，就在於他不但深知文化傳統的一脈相承，而且深知萬民的信仰在於宗教，所以他在以禮為教、以仁為本之時，一方面是"述而不作"，一方面則是"神道設教"。禘是古代非常隆重的一種祭祀大禮，只有天子才能舉行，據《論語·八佾》記載，有人問禘禮的意義，孔子回答說："不知也。知其說者之於天下也，其如示諸斯乎！"說完指著手掌。《禮記·中庸》對這一段加以演繹說："郊社之禮，所以事上帝也；宗廟之禮，所以祀其先也。明乎郊社之禮、禘嘗之義者，治國其如視諸掌乎！"所謂"禘嘗之義"，就是"神道設教"的意義。孔子說："使民如承大祭。"蓋大有深意焉。

實際上，孔子以禮為教的思想就是植本於宗教禮樂，即其道德教化以宗教為基礎，這一層意思，古代儒家說得很分明：

> 忠臣以事其君，孝子以事其親，其本一也。上則順於鬼神，外則順於君長，內則以孝於其親，如此之謂備。……順以備者，其教之本歟？是故君子之教也，外則教之以尊其君長，內則教以孝於其親。是故明君在上，則諸臣服從，崇祀宗廟社稷，則子孫順孝。盡其道，端其義，而教生焉。……是故君子之教也，必由其本，順之至也，祭其是歟？故曰：祭者，教之本也。（《禮記·祭統》）

祭為教之本，就是宗教為道德教化之本。忠君與孝親，是儒家道德教化的核心，但道德並不是信仰，而是行為的規範，也就是說，儒家道德並非"不證自明"的終極真理，它還得有某種信仰作為基礎，才能成立。儒家道德之所以能夠深入華夏民族的人心，就在於它以傳統的宗教信仰作為基礎，以三元神崇拜作為其道德教化的基礎。儒家所謂"五禮"以吉禮即祭禮為首，其意義正在於此：

> 合鬼與神，教之至也。……因物之精，制為之極，明命鬼神，以為黔首則，百眾以畏，萬民以服。（《禮記·祭義》）
> 夫祭有十倫焉：見事鬼神之道焉，見君臣之義焉，見父子之倫焉，見貴賤之等焉，見親疏之殺焉，見爵賞之施焉，見夫婦之別焉，見政事之均焉，見長幼之序焉，見上下之際焉，此之謂十倫。（《禮記·祭統》）

如果說孔子的宗教態度還比較曖昧的話，那麼荀子則是態度鮮明的無神論者。他在《禮論》中說：

> 禮有三本：天地者，生之本也；先祖者，類之本也；君師者，治之本也。無天地惡生？無先祖惡出？無君師惡治？三者偏亡焉，無安

人。故禮上事天，下事地，尊先祖而隆君師，是禮之三本也。

郊廟之祭的意義在於"報本反始，不忘其所由生也"。荀子所謂天地先祖，沒有任何宗教意味，所以他又說：

> 祭者，志意思慕之情也，忠信愛敬之至矣，禮節文貌之盛矣。苟非聖人，莫之能知也。聖人明知之，士君子安行之，官人以為守，百姓以成俗。其在君子，以為人道也；其在百姓，以為鬼事也。

"君子"的自覺並非就是"百姓"的信仰。在儒家聖賢那裏，禮教為道德之教；但在百姓那裏，禮教為宗教之教。而儒教之所以能化行天下，深入人心，就在於其道德之教以宗教之教為基礎。這一點，歷代儒家倒是非常自覺的，所以儘管他們中有人並不相信鬼神，但卻仍然一本正經地奉行著宗教祭禮，他們可以對佛道諸神大不敬，但對天地祖宗卻畢恭畢敬，因為如果排斥了這種宗教信仰，對於其道德教化來說，就等於"釜底抽薪"。墨子就曾經批評某些儒家的非宗教態度："執無鬼而學祭禮，是猶無客而學客禮，是猶無魚而為魚罟也。"（《墨子·公孟》）儒家既然以禮為教，以祭禮為禮教之根本，就不可能與傳統的宗教信仰一分為二。

總而言之，儒家所謂禮，所謂郊廟之禮，都不是孔子的創造，而是以古代華夏民族傳統宗教祭禮為核心的儀式與規範。禮教即儒教的傳統也並非始於孔子，其最直接的淵源至少可以追溯到西周的禮樂文化，所以荀子在追述"大儒之效"時，先列周公，後述孔子，而後世儒家也多以"周孔"並稱。事實上，孔子之所以被後世尊為聖人，正是因為他發揚光大了華夏民族源遠流長的禮教傳統；儒家之所以被後世尊為"於道為最高"的學派，就在於它以這一禮教傳統為自己的出發點。儘管歷代儒家門戶眾多，宗派林立，但以禮為教卻是其"一以貫之"的傳統，這就叫"萬變不離其宗"。簡言之，儒教是華夏民族的傳統宗教，是歷代王朝的國家宗教，而孔子及其儒家則是傳教者。儒家之於儒教，非常類似西方神學之於基督教，兩者雖然有所分別，但又難以截然分開，而且常常被人混為一談。可以這樣認為，儒教是一個大概念，儒家是一個小概念，前者可以包括後者，而後者只是前者的一部分。當現代學者論及中國文化主流為所謂儒家文化時，就曾試圖澄清這種混淆，將儒家學派與以這一學派命名的華夏文化傳統分別開來，其實，所謂儒家文化的核心正是我們所謂的儒教。

原載中華書局《傳統文化與現代化》1996 年第 6 期

儒學獨尊的歷史真相與儒家學者的精神蛻變

漢儒董仲舒之所以留名後世廣為人知，並不是因所著《春秋繁露》一書垂範儒林，而是因其首創"罷黜百家，獨尊儒術"之議，漢武帝採納之，而開中國兩千年思想定於一尊之局。論者多謂漢武帝此舉與秦始皇"焚書坑儒"有異曲同工之妙，其實質都是鉗制輿論、統一思想。筆者多年前研讀秦漢文獻，發現這些歷史事件皆有其特定的民族與文化的背景，並非如今人簡單地歸納為所謂"封建意識形態"的問題，因撰《"儒學獨尊"的文化背景說》①《儒教：中國歷代王朝的國家宗教》②等文，辨析經學與儒學、尊經與崇儒之間的因果關係，以及漢武帝"罷黜百家，表章《六經》"之於漢王朝文化建設的意義。我當年主要是從"有今無古"的漢王朝文化選擇的角度，來闡釋百家被黜而儒學獨尊的歷史原因。讀者若有興趣，可參閱拙文，茲不贅述。本文要進一步辨析的是儒學獨尊的歷史真相，同時以董仲舒所倡"王道三綱"為例，揭示大一統專制政治下儒家學術精神之蛻變。

一

"罷黜百家，獨尊儒術"不僅是漢武帝時代的大事件，也是影響中國歷史至深的大事件。人皆謂此議創自董仲舒《天人三策》之第三策。董氏果真能以一篇對策聳動帝聽，而使漢初以來備受帝王公卿冷落的儒學從邊緣走向中心？我認為這可能是後儒編造出來的政治神話。今據班固《漢

---

① 《"儒學獨尊"的文化背景說》，載張岱年主編《傳統文化與現代化》，中華書局1993年版。
② 《儒教：中國歷代王朝的國家宗教》，載任繼愈主編《儒教問題爭論集》，宗教文化出版社2000年版。

書》本傳，董氏"少治《春秋》，孝景時為博士"：

  武帝即位，舉賢良文學之士前後百數，而仲舒以賢良對策焉。

然後全文照錄董氏對策即所謂"天人三策"，其末云：

  《春秋》大一統者，天地之常經，古今之通誼也。今師異道，人異論，百家殊方，指意不同，是以上亡以持一統；法制數變，下不知所守。臣愚以為：諸不在六藝之科孔子之術者，皆絕其道，勿使並進。邪辟之說滅息，然後統紀可一而法度可明，民知所從矣。（策三）

後儒即將此策精義歸納為"罷黜百家，獨尊儒術"。班固總結董氏生平事業云：

  自武帝初立，魏其、武安侯為相而隆儒矣。及仲舒對冊，推明孔氏，抑黜百家。立學校之官，州郡舉茂才孝廉，皆自仲舒發之。

按武帝即位於建元元年（前140），然據《漢書·武帝紀》：

  元光元年，五月，詔賢良曰："朕聞昔在唐虞，畫象而民不犯……何行而可以章先帝之洪業休德，上參堯舜，下配三王？朕之不敏，不能遠德，此子大夫所睹聞也。賢良明于古今王事之體，受策察問，咸以書對，著之於篇，朕親覽焉。"於是董仲舒、公孫弘等出焉。

董氏對策又在元光元年（前134）。又據《漢書·武帝紀》：

  建元元年冬十月，詔丞相、御史、列侯、中二千石、二千石、諸侯相舉賢良方正直言極諫之士。丞相綰奏："所舉賢良，或治申、商、韓非、蘇秦、張儀之言，亂國政，請皆罷。"奏可。

也就是說，據《武帝紀》，建元元年武帝初即位，丞相衛綰已有罷黜百家的動議，五年又置《五經》博士，而元光元年董仲舒對策云云，並非創議，乃附議而已。這一點至關重要。細繹《漢書》本傳，還有若干疑點。第一，董氏對策年月表述含混，若云"前後百數"，顯然詔舉賢良非止建元元年一次，董氏屬何年何次？第二，董氏所對之三策皆非《武帝紀》所載元光元年之策題。第三，據本傳，"對既畢，天子以仲舒為江都相，事易王"，而據《漢書·嚴助傳》，建元元年，"郡舉賢良，對策百餘人，武帝善助對，繇是獨擢助為中大夫"。中大夫位在江都相之下，何以曰嚴助以對策而"獨擢為中大夫"？

清人嚴可均輯《全漢文》，將董氏《舉賢良對策》繫于元光元年（卷二十三），顯然是依據《武帝紀》繫年。然《武帝紀》所載元光元年策題並非本傳所載董氏對策之題，或疑此即建元元年策題，但這次出風頭的是嚴助，而非董仲舒。也就是說，即或董氏建元元年對策有"罷黜百家，獨尊儒術"之創議，也未產生後儒所盛稱的巨大影響。而且，我認為，無論是建元元年或元光元年，武帝可能出若干策題，而由對策者任選，而《武帝紀》所載僅為其一。所以，董氏對策與《武帝紀》所載元光元年策題不一致，還不能無可辯駁地成為董氏建元元年對策的證據。

最初引起我懷疑董氏對策之影響者，是司馬遷《史記》的相關記載。司馬遷與董仲舒同時，卻未提及董仲舒對策之事，對所謂"天人三策"更不著一字。《史記·儒林列傳》云：

> 今上即位，為江都相。以《春秋》災異之變推陰陽所以錯行，故求雨閉諸陽，縱諸陰，其止反是。行之一國，未嘗不得所欲。中廢為中大夫。

司馬遷為後學晚輩，據《太史公自序》"余聞之董生"云云分析，他還可能親聆董氏面命，《集解》引服虔云："仲舒也。"趙翼《廿二史劄記》云："古時先生，或稱先，或稱生，不必二字並稱。"（卷三）司馬遷對董氏的人品學問讚美有加，如謂其"進退容止，非禮不行，學士皆師尊之"，"為人廉直"，"漢興至於五世之間，唯董仲舒名為明於《春秋》"云云（《儒林列傳》）。如果"罷黜百家，獨尊儒術"之議創自董氏，無疑居功甚偉，司馬遷為何不大書特書一筆？司馬遷記漢初儒生如陸賈、叔孫通、賈誼等，甚至與董仲舒同時的公孫弘、主父偃，都敘及他們獨特的建言，為何對董氏"罷黜百家，獨尊儒術"這樣於當代後世皆影響至巨的創議卻置若罔聞不贊一詞？這很不符合司馬遷的實錄精神。他甚至沒有像班固《漢書》那樣，為董氏單獨立傳。也就是說，在司馬遷看來，這位"一代儒宗"在漢武帝時代的影響力與重要性，還趕不上辭賦家司馬相如。明人張溥發現了這一點，但卻以"凡人輕今貴古"為說：

　　《史記·儒林傳》載廣川董氏與胡毋生《春秋》同列，無大褒異，至《漢書》始特為立傳，贊述劉子政與劉歆、劉龔言論，抑揚其辭，以寄鄭重。凡人輕今貴古，賢者不免，太史公與董生並游武帝朝，或心易之。孟堅後生，本先儒之說，推崇前輩，則有叩頭戶下耳。（《漢魏六朝三百家集題辭》）

然僅是推測之詞，不足為憑。當然，《史記》《漢書》記董氏事多有齟齬，如高園便殿火，遼東高廟災，事皆在建元六年，時董氏已"廢為中大夫"，著《災異之記》推測遭災之由，而主父偃取其書奏之，董氏因此身陷囹圄，怎能在元光元年應詔對策呢？然據《史記·平津侯主父列傳》，主父偃自齊"北游燕、趙、中山，皆莫能厚遇"，元光元年中，"乃西入關見衛將軍"，留久，乃上書闕下，得蒙召見。據此，董氏下獄就在元光元年之後，此前他完全有時間有機會參加元光元年五月的賢良對策。然而，《史記》既云"今上即位，為江都相"，怎可能六年之後還以賢良文學身份應詔對策呢？

　　諸如此類互相矛盾的記載，僅憑現有史料，似很難得一確切結果。然則歷來史家多采信建元元年對策之說，如北宋司馬光《資治通鑒》卷十七：

建元元年，冬，十月，詔舉賢良方正直言極諫之士，上親策問以古今治道，對者百餘人。廣川董仲舒對曰……天子善其對，以仲舒為江都相。丞相衛綰奏："所舉賢良，或治申、韓、蘇、張之言亂國政者，請皆罷。"奏可。

　明確將董氏對策繫於建元元年，而後才有丞相衛綰罷黜治申商韓非蘇秦之言者的上奏。這樣敘述，很明顯與《漢書·武帝紀》的繫年衝突，司馬光因此特加考異：

　　《漢書·武紀》："元光元年五月，詔舉賢良，董仲舒、公孫弘出焉。"《仲舒傳》曰："仲舒對策，推明孔氏，抑黜百家，立學校之官，州縣舉茂才、孝廉，皆自仲舒發之。"今舉孝廉在元光元年十一月，若對策在下五月，則不得云自仲舒發之，蓋《武紀》誤也。然仲舒對策，不知果在何時；元光元年以前，唯今年（謙按：建元元年）見於《紀》。

　僅以《漢書》本傳中云"州縣舉茂才、孝廉，皆自仲舒發之"，以及《武帝紀》"元光元年冬十一月，初令郡國舉孝廉各一人"，而董氏對策如在同年夏五月，于時為後（謙按：元朔以前，漢以十月為歲首），則不得以此事（"郡國舉孝廉"）為董氏創議。但我們不要忘記班固是很推崇董仲舒的，所以他把漢武帝時代若干重大舉措之創議歸美董氏，也就並不奇怪。然而他也就這麼一說，並無其他證據，至少"天人三策"中沒有什麼"州縣舉茂才、孝廉"云云。僅憑本傳中這一疑似的評語，就完全推翻《武帝紀》中至關重要的繫年，很難令人信服。我寧願相信班固評語是誇大其辭，而不相信他在《武帝紀》中的繫年乃誤記。我雖然不懷疑司馬光敘事嚴謹，但在董仲舒對策繫年這一問題上，證據尚嫌不足，筆者不敢苟同。偶閱南宋洪邁《容齋隨筆》，其《續筆》卷六"漢舉賢良"條云：

　　漢武建元元年，詔舉賢良方正直言極諫之士。丞相綰奏："所舉賢良治申、商、韓非、蘇秦、張儀之言，亂國政，請皆罷。"奏可。是時對者百餘人，帝獨善莊助對，擢為中大夫。後六年，當元光元年，復詔舉賢良，於是董仲舒出焉。《資治通鑑》書仲舒所對為建元元年。案策問中云："朕親耕籍田，勸孝弟，崇有德。使者冠蓋相望，問勤勞，恤孤獨，盡思極神。"對策曰："陰陽錯繆，氛氣充塞，群生寡遂，黎民未濟。"必非即位之始年也。

可見董仲舒對策繫年一事，前人已有不同看法。

二

而且，即或董氏應詔對策是在武帝即位之建元元年，但以司馬遷不書，而漢武帝又獨擢嚴助為中大夫，我們就完全有理由認定，班固以來的史家誇大了董氏"天人三策"的影響力。今據《史記·儒林列傳》：

> 及今上即位，趙綰、王臧之屬明儒學，而上亦向之，於是招方正賢良文學之士。自是之後，言《詩》于魯則申培公，于齊則轅固生，于燕則韓太傅。言《尚書》自濟南伏生。言《禮》自魯高堂生。言《易》自菑川田生。言《春秋》于齊魯自胡毋生，于趙自董仲舒。及竇太后崩，武安侯田蚡為丞相，絀黃老、刑名百家之言，延文學儒者數百人，而公孫弘以《春秋》白衣為天子三公，封以平津侯。天下之學士靡然向風矣。

王臧景帝時曾為太子少傅，是武帝的老師；趙綰是王臧的同門，皆學《詩》於申培公。武帝初即位，即以王臧為郎中令，趙綰為御史大夫。丞相魏其侯竇嬰、太尉武安侯田蚡是能影響朝政的當權派，也皆好儒術。也就是說，在詔舉賢良文學之士前，朝廷已形成勢力強大的崇儒派。包括漢武帝本人在內的最高決策層，業已達成共識。觀《漢書》所引漢武帝前後策題，皆以儒家之說命題，如曰"上參堯舜，下配三王"（《武帝紀》），盛稱"五帝三王之道"（《董仲舒傳》策一），又引《詩》云："嗟爾君子，毋常安息，神之聽之，介爾景福。"（策三）傾向性如此明確。丞相衛綰罷黜法家縱橫家的奏議，正是在這一背景下出台的。而漢武帝隨即批准曰"可"。這一"可"非同小可。新皇帝借此發出的重要信息，就是在人事政策上要改弦更張："罷黜百家，獨尊儒術。"

值得注意的是，衛綰奏議中未提及黃老。原因很簡單：竇太后健在，號"太皇太后"。她老人家好黃老，是出了名的。博士轅固因詆《老子》書為"家人言"，竇太后竟令七旬老翁入圈刺豕。雖然很喜劇，也可見竇太后之專橫。衛綰奏疏不斥黃老，是投鼠忌器。今人楊樹達《漢書窺管》卷一云：

> 時竇嬰、田蚡用事，二人皆推隆儒術，故綰有此奏。又漢初文景崇尚黃老，賢良中亦必有其人。此奏歷舉申商韓非蘇秦而不及黃老者，蓋恐觸怒好道家之竇太后，避而不言耳。

但這裏有一個問題無法回避：道家與法家原來有著血緣關係，世稱"黃老刑名之學"。司馬遷《史記》即將老、莊等道家與申、韓等法家人物合傳，且謂："申子之學本于黃老而主刑名。"又謂："韓非者……喜刑名法術之學，而其歸本于黃老。"（《老子韓非列傳》）黃老與法家的這種親緣關係，在漢武帝時代，並非專家才知其所以的學術問題，而僅屬於常識。所以，儘管衛綰採取迂回戰術，但最後還是牽涉到黃老，因此惹翻了竇太后。據《史記·魏其武安侯列傳》：

> 魏其、武安俱好儒術，推轂趙綰為御史大夫，王臧為郎中令。迎魯申公，欲設明堂，令列侯就國，除關，以禮為服制，以興太平。舉讁諸竇宗室無節行者，除其屬籍。時諸外家為列侯，列侯多尚公主，皆不欲就國，以故毀日至太后。太后好黃老之言，而魏其、武安、趙綰、王臧等務隆推儒術，貶道家言，是以竇太后滋不說魏其等。及建元二年，御史大夫趙綰請無奏事東宮。竇太后大怒，乃罷逐趙綰、王臧等，而免丞相、太尉。

竇太后干預，形勢逆轉，崇儒派遭受重創。諸人被罷官，原因非一，但儒道之爭無疑是主因。據《漢書·武帝紀》，趙綰、王臧"皆下獄，自殺"。師古注引應劭曰：

> 禮：婦人不豫政事。時帝已自躬省萬機，王臧儒者，欲立明堂辟雍。太后素好黃老術，非薄《五經》。因欲絕奏事太后，太后怒，故殺之。

丞相竇嬰、太尉田蚡俱外戚，是能影響甚至左右朝廷政策的實力人物，他們一失勢，罷黜百家的改革也落了空。五年之後即建元六年，竇太后崩，黃老之學的靠山倒了，同年冬十月改元元光，武帝隨即復命田蚡為丞相，重新啟動"罷黜百家，獨尊儒術"的新政，於是有詔策賢良之舉，如《武帝紀》所記："董仲舒、公孫弘等出焉。"

由此可知，"罷黜百家，獨尊儒術"之動議既非發端自董仲舒，也非武帝採納他的建議而實施的文化政策，而是竇嬰、田蚡等執政者醞釀已久的新政。由此言之，董仲舒對策"推明孔氏，抑黜百家"並非創議，不過是迎合朝廷"既定方針"的附議而已。後儒為何要歸美董氏呢？我以為原因很簡單：竇嬰、田蚡等人名聲不佳，尤其是田蚡，曾私下與淮南王劉安有悖逆語，後儒有意回避；而董仲舒作為"一代儒宗"，學術人品皆足稱道，突出他的影響，將其附議當作創議，也就是順理成章之事。

如上所述，《漢書·董仲舒傳》所載三道策題，其實已明確規定對策的基調，這裏所傳達的政治與文化信息，以董氏博古知今之世故，豈有不心領神會曲意迎合之理？董氏不是轅固那種不達時變的"迂儒"，否則他既已在景帝時以治《春秋》為博士，為何彼時甘願坐冷板凳，而不有所建言去爭取儒學獨尊的榮寵呢？同理，如果不是朝廷崇儒的大政方針已定，他也不可能在對策中倡言什麼"罷黜百家，獨尊儒術"。

三

但這並不意味著董仲舒作為"一代儒宗"是"浪得虛名"。《漢書》

本傳贊引劉向曰，稱"董仲舒有王佐之材，雖伊、呂無以加，管、晏之屬，伯者之佐，殆不及也"。劉歆雖然認為這一評價太過，然也謂："仲舒遭漢承秦滅學之後，《六經》離析，下帷發憤，潛心大業，令後學者有所統壹，為群儒首。"那麼，董氏何以被尊為"群儒首"呢？班固《漢書‧五行志》云：

漢興，承秦滅學之後，景、武之世，董仲舒治《公羊春秋》，始推陰陽，為儒者宗。

原來，董氏所以備受漢儒推崇，是首創以陰陽五行推說《春秋》災異之變，即《儒林列傳》所謂"以《春秋》災異之變推陰陽所以錯行"。按陰陽五行是戰國以來逐漸流行的新學說，而將其應用於《春秋》以解釋"天人相與之際"，進而發展到"舉往以明來"，道古以諷今，則自董仲舒始。以今人之眼光看，此無疑為虛妄無稽之談；然以彼時社會普遍知識水準而言，則可能是最具說服力的時髦理論。董仲舒應該是真信奉者。建元六年，遼東高廟與高園殿先後火災，據《漢書‧五行志》，董仲舒以《春秋》所記推之：

《春秋》之道，舉往以明來，是故天下有物，視《春秋》所舉與同比者，精微眇以存其意，通倫類以貫其理，天地之變，國家之事，粲然皆見，亡所疑也。……今高廟不當居遼東，高園殿不當居陵旁，於禮亦不當立，與魯所災同。其不當立久矣，至於陛下時天乃災之者，殆亦其時可也。……故天災若語陛下："當今之世，雖敝而重難，非以太平至公，不能治也。視親戚貴屬在諸侯遠正最甚者，忍而誅之，如吾燔遼東高廟，乃可；視近臣在國中處旁仄及貴而不正者，忍而誅之，如吾燔高園殿，乃可"云爾。在外而不正者，雖貴如高廟，猶災燔之，況諸侯乎？在內而不正者，雖貴如高園殿，猶燔災之，況大臣乎？此天意也。

建議武帝誅殺諸侯近臣之不正者，以消彌天災，這可能很需要勇氣。但董仲舒草稿秘而未宣，主父偃"竊而奏之"，結果身陷囹圄，險遭殺身之禍。儘管如此，繼董氏之後，以《春秋》災異之變推當代政治得失之風，未嘗稍衰，甚至有不避殺身之禍以諫漢帝遜位讓賢如眭孟者。眭孟者，董氏弟子也。因此，我們完全有理由認為董仲舒及其後學以《春秋》災異之變言時政並非故神其說，而是出自一種真信仰。然而董氏在被赦免後，"竟不敢復言災異"，不是不信，而是不敢。這種"明哲保身"的處世態度，亦無可厚非。值得注意的是，董氏既以"推明孔氏"為己任，難道不知這不僅與"子不語怪力亂神"之旨大異其趣，也與孟子、荀子等先秦儒家的學術精神大相徑庭？董氏很清楚這種不同，曾說：

　　《詩》無達詁，《易》無達占，《春秋》無達辭，從變從義，而一以奉人。（《春秋繁露·精華》）

今人多引"《詩》無達詁"云云印證現代闡釋學之原理，但我卻從中感覺到一種學術世故。先秦諸子立義原各有己見，儒家有儒家之見，道家有道家之見，墨家有墨家之見，雖然不能說是水火不容，但基本立場顯然有別。以今日平等的眼光看，先秦諸子之所以精光四射，不在同而在別。也許我們已習慣以"王道既微，諸侯力政，時君世主，好惡殊方"這樣的時代背景來闡釋百家爭鳴的自由精神，但細讀各家言論，其實不難發現當此之時，除縱橫家外，各家並非一味以"取合諸侯"為依歸，而主要是以自家學理為根據，即或面對諸侯，如孟子見梁惠王、齊宣王，也是其所是，非其所非，絕不含糊。先秦諸子思想之代表人物，如孔子、孟子、墨子、老子、莊子、韓非子等，生前多未以學術致高位，或周游列國，或避世高蹈，甚至殺身取禍。如果說董仲舒以《春秋》陰陽推高廟高園殿之災，即或有違孔子《春秋》之義，是出於真信仰，而當身陷囹圄之後"竟不敢復言災異"，是出於人皆有之的避禍本能，那麼他在景帝朝為博士而無所建言，而當漢武帝詔策賢良已預定崇儒路線的時候，才發一通"推明孔氏，抑黜百家"的高論，這不是揣摩聖意曲意迎合又是什麼？我覺得董仲舒這樣的儒家學者，貌似"廉直"，實則老於世故。既曰"推明孔氏""依經立義"，又曰："從變從義，一以奉人。"人者，人主也。孔子之名義，學派之學理，學術之講求，不過是表面文章，所謂"飾之以儒術"，質言之，當今人主之好惡，才是其治經論學的依歸。

這樣評價董仲舒的學術精神，似有深文周納之嫌。但我總覺得董仲舒以來的儒家學者，多以學術為政治游戲，隨時可以塑造出現實政治需要的孔子，也隨時可以闡釋出現實政治需要的經義。此非"《詩》無達詁"云云之妙義乎？這裏僅以董氏"王道三綱"之說為例。所謂"三綱"者，"君為臣綱，父為子綱，夫為妻綱"是也。這是後漢班固《白虎通》引緯書《含文嘉》的表述，為後代儒家轉相稱引，被視為儒家核心倫理。雖然在董仲舒那裏，尚未形成如此經典的表述，但精神則基本相同：

> 凡物必有合。合，必有上，必有下；必有左，必有右；必有前，必有後；必有表，必有裏。……陰者陽之合，妻者夫之合，子者父之合，物莫無合，而合各有陰陽。……君臣、父子、夫婦之義，皆取諸陰陽之道也。……王道之三綱，可求於天。（《春秋繁露·基義》）

提請今人注意的是，所謂"王道之三綱"，乃董氏新創之說，而非儒家原教旨。孔子講究君臣名分，強調上下尊卑的等級秩序，但也這樣說："君君，臣臣，父父，子子。"又說："君使臣以禮，臣事君以忠。"君臣關係是相對的。孟子說得更分明：

> 君之視臣如手足，則臣視君如腹心；君之視臣如犬馬，則臣視君如國人；君之視臣如土芥，則臣視君如寇讎。（《孟子·離婁下》）

臣民之忠於君主，是有條件的，這就是君必須是有道之君，如果不幸而遇桀紂那樣的暴君，臣民可以討而誅之，所謂"誅一夫"，而非弒君。這也是轅固在景帝面前，與黃生辯論"湯武革命"所堅守的學術立場。孟子論"五倫"曰：

父子有親，君臣有義，夫婦有別，長幼有序，朋友有信。(《孟子‧滕文公下》)

　　父子、君臣、夫婦之間，也完全是一種相對關係。如果董仲舒完全以"推明孔氏"為己任，堅守儒家的學術立場，如轅固那樣，怎麼可能推演出"王道三綱"這樣絕對化的理論來呢？他顯然是在用黃老刑名之學修正儒家教義。

　　事實上，"三綱"這樣上下尊卑絕對化的理論是由先秦道家與法家發展建立起來的。試讀以下言論：

　　道大，天大，地大，王亦大。域中有四大，而王居其一焉。(《老子》二十五章)

　　本在於上，末在於下，要在於主，詳在於臣。……君先而臣從，父先而子從，兄先而弟從，長先而少從，男先而女從，夫先而婦從，夫尊卑先後，天地之行也，故聖人取象焉。(《莊子‧天道》)

　　臣之所聞曰：臣事君，子事父，妻事夫，三者順則天下治，三者逆則天下亂，此天下之常道也。《韓非子‧忠孝》)

　　道家與法家皆為"君人南面之術"，分而言之，道家為君主政治哲學，而法家在這一哲學基礎上提供了具有操作性的統治術，韓非集其大成曰"法術勢"。在君臣父子夫妻這類傳統社會最基本的人倫關係上，取向與儒家全然不同，那就是將其尊卑主從視為自然不移之理，所謂"天地之行""天下之常道"，是絕對的，是不可人為變更的。臣民即或不幸而遇桀紂那樣"殘仁賊義"的暴君，也如"敝冠"之"必加於首"，不得"因過而誅之"。這就是道家黃生以"湯武革命"為篡弒的理由。

　　事實上，我們在先秦儒家經典中，還可以找出不少並不很利於後來大一統君主專制政治的言論，謂其為"民本思想"也罷，為"古典人文精神"也罷，總之與"三綱"這樣絕對化的君權、父權與夫權理論絕不是一回事。這些不符合大一統君主專制政治的思想，在後儒的闡釋中，或者被淡化，或者被歪曲。這可以謂之"隨時變通",也可謂之"曲學阿世"。但"三綱"之說一出,便牢不可破,後儒至以"三綱"為三代以來亙古不變之常經。《論語·為政》記孔子曰:"殷因于夏禮,所損益,可知也;周因于殷禮,所損益,可知也;其或繼周者,雖百世可知也。"東漢馬融注:"所因,謂三綱五常;所損益,謂文質三統。"這種闡釋顯然是以漢之今律三代之古,不僅厚誣先儒,而且昧於歷史。但卻被後儒視為當然,轉相徵引。朱熹《論語集注》引申發揮曰:"三綱五常,禮之大體,三代相繼,皆因之而不能變。"宋代理學家懷疑漢儒未得聖人真傳,要超越千年而直承孔孟之絕學,在很多觀念上抨擊漢儒不遺餘力,但卻視"三綱"為萬世常存的天理。以馬融、朱熹等經學大師之博古通今,一流智慧一流學者,難道他們真不知"三綱"非孔子原教旨,而是董氏竊取黃老刑名之說所創新義?這裏表現的不僅是學術創新,更是一種學術世故。因自漢武帝以來,儒家知識群體逐漸被專制政治體制化,名曰"變通",其實常常是不惜歪曲甚至背叛自家學理,來為這一體制的合理性進行闡釋與辯護,以求苟合顯榮於當世。

我由此而深感漢以來儒家學者之現實之理性,而缺乏超越精神,一種為學術而學術的獨立精神。老博士轅固可能是漢儒中始終堅守先秦儒家原教旨的另類,不僅在竇太后面前竟敢詆毀《老子》書,而且在景帝面前竟敢與黃生辯論"湯武革命",而當薛人公孫弘應詔出山躊躇滿志時,正言相告:

公孫子,務正學以言,無以曲學阿世!(《史記·儒林列傳》)

這其實也是對儒家知識群體的警示。然而,"曲學阿世"的公孫弘後來"以《春秋》白衣為天子三公,封以平津侯"。司馬遷感慨曰:"天下之學士靡然鄉風矣!"董仲舒雖自悲"生不丁三代之隆盛"而賦"士不遇",也因其始推《春秋》災異之變古為今用而被後儒推為"一代儒宗",而堅守儒家學術立場"正學以言"的轅固則唯有作為儒家獨立之精神遙遠的回憶,供後人憑弔。

原載《四川師範大學學報》2006 年第 6 期

論屈原形象的塑造

一

　　毫無疑問，屈原是中國文學的一個典範，其在傳統文學中的典範地位，也許只有詩聖杜甫才能與之相比。西漢淮南王劉安謂屈原之志"雖與日月爭光可也"，千百年來被學者轉相稱引；而東漢《楚辭》學者王逸則尊《離騷》為"經"，謂自屈原"終沒以來，名儒博達之士著造辭賦，莫不擬則其儀表，祖式其模範，取其要妙，竊其華藻，所謂金相玉質，百世無匹，名垂罔極，永不刊滅者矣"（《離騷經序》）。後代頗有影響力之《楚辭》學者，如洪興祖、朱熹等人，皆祖述王逸之義，尊奉《離騷》為"經"。所謂"經"，就是我們所說的典範。楚國詩人屈原以其可"與日月爭光"的人格與作品即王逸所謂之"行義"與"文采"，贏得了他在傳統文學中作為典範的崇高地位。

　　屈原是一個怎樣的典範呢？當我們一提出這個問題時，立刻就要想起戴著"愛國主義詩人"桂冠的屈原形象。事實上，屈原作為一個典範的形象已與所謂"愛國主義"合而為一了。人們已習慣用"愛國主義"來解釋屈原及其作品，用屈原及其作品來說明"愛國主義"。在很多人看來，這就是屈原之所以成為典範的主要原因與屈原之作為典範的現實意義。學者們旁徵博引，連篇累牘地來證明歷史上的屈原的確就是這樣一位"愛國主義"的典範詩人。然而，當我們不帶這種先入之見去讀戰國史與屈原的《離騷》《天問》《九歌》《九章》《遠游》等一系列作品時，就會對這一結論產生種種懷疑。如果我們再追溯一下《楚辭》研究的歷史，則可以肯定地說，屈原作為一個典範的形象並不是一成不變的，而是經歷了千百年的不斷塑造而形成的。他之所以成為一個"愛國主義"而不是別的什麼主義的典範詩人，是歷史選擇與塑造的結果。事實上，每個時代都在根據自己的主流價值觀念選擇並塑造著相應的文學典範，古代有屈原、杜甫等，現代有魯迅等，而各個時代的屈原、杜甫、魯迅的形象也不盡相同。所謂典範，無非就是某一時代佔統治地位的主流價值觀念的具體體現或人格化。所以說，我們今天提到的作為典範的屈原，實質上是某一文化價值觀念的人格化，是按照某一文化價值觀念塑造的詩人形象，而不是那個兩千多年前沉淵而死的詩人本身。

其實，不獨屈原為然，每一個歷史人物都要遭到這種形象取代本人的命運。死者不可以復生，即使生者，我們也常有"知人知面不知心"之歎，何況千百年前的古人？屈原懷沙自沉之時，究竟想了一些什麼，我們能夠說得清楚？客觀而論，當我們談到每一個歷史人物時，似乎都應該考慮到這樣兩方面的問題：一方面，這個人實際上是一個怎樣的人，我們可以用"他"來表示；另一方面，這個人看起來又是一個怎樣的人，即所謂"形象"，我們可以用"它"來表示。"他"與"它"有一定聯繫，但又不可能完全重合。我們不可能離開"他"而憑空虛構出一個"它"來，但也不可能原封不動地再現出一個"他"來。歷史上的"他"只有一個，而人們心目中的"它"即"他"的"形象"卻可以不止一個。各人所理解的"他"是不可能完全一樣的，有時甚至相反，如羅貫中所理解的曹操與郭沫若所理解的曹操，淮南王劉安所理解的屈原與班固、顏之推所理解的屈原。歌德說，一千個讀者就有一千個哈姆雷特。《易經》說："仁者見之謂之仁，智者見之謂之智。"不但審美鑒賞廣泛存在著這種相對性，對歷史人物的認識也存在著這種相對性。歷史上的屈原本來只有一個，人們所理解的屈原，所塑造的屈原形象卻不止一個。作為"愛國主義"典範的屈原形象，只是其中的一個而已。因為這一形象不但體現了中國古代正統的文化價值觀念如"忠君愛國"等，而且也積澱著我們民族（包括士大夫與平民）的某些文化心理如理想人格等，"它"才取代其他形象而被廣泛認同。"它"也許與歷史上的屈原有很多相似之處，但決不是屈原本來面貌的歷史再現。

　　經過了千百年的不斷塑造，作為"愛國主義"典範的屈原形象已非常高大完美，"雖與日月爭光可也"。但不可否認的是，當代越來越多的青年學子對這一形象頗不以為然，甚至有些大不恭敬。這裏面固然有一種對待傳統文化的逆反心理，但其鋒芒所指，主要還是針對屈原形象所體現的正統的文化價值觀念。"愛國主義"本來就是一個歷史的概念，不同時代有不同的內涵，而且其表現方式也各不相同。當文化價值觀念已經開始發生巨變的今天，"愛國主義"也應該作新的理解。在傳統的"愛國主義"內涵中，積澱了不少大一統君主專制時代的道德內容如"忠君死節"等，似乎一個人必須毫無任何條件地生於斯、死於斯，連躲避暴君殺戮或政治迫害以及自然災害等等的權力也不能有，才叫作"愛國"。這是專制社會的邏輯。用"忠君死國"的屈原形象來說明"愛國主義"，並把屈原式的"愛國主義"奉為唯一或最高意義的"愛國主義"，只是體現著某一特定時代的文化價值觀念，我們今天已沒有必要用這種"愛國主義"來理解或闡釋屈原之作為中國文學的典範的意義。既然作為"愛國主義"典範的屈原形象是歷史選擇並塑造的結果，我們就應該將它還給歷史，漢代的屈原還給漢代，宋代的屈原還給宋代。如果時代需要，現代歷史自然也會塑造出一個新的屈原形象來。

二

　　最早塑造屈原形象的應當是《卜居》與《漁父》的作者。東漢王逸認為這兩篇作品是屈原所作，似不可信。郭沫若認為，"可能是深知屈原生活和思想的楚人的作品"（《屈原賦今譯》），比較合乎情理。《卜居》表現屈原身處"溷濁之世"，目睹"黃鐘毀棄，瓦釜雷鳴；讒人高張，賢士無名"的黑暗現實，而自己雖"竭知盡忠"，卻"蔽障於讒"，橫遭流放時所產生的"何去何從"的心理矛盾，同時也流露出一種不被理解的孤獨感："吁嗟默默兮，誰知吾之廉貞？"《漁父》則更進一步表現了這種孤獨感與孤傲精神，"舉世皆濁而我獨清，眾人皆醉而我獨醒"，這正是屈原的精神悲劇之所在。作者塑造的這一悲劇形象並沒有多麼豐富的道德內涵，但它卻感人之至，令人一唱三歎。感歎之餘，可以體會到一種真切的人生悲哀，領悟到某種深刻的人生哲理，但又說不出來，眼前卻要浮現出"行吟澤畔，顏色憔悴，形容枯槁"的屈原形象來。顯然，這不可能是按照大一統時代道德觀念所塑造出來的屈原形象，當然還沒有戴上"愛國主義"的桂冠。

到了漢代，屈原及其作品開始發生巨大影響。武帝、宣帝等帝王都是《楚辭》的愛好者，而文人模仿《楚辭》的"擬騷文學"蔚為大觀，漢代的著名文人如賈誼、東方朔、王褒、劉向、揚雄等都有所作，而號稱一代文學的漢賦也受到《楚辭》的直接影響，劉勰所謂"受命於詩人，拓宇於楚辭也"。（《文心雕龍‧辨騷》）但是，《楚辭》對漢代文學的影響最開始是在藝術形式上，所以劉勰說："枚、賈追風以入麗，馬、揚沿波而得奇，其衣被詞人，非一代也。故才高者菀其鴻裁，中巧者獵其艷辭，吟諷者銜其山川，童蒙者拾其香草。"（《文心雕龍‧辨騷》）在這種"《楚辭》熱"的背景下，闡釋其作品的時代意義自然成為必要。自從漢武帝罷黜百家、獨尊儒術之後，大一統的文化價值觀念與道德規範也逐漸形成。儒家學說中的"忠君"觀念被不斷改造不斷強化，成了兩千年帝制時代的最高道德。而屈原作為典範的意義，就必須要體現這種觀念。漢代以下兩千年，屈原形象的塑造主要就是沿著這一條線索發展下來的。

漢代第一個為文追懷屈原的人是賈誼。他自傷生不遇時，命途多舛，與屈原有同病相憐之感。但生於漢初的賈誼只是借屈原的遭際來感歎自己的不遇與不幸，並沒有想到要給屈原戴上一頂"忠君"或"愛國主義"的桂冠，甚至還頗有戰國列士縱橫、自擇其主的遺風："已矣！國其莫吾知兮，子獨壹鬱其誰語？風縹縹其高逝兮，夫固自引而遠去……歷九州而相其君兮，何必懷此都也？鳳凰翔於千仞兮，覽德輝而下之；見細德之險微兮，遙增擊而去之。彼尋常之汙瀆兮，豈容吞舟之魚？"（《弔屈原賦》）大有"臣之事君，合則留，不合則去"之意，與後代所謂"忠君死國"迥異其趣。賈誼之弔屈原，基本精神是"哀其不遇"。

沿著賈誼這條線下來的是司馬遷、揚雄等人。屈賈合傳，表明司馬遷有感於屈賈異時同悲。悲什麼呢？悲其不遇。司馬遷的《悲士不遇賦》可以作為最好的注腳。據湯炳正先生考證，今本《史記‧屈原列傳》中"離騷者，猶離憂也"至"推此志雖與日月爭光可也"與"雖放流"至"豈足福哉"兩大段議論，皆為劉安《離騷傳》中之文字，被後人竄入（見《屈賦新探》中《〈屈原列傳〉理惑》一文），並不是司馬遷的觀點。司馬遷在贊語中說："余讀《離騷》《天問》《招魂》《哀郢》，悲其志。適長沙，觀屈原所自沉淵，未嘗不垂涕，想見其為人。及見賈生弔之，又怪屈原以彼其材游諸侯，何國不容，而自令若是。讀《鵩鳥賦》，同死生，輕去就，又爽然自失矣。"這與賈誼"哀其不遇"的精神是一致的。司馬遷寫出了他所理解的屈原，一個正道直行、竭智盡忠卻橫遭流放的賢大夫形象，而其基本精神與《漁父》中的三閭大夫形象是一脈相承的，所以《屈原列傳》錄入了《漁父》全文。有趣的是揚雄。其《自序》自謂"怪屈原文過相如，至不容，作《離騷》，自投江而死。悲其文，讀之未嘗不流涕也。以為君子得時則大行，不得時則龍蛇，遇不遇命也，何必湛身哉！"（《漢書·揚雄傳》）揚雄同情屈原的遭遇，只是與其人生態度有所不同，所以他在《反離騷》中一方面贊美屈原，一方面又對其"忿懟沉江"表示批評。宋代晁補之說："非反其純潔不改此度也，反其不足以死而死也。"（《雞肋集》卷三十六《變離騷序》）明代胡應麟也說："揚子雲《反離騷》蓋深悼三閭之淪沒，非愛原極切，不至有斯文。長沙（賈誼）、龍門（司馬遷）先已並有此意。"（《詩藪》雜編卷一）統而論之，賈誼、司馬遷、揚雄等人的遭際與屈原有共通之處，所以他們多是以屈原自況。他們心目中的屈原就是《漁父》中的三閭大夫，而並不是正統的文化價值觀念的人格化身。

第一個從正統的文化價值觀念塑造屈原的是淮南王劉安。劉安乃漢高祖幼子淮南厲王之子，厲王因謀反被廢，絕食而死。孝文帝憐其死，立其子安為淮南王。劉安很好讀書，武帝好《楚辭》，曾叫劉安作了一篇《離騷傳》。在《離騷傳》中，劉安認為："《國風》好色而不淫，《小雅》怨誹而不亂，若《離騷》者，可謂兼之矣。上稱帝嚳，下道齊桓，中述湯武，以刺世事。明道德之廣崇，治亂之條貫，靡不畢見。……濯淖污泥之中，蟬蛻於濁穢，以浮游塵埃之外，不獲世之滋垢，皭然泥而不滓者也。推此志也，雖與日月爭光可也。"又說："雖放流，睠顧楚國，繫心懷王，不忘欲反，冀幸君之一悟，俗之一改也。其存君興國而欲反復之，一篇之中三致志焉"，已在為後代之"忠君愛國"說張本。具有諷刺意味的是，劉安自己卻是一個犯上作亂的人，與他所塑造的屈原截然不同。也許劉安只是為了某種現實政治的需要，才故意借這些冠冕堂皇的語言來表白自己對武帝的赤誠。但不管怎麼說，劉安對屈原及其作品的意義的闡釋的確體現了他那個時代開始佔統治地位的文化價值觀念。他已用《風》《雅》來比附《離騷》，並以"君臣之義"來規範屈原人格。可以認為，以"忠君"說塑造屈原形象自劉安始。

與劉安唱對臺戲的是班固。班固是一位正統的史學家，他只是從藝術上肯定屈原："其文弘博麗雅，為辭賦宗，後世莫不斟酌其英華，則象其從容"，"雖非明智之器，可謂妙才者也"。而對屈原人格卻作了否定性的批評："今若屈原，露才揚己，競乎危國群小之間，以離讒賊。然數責懷王，怨惡椒蘭，愁神苦思，強非其人，忿懟不容，沉江而死，亦貶絜狂狷景行之士。多稱崑崙冥婚宓妃虛無之語，皆非法度之政，經義所載。謂之兼詩風雅而與日月爭光，過矣。"（《離騷序》）其實，班固並不否認屈原是"以忠信見疑"的，他"痛君不明，信用群小，國將危亡，忠誠之情，懷不能自已"（《離騷贊序》）。班固之所以貶低屈原人格的典範意義，是因為他從正統的君臣觀念出發，認為屈原雖然出於忠君之心，但其過激的言行如"數責懷王，怨惡椒蘭"與"忿懟不容，沉江而死"等等，卻不配稱之為"與日月爭光可也"的典範。《史記·儒林傳》載儒家轅固生與道家黃生辯論"湯武革命"，黃生以湯武革命為非，因為桀紂雖為暴君，但畢竟是君；湯武雖然賢明，但畢竟是臣。正如帽子雖破，還要戴在頭上；鞋子雖新，還得穿在腳上。班固批評屈原的基本思想即是黃生所闡發的這種正統的君臣觀念。在班固看來，屈原不過是一個詞人，其文可以"為辭賦宗"，但其人卻不可以為典範。其實班固之貶屈原與劉安之褒屈原的意義都是一樣的，他們都是在根據同一文化價值觀念審視評價屈原及其作品，只不過是各有側重點罷了。南朝顏之推則更為極端："自古文人，多陷輕薄。屈原露才揚己，顯暴君過。"（《顏氏家訓·文章篇》）把屈原貶得直同於宋玉、東方朔等一類"輕薄文人"。看來屈原在某些正統士大夫心目中並不是一個可作典範的人物。直到宋代理學家朱熹以"原之為人，其志行雖或過於中庸而不可以為法，然皆出於忠君愛國之誠心"為解，才統一了屈原評價上的兩種矛盾的意見，一個普遍認同的屈原形象才得以塑造出來。

東漢王逸是漢代《楚辭》學的集大成者。他著《楚辭章句》，根據已佔統治地位的文化價值觀念，第一次全面塑造了屈原形象。他說："人臣之義，以忠正為高，以伏節為賢。故有危言以存國，殺身以成仁。是以伍子胥不恨於浮江，比干不悔於剖心，然後忠立而行成，榮顯而名著……今若屈原，膺忠貞之質，體清潔之性，直若砥矢，言若丹青，進不隱其謀，退不顧其命，此誠絕世之行，俊彥之英也。"（《楚辭章句序》）犯言直諫，忠正伏節，正是漢代所標榜的士大夫風範。而王逸認為，屈原人格正是體現了這一風範，所以他可以作為典範。基於這一認識，王逸批駁了班固的意見，並用《詩經》的"美刺"原則來闡釋屈原作品中的過激之辭："且詩人怨主刺上曰：'嗚呼小子，未知臧否，匪面命之，言提其耳！'風諫之語，於斯為切。然仲尼論之，以為大雅。引此比彼，屈原之辭，優游婉順，寧以其君不智之故，欲提攜其耳乎！"（同上）又論述其作品的意義說："屈原履忠被譖，憂悲憂思，獨依詩人之義而作《離騷》，上以諷諫，下以自慰。遭時闇亂，不見省納，不勝憤懣，遂復作《九歌》以下凡二十五篇。"（同上）"（《離騷》）言已放逐離別，中心愁思，猶依道徑以諷諫君也"，"屈原放在草野，復作《九章》，援天引聖，以自證明"（《離騷經序》）。又"作《九歌》之曲，上陳事神之敬，下見己之冤結，托之以諷諫"（《九歌序》）。總而言之，屈原其人是"忠"，其作品是"諫"。甚至連《九歌》那樣的祭神樂歌也是"托之以諷諫"，未免大煞風景。《漢書·儒林傳》載昌邑王師王式自言其以三百五篇當諫書，其實王逸正是根據這一觀念，把一部《楚辭》也當成了"諫書"來讀，他所理解的屈原是一個"正言極諫"的"忠臣"，與發憤作三百篇的古代賢聖是一樣的人。王逸主要是以"忠"與"諫"二字立說，並未在"愛國主義"上大作文章。如他引春秋時代的伍子胥之死來比附屈原之沉江，就與後代之"愛國"說頗為不類。伍子胥是楚人，助吳攻楚，以報楚王殺父之仇，於吳固為忠臣，於楚則為叛臣，何愛國之有？但這並不是王逸的錯誤，而是王逸那個時代更需要"忠君"，"愛國"並非當務之急，非後代面臨異族入侵之時可同日而語。所謂彼一時也，此一時也。而且他也沒有在屈原之死的問題上大做文章，只是說他"不忍以清白久居濁世，遂赴汨淵自沉而死"（《離騷經序》）。並沒有後代所謂"殉君死國"的意思。

經過王逸的這一番塑造，屈原作為一個"正言直諫"的"忠臣"的形象基本上定形了。它體現了漢代已開始形成並逐漸占統治地位的文化價值觀念。而從漢至宋上下一千年，屈原的這一形象雖然在不斷補充、完善，但其基本精神未變。劉勰《文心雕龍》中專立《辨騷》一章，來論述屈原及其作品的地位與意義，實際上只是敷衍王說，他更多地是闡發屈原作品對後代文學在藝術上的影響。唐代魏徵主持編寫的《隋書》中說："《楚辭》者，屈原之所作也。自周室衰亂，詩人寢息，讒佞之道興，諷刺之辭廢。楚有賢臣屈原，被讒放逐，乃著《離騷》八篇，言己離別愁思，申抒其心，自明無罪，因以諷諫，冀君覺悟。卒不省察，遂赴汨羅死焉"（《經籍志》），與王逸之說還是一脈相承的。唐代修《五經正義》主要是根據漢代經學，並沒有劃時代的變革，所以對屈原的認識也不可能超越漢代。南宋洪興祖在王逸《章句》的基礎上作補注，也說明王逸所塑造的屈原形象到南宋之際還是得到士大夫普遍認同的。

三

洪興祖在為王逸的《楚辭章句》作補注時，儘管還是依照王逸的基本觀點闡釋屈原及其作品的意義，但在一些地方已開始作某些修正。如在屈原沉江自殺的問題上，王逸並未大作文章，發掘所謂更深刻的意義，因為時代並不需要他去發明"殉君死國"的"愚忠"說。可是，到了洪興祖所處的南宋時代，情形已大不相同。金人佔據中原，南宋偏安江南，危在旦夕，這與屈原所處的戰國時代的局勢非常類似。屈原無疑是主戰派與死國將士的一面旗幟，於是洪興祖對屈原之死的意義進行了詳細的闡釋："屈原，楚之同姓也，為人臣者，三諫不從則去之。同姓無可去之義，有死而已……士見危致命，況同姓，兼恩與義，而可以不死乎！……屈原其不可去乎？有比干以任責，微子去之可也。楚無人焉，原去則國從而亡，故雖身被放逐，猶徘徊而不忍去。生不得力爭而強諫，死猶冀其感發而改行，使百世之下聞其風者，雖流放廢斥，猶知愛其君，眷眷而不忘，臣子之義盡矣。非死為難，處死為難。屈原雖死，猶不死也。"（《離騷經序》補注）洪興祖的這一大段議論，無非是想給王逸塑造的屈原形象注入時代所需要的新的意義，其苦心是可以理解的。一個偉大的作家之所以成為某一時代的典範，就在於這一形象能夠體現那一個時代的文化價值觀念。北宋以來，中國的思想學術界較之前代已開始發生巨大的變化，漢唐經學及相應的文化價值觀念受到了新思想、新觀念的挑戰。專制君權的不斷強化，使得君臣關係更加絕對化；而異族的入侵，又把民族問題推到了一個空前的高度，時代已需要塑造一個能夠體現這種新的時代精神的屈原形象，完成這一歷史使命的是與洪興祖同一時代的思想家朱熹。

朱熹是繼孔子之後中國封建社會影響最大的思想家，是宋代理學的集大成者。理學是宋代形成的新儒學，自以為發現了宇宙萬物包括人類社會所以然之理，即"天理"。朱熹指出："宇宙之間，一理而已。天得之而為天，地得之而為地，而凡生於天地之間者，又各得之而為性。其張之為三綱，其紀之為五常，蓋皆此理之流行，無所適而不在也。"（《朱文公文集》卷七十《讀大紀》）其所謂"天理"具體到人類社會，就是以"三綱五常"為核心內容的道德倫理，而"君為臣綱"為第一綱，朱熹說："君尊於上，臣恭於下，尊卑大小，截然不犯。"（《朱子語類》卷六十八）他曾引用韓愈《羑里操》"臣罪當誅兮，天王聖明"云云，來說明"臣下決沒有說君不是底道理"。他在《詩序辨說》中就批駁了漢儒用"美刺"之說來解釋《詩經》的做法，認為這是"厚誣詩人"而有失於"溫柔敦厚"之教[①]。漢儒說《詩》不諱言刺，王逸注《楚辭》也不諱言刺，甚至比之於詩人"耳提面命"。這在朱熹看來，當然是犯上，是不符合"君為臣綱"的道德標準的。臣子只有盡忠死節的份兒，絕沒有怨刺君王的道理。王應麟曾說，唐代詩人可以寫出直接指斥君王的詩篇，如杜甫的《麗人行》，

---

① 參見拙文《試論朱熹的"美刺"之辨》，《西南師範大學學報》1987年第1期。

白居易的《長恨歌》《上陽白髮人》，元稹的《連昌宮詞》等，而本朝沒有了（見《困學紀聞》）。朱熹對君臣關係的絕對化，無非是這種現實政治的表現。所以，朱熹必須借用理學思想的君臣觀來重新塑造屈原形象，使其具有一種新的人格來體現新的時代精神。

而且，朱熹又是一個主戰派，是一個具有強烈現實責任感的思想家。在國家存亡的關鍵時刻，他義不容辭地要弘揚一種捨身取義的愛國精神。當然，在家天下的君主時代，君與國不可分而言之，君國君國，君即國，國即君。在南宋時期，提倡愛國還有其特殊的現實意義，因為那不但是君國而且也是民族存亡的關鍵時刻，愛國是一種民族精神，已超越了君國的範圍。就是在這一時代背景下，朱熹首創"忠君愛國"說來闡釋屈原作為典範的意義。"忠君"本來是封建社會的最高道德，現在與"愛國"並提，就具有了一種新的意義，尤其在南宋特定的歷史背景下，"忠君愛國"的屈原就是主戰派的旗幟與象徵。不可否認，朱熹對"忠君"的理解是非常絕對的，與王逸所理解的"忠君"已不大相同。朱熹以其理學思想為標準，廣採博取眾家之說作《楚辭集注》，以"忠君愛國"作為屈原的基本精神，塑造出了另一個典範形象。我們可以認為，朱熹之所以塑造作為"忠君愛國"典範的屈原形象有兩重原因：從道德使命出發，他要賦予屈原以"忠君"的臣節；從現實責任感出發，他又要賦予屈原以"愛國"的精神。朱熹非常自然地把二者統一在了他所塑造的屈原形象上。

首先，朱熹對屈原其人其書作了一分為二的分析。他說："原之為人，其志行雖或過於中庸，而不可以為法，然皆出於忠君愛國之誠心。原之為書，其辭旨雖或流於跌宕怪神，怨懟激發，而不可以為訓，然皆生於繾綣惻怛，不能自已之至意。雖其不知學於北方，以求周公、仲尼之道，而馳騁於變《風》變《雅》之末，以故醇儒莊士或羞稱之。然使世之放臣屏子、怨妻去婦抆淚謳吟於下，而所天者幸而聽之，則與彼此之間天性民彝之善，豈不足以交有所發，而增夫三綱五典之重？此予之所以每有味於其言，而不敢直以'詞人之賦'視之也。"（《楚辭集注序》）他批評了屈原言行中的偏激之處，但對其"忠君愛國"之"誠心"卻大加推崇，前者不可以為法，而後者卻應發揚而光大之。所以他在注釋《楚辭》時，處處以

"忠君愛國"立說,甚至連《九歌》也被解釋成"因彼事神之心,以寄吾忠君愛國眷戀不忘之意"(《九歌序》),而其沉淵自殺也被解釋為"不忍見其宗國將遂危亡,遂赴汨羅之淵自沉而死"(《離騷經序》)。基於這種理解,他批評王逸等人"至其大義,則又皆未嘗沉潛反復,嗟歎詠歌,以尋其文詞指意之所出。而遽欲取喻立說,旁引曲證,以強附於其事之已然,是以迂滯而遠於情性,或以迫切而害於義理,使原之所為,抑鬱而不得伸於當年者,又晦昧而不見於後世"(《楚辭集注序》)。所謂"遠於情性""害於義理"都只是根據朱熹的理學標準而言,王逸塑造的屈原形象沒有體現出宋代主流的文化價值觀念。朱熹對此大為不滿:"屈原一書,從頭被人誤解了,自古至今,訛謬相傳,更無一人能破之者,而又為說以增飾之。看來屈原本是一個忠誠惻怛愛君底人,觀他所作《離騷》數篇,盡是歸依愛慕,不忍捨去懷王之意,所以拳拳反復,不能自已,何嘗有一句是罵懷王?亦不見他有偏躁之心,後來沒出氣處,不奈何,方投河殞命。而今人句句盡解作罵懷王,枉屈說了屈原。"(《語類》卷一百三十九)經過這一番周密的加工修飾,朱熹終於按照他的理解,塑造出了一個"忠君愛國"的理想人格。

顯然,朱熹所塑造的"忠君愛國"的屈原形象是時代的產物。他所謂的"忠君"是封建社會臣民對君王的無條件的忠誠,生為君王而生,死也要為君王而死,即所謂"死節"。在君王面前,臣民只有匍匐在地,不敢仰視,更無須說什麼獨立的人格與尊嚴。即使君王殘酷暴虐或昏庸糊塗,臣民也只有喊"萬歲"的份兒;如果受到無辜的打擊迫害,也只有"拳拳不已"抒發對君王的"眷念忠誠""歸依愛慕"。這就是朱熹通過他所塑造的屈原形象所表達的具體的"忠君"內涵。它的時代烙印太明顯了。但他所謂"愛國"卻是一個內涵比較廣泛的概念。"國"可與"君"相聯,也可與"祖國""民族"相聯。君主制可以消亡,而"國"卻永存,至少存在的歷史比君主制要長得多,所以"愛國"就有一種超時空的意義。近代以來,由於中國一直處於民族存亡的非常時期,朱熹所塑造的"忠君愛國"的屈原形象仍然具有現實意義。尤其是在抗日戰爭中,屈原形象成了民族精神的一種象徵。郭沫若的著名歷史劇《屈原》之所以在當時產生巨大反響，其原因就在這裏。隨著君主專制時代的結束，"忠君"不再是一頂光耀的桂冠，自然而然，屈原形象就由"忠君愛國"演變為現代的"愛國主義"。人們不再注重屈原"忠君"的一面，而主要是在"愛國"上大做文章。於是屈原就由一個"忠臣"變而為"愛國主義詩人"或民族英雄。這就是我們現代編寫的文學史上所塑造出的屈原形象。但是，由於這一形象是從朱熹所塑造的屈原形象脫胎而來的，它身上就積澱了很多封建社會的道德內容。而且，由於建國以來眾所周知的歷史原因，我國同世界一直處於一種封閉狀態，這一形象也不可避免地體現了那一特定的封閉時代的文化價值觀念。儘管現代的"愛國主義"與傳統觀念有所不同，但屈原式的"愚忠"仍然被認為是"愛國主義"的最高典範。這在當代小說《雪落黃河靜無聲》、電影《牧馬人》以及其他涉及愛國主義題材的作品中表現得非常明顯。屈原式的"愛國主義"與屈原式的"愚忠"早已合二為一，不可能分而言之。很明顯，在文化價值觀念發生巨大變化的今天，"忠君愛國"的屈原形象早已失去了它的意義，而用"愚忠"式的"愛國主義"也不能為它再增加什麼光彩。我們認為，朱熹所塑造的"忠君愛國"的屈原形象以及由此脫胎而來的"愛國主義"的屈原形象或屈原式的"愛國主義"已完成了它的歷史使命。

四

當然，歷史上所塑造的屈原形象應該是千百個。但由於歷史的選擇，被廣泛認同的作為典範的形象卻主要是王逸所塑造的正言極諫的"忠臣"屈原與朱熹所塑造的"忠君愛國"的屈原。而我們現代所謂的"愛國主義"詩人屈原無非是從"忠君愛國"的屈原脫胎而來，其基本精神是一脈相承的。這也是歷史選擇的結果。

那麼，歷史上的屈原究竟是一個怎樣的人呢？前文已經說過，這是一個無法證明的問題。即使他的作品俱在，各個時代的讀者都可以有自己的讀法與理解，否則就不可能出現不止一個的屈原形象。屈原是多層次、多側面的人物，受到過戰國時代各種思潮如儒、道、法、名等家的影響，這就給後代塑造他的形象留下了巨大的空間。當然，作為歷史人物的屈原也不可能是任人隨意捏制的泥人，後代之所以這樣或那樣塑造他，總是有一定根據的。比如他在《離騷》與《九章》中表現出來的對楚懷王的怨刺與批評以及自己雖被放流而不後悔的頑強精神，就給"忠君"說提供了根據。而以上作品表現出的對故國的依依不捨的情緒，則給"愛國"說提供了根據。其實，在屈原所處的戰國時代，君臣關係並沒有大一統之後那麼絕對。孟子說："君之視臣如手足，則臣之視君如腹心；君之視臣如犬馬，則臣之視君如國人；君之視臣如土芥，則臣之視君如寇讎。"（《孟子·離婁下》）不但君擇臣，臣亦擇君，合則留，不合則去，這是戰國時代廣泛存在的君臣關係。屈原不可能具有未來大一統中央集權時代才出現的那種絕對化的君臣觀念。其次，戰國時代也不可能有後代所謂的"愛國主義"，至少其具體內涵大不相同。戰國是一個諸侯力政、列強並爭的時代，從而也形成了游士縱橫、楚材晉用的局面。我們可以列舉出一大批著名的思想家、軍事家、政治家的名字，他們並不是顯名於他們的"祖國"，而是立功於"異邦"。他們似乎並沒有規定自己必須"殉君死國"，而是周游列國，合則留，不合則去，"士為知己者死"。所以直到西漢初期，賈誼弔屈原還要說："歷九州而相其君兮，何必懷此故都也？"而歷史學家司馬遷敘述了屈原的不幸遭際之後，也禁不住要產生疑惑："又怪以彼其材游諸侯，何國不容？而自令若是。"可見戰國時代並沒有我們所謂的"殉君死國"式的"愛國主義"。不可否認，在屈原的《離騷》與《九章》中是反反復復地敘說著某種難捨難分的情緒，但這種情緒與所謂"愛國主義"並非一回事。每一個人要離開或已離開他生於斯、長於斯的故土時，都可能產生這種難捨難分的情緒，何況屈原是楚王之同姓，於楚為宗臣，有著血緣上的聯繫，而不同於所謂的"客卿"。宋代洪興祖已看出這一點，所以他說："異姓事君，不行則去；同姓事君，有死而已。"又說："為人臣者，三諫不從則去之，同姓無可去之義，有死而已。"（《楚辭補注》）所以，我們認為，屈原之所以對楚王與楚國有如此難捨難分的感情，並不是因為所謂"忠君"或"愛國"，而主要是由於他與楚王楚國有特定的血緣關係。否則，我們不但無法理解屈原，也無法理解與屈原同一時代的其他偉大人物。

我們說作為"愛國主義"或"忠君愛國"典範的屈原是由歷史塑造出

來並且似乎已經過時了，並非貶低屈原在中國文學史上的崇高地位，而是要否認王逸、朱熹等人塑造的屈原形象的現實意義。屈原是一個偉大的詩人，一個充滿懷疑批判精神的思想者，是一個敏感的先知先覺者，這注定他要成為一個悲劇人物，注定他要去體驗人生的大寂寞大悲哀。尤其是他在政治上遭到失敗之後，感受了並不是每一個人都可能感受的失望與痛苦，胸中鬱集著不可排解的矛盾，躁動著焦慮與不安。這裏面不但包含著政治上的執著、追求與悲哀，也包含著對歷史、人生、宇宙等等的不解與疑問。《天問》就是他對整個宇宙人生的懷疑，是對當時既成的宇宙觀、歷史觀、社會觀、人生觀的懷疑，屈原同時代的人思想很少達到這樣的深度與廣度，所以沒有人能理解他。"路漫漫其修遠兮，吾將上下而求索"，而上下求索也不可能了結他胸中的精神矛盾。世界上的先知先覺注定要去超前體驗這種人生的痛苦而又不被人理解。我們讀《離騷》，讀《九章》，讀《天問》都可以發現，屈原反反復復再三感歎的就是那種不被人理解的孤獨感與痛苦："荃不察余之中情兮"，"終不察夫民心"，"國無人莫我知兮"。問天問神，也不能排遣"舉世混濁而我獨清，眾人皆醉而我獨醒"時的孤獨與悲哀。所以屈原在他的作品中一再訴說"吾將從彭咸之所居"，只有一死，才能最後解脫這些人生的矛盾與痛苦。我們讀屈原的作品，總是感到文意重復（如《九章》），結構雜遝（如《離騷》《天問》），因為這都是詩人的嘔心瀝血之作，是他心理矛盾的真切表現。屈原是偉大的，而這種偉大並不一定要用"忠君愛國"或"愛國主義"等等觀念來闡釋。這正如李白、曹雪芹等天才作家的偉大不必用什麼主義來貼標籤一樣。當然，這也只是我們對屈原的認知與理解。我們沒有證明歷史上的屈原究竟是怎樣的一個人的企圖，因為那事實上是不可能的。所以儘管兩千年來人們總是力求作出證明，並宣佈他們所理解的屈原才是歷史上真正的屈原，但後代總是不相信他們的證明，而要一代復一代的重新證明。至於我們這個時代會塑造出一個怎樣的被普遍認同的屈原形象來，也是歷史選擇的結果，並非某一人的意願所能決定。

原載《四川師範大學學報》1989 年第 1 期

劉向著述考略

劉向是西漢一代屈指可數的大學者。班固曾這樣評價："自孔子後，綴文之士眾矣，唯孟軻、孫況、董仲舒、司馬遷、劉向、揚雄此數公者，皆博物洽聞，通達古今，其言有補於世。傳曰'聖人不出，其間必有命世者焉'，豈近是乎？"（《漢書·楚元王傳贊》）從我們今天的學術眼光看來，孔子之後至班固之時的值得高度評價的學者不止以上數人，但此數人卻毫無疑問是周秦至東漢的精英人物。劉向的學術成就主要是在整理古代文化典籍方面，如同司馬遷著《史記》一樣，是通過對歷史文獻的歸類、整理來體現既定時代的文化思想。章學誠曾提出過一個經典性命題："六經皆史。"（《文史通義·易教上》）根據這一命題，我們可以這樣認為，一切文化典籍都是歷史的文獻，對文化典籍的整理實際上也就包含著對歷史文獻的理解、研究。當然，前者的範圍也許更廣泛一些。我們如果承認章學誠"六經皆史"的命題，也就應該承認劉向在學術上的業績與司馬遷之著《史記》在中國古代學術史上，具有同等重大意義。劉向在領校中《五經》秘書時，不但對古代文獻的文字篇章進行了系統的校勘編輯，而且通過對所校之書"條其篇目撮其指意，錄而奏之"的過程，對中國古代文化的淵源流別進行了系統的總結，如章學誠在其《校讎通義》中所說："校讎之義，蓋自劉向父子部次條別，將以辨章學術，考鏡源流；非深明於道術精微，群言得失之故者，不足於此。"劉向之學，無論名之曰校讎學，或文獻學，其在中國古代學術思想史上都是有開創性意義的。中國有文獻整理之學，並不始於劉向，如有學者認為孔子編訂《六經》，司馬遷之編著《太史公書》等凡屬依據典籍史料而進行的排列、歸納、剪裁、篡輯之作都屬文獻學之範圍（參見張舜徽《中國文獻學》），但其作為一家專門之學，卻成於劉向，所以歷史上直呼校讎目錄或文獻之學為向、歆之學，不是沒有道理的。歷代治文獻學者，大都溯源於劉向，其為文獻學之創始人已基本上成為定論。

劉向的學術成就不僅在古代文化典籍的整理方面，自己也有不少著述，涉及的領域相當廣泛。作為劉氏宗室的一員，他積極參與了朝廷的政治活動，尤其在元、成之際，以其正言極諫知名於世。他在同宦官（弘恭、石顯）、外戚（許、史）的鬥爭中，編著了《說苑》《新序》《列女傳》等書，以古代歷史來諷諫今主，指斥時弊。並數上封事，直陳當時政治得失。清代譚獻說："《新序》以著述當諫書，皆與封事相發，董生所謂陳古以刺今。"（《復堂日記》卷六）劉向的大部分著述都可作如是觀。漢代今文經學的一個特點是，經典的闡釋要與當朝政治相結合。劉向作為今文經學的著名學者，不是埋頭墳典、不問世事的學究，而是一個具有使命感與責任感的學者兼政治家，所以他把著述與現實政治緊密聯繫起來。總而言之，劉向一生的著述與學術都與漢代政治有著非常直接的聯繫。本文即擬從其著述的種類、內容、背景等史實的考證角度，具體考察這種聯繫。

《新序》《說苑》《列女傳》三種可視為同一類著述。《漢書・藝文志》稱："劉向所序六十七篇《新序》《說苑》《世說》《列女傳頌圖》也。"並歸入諸子中的儒家。又，《楚王傳》附向本傳載："向睹俗彌奢淫，而趙、衛之屬起微賤，逾禮制，向以為王教由內及外，自近者始，故採取《詩》《書》所載，賢妃貞婦，興國顯家可法則，及孽嬖亂亡者，序次為《列女傳》凡八篇，以戒天子。及採傳記行事，著《新序》《說苑》凡五十篇奏之。"又宋本《說苑》載劉向序說："所校中書說苑雜事，及臣向書民間書誣校讎，其事類眾多，章句相溷，或上下謬亂，一一條別篇目，除去與《新序》複重者。其餘者淺薄不中義理，別集以為百家後，令以類相從，一一條別篇目，更以造新事十萬言以上，號曰《新苑》。"（引自嚴可均輯《全漢文》卷三十七）又劉向《別錄》說："臣向與黃門侍郎歆所校《列女傳》，種類相以為七篇，以著禍福榮辱之效，是非得失之分，畫之於屏風四堵。"(《初學記》卷二十五引《別錄》佚文)由此可知,《新序》《說苑》《列女傳》皆借古諷今之作,其著述體例皆為編纂舊籍,王充所謂"因成紀前,無胸中之造"(《論衡·超奇》)是也。正因為如此,此三種書多為後世學者非議,一是認為劉向所記不符史實,如唐代史學家劉知幾曾說:"及自造《洪範五行》及《新序》《說苑》《列女傳》《神仙》諸傳,而皆廣陳虛事,多構偽辭,非其識不周而材不足,蓋以世人多可欺故也。"(《史通·雜說》)劉知幾如此譏評劉向,實為不明劉向著述目的之故。劉向編纂三書的目的並不是考史,而只是借古諷今,完全可視為今人所謂歷史故事或小說家言,劉知幾以歷史家實事求是的態度讀之,當然大不以為然;其次,既為"採傳記行事",當然異說很多,本非一家之言,其與史實出入、抵牾之處,也在所難免。還有人認為劉向所記於經義多有不合,如宋代學者曾鞏說:"漢興,六藝皆得於散絕殘脫之餘,世復無明先王之道以一之者,諸儒苟見傳記、百家之言,皆悅而鄉之,故先王之道為眾說之所蔽,暗而不明,鬱而不發,而怪奇可喜之論,各師異見,皆自名家者,誕慢於中國,一切不異於周之末世。天下學者知折衷於聖人而純於道德之美者,揚雄氏而止耳。劉向之徒皆不免乎為眾說之所蔽,而不知有所折衷也者。"(《文獻通考·經籍考》引曾鞏序)漢宋經學思想原本異路,宋人批評漢人不明義理,固其然也。以此也可窺見漢宋學術思想之變遷。三書的篇卷分合,《漢書》本傳統稱《新序》《說苑》凡五十篇,《列女傳》八篇;《隋志》稱《新序》三十卷、錄一卷,《說苑》二十卷,而新舊《唐志》皆作三十卷,《列女傳》於《舊唐書》中為二卷,於《新唐書》中作十五卷。《新序》《說苑》在北宋末已無完本,馬端臨《文獻通考·經籍考》引《崇文總目》:"《新序》十卷,漢劉向撰,成帝時,典校秘書,因採載戰國、秦、漢間事為三十卷上之,其二十卷今亡。"又引曾鞏《序》:"劉向所集次《新序》三十篇,《錄》一篇,隋、唐之世,尚為全書,今可見者,十篇而已。"又於《說苑》下引《崇文總目》:"今存者五卷,餘皆亡。"晁公武《郡齋讀書志》稱"《稱序》十卷,世傳本多亡,皇朝曾子固在館中自校正其訛舛,而綴輯其放逸。久之,《新序》始復全。"(袁本卷三),而《四庫總目提要》說:"鞏與歐陽修同時,而所言卷帙懸，蓋《藝文志》所載據唐時全本言，鞏所校錄則宋初殘闕之本也。"《讀書志》又說："《說苑》二十卷。曾子固校書，自謂得十五篇於士大夫家，與崇文舊書五篇合為二十篇而敘之，然止是析十九卷作《修文》上下篇耳。"（袁本卷三上）《四庫總目提要》所錄《新序》十卷與《說苑》二十卷俱非原書舊觀。唯《列女傳》基本以完書形式流傳下來，陳振孫《直齋書錄解題》記為九卷（見該書卷七），《四庫全書總目》著錄為七卷，雖然篇卷分合異，但內容基本相同（見《總目》卷七七）。

《洪範五行傳論》十一篇（見《漢書》本傳），又稱《五行傳記》十一卷，《漢志》歸入《六藝略·書經》。《漢書》本傳："向見《尚書洪範》，箕子為武王陳五行陰陽休咎之應，向乃集合上古以來歷春秋六國至秦漢符瑞災異之記，推跡行事，連傳禍福，著其占驗，比類相從，各有條目，凡十一篇，號曰《洪範五行傳論》，奏之。天子心知向忠精，故為鳳兄弟起此論也，然終不能奪王氏權。"又，《五行志》說："漢興，承秦滅學之後，景武之世，董仲舒治《公羊春秋》，始推陰陽，為儒者宗。宣、元之後，劉向治《穀梁春秋》，數其禍福，傳以《洪範》，與仲舒錯。至向子歆，治左氏，傳其《春秋》，意亦已乖矣；言五行傳，頗不同。"此書雖不傳，但其主要內容已被班固採入《漢書·五行志》，我們可以非常具體全面地窺知其原書的體例與內容。在劉向之前，今文經學家董仲舒根據"天人感應"的觀念，吸取了戰國時代鄒衍糅合"陰陽五行"而發明的"五德終始"之說，來闡釋推衍《春秋》所載四時災異祥瑞與政治興衰之間的關係，即所謂"譴告說"。他在其著名的《天人三策》中說："《春秋》之中，視前世所行之事，以觀天人相與之際，甚可畏也。國家將有失道之敗，而天乃先出災害以譴告之；不知自省，又出怪異以警懼之，尚不知變，而傷敗乃至。"（見《漢書·董仲舒傳》）此說在西漢風靡一時，上至朝廷，下至民間，莫不爭信。皇帝屢下詔書，詢問"災異何所而起，祥瑞何由而至"。尤其是元、成之世至於西漢末年，愈演愈烈。這不僅僅是由於迷信，還有其複雜的文化背景，此處不作深究。劉向從思想上也接受了這一學說，並將其運用於現實的政治鬥爭中。元、成之世，弘恭、石顯等宦官與許、史等外戚相繼干政，劉向正好借災異之說來數說其禍福，警戒天子。如《春秋》莊公二十年載："夏，齊大災。"根據劉向的解釋，這是因為齊桓公好色，聽女口，以妾為妻，嫡庶數更，故至大災。桓公不悟，及死，嫡庶分爭，九月不得葬（見《漢書·五行志上》）。《洪範五行傳論》皆此類也。他在給天子的上疏中，也三致其意："（春秋）二百四十年間，日食三十六，地震五，山陵崩阤一，慧星三見，夜常星不見，夜中星隕如雨一，火災十四。長狄入三國，五石隕墜，六鶂退飛，多麋，有蜮、蜚、鸜鵒來巢者，皆一見。晝冥晦，雨木冰，李梅冬實，七月霜降，草木不死，八月殺菽，禍亂輒應，弒君三十六，亡國五十二，諸侯奔走，不得保其社稷者，不可勝數也……由此觀之，和氣致祥，怪氣致異；祥多者其國安，異眾者其國危，天地之常經，古今之通義也……今以陛下明知，誠深思天地之心，跡察兩觀之誅，覽《否》《泰》之卦，觀雨雪之詩，歷周、唐之所進以為法，原秦、魯之所消以為戒，考祥應之福，省災異之禍，以揆當世之變，放遠佞邪之黨，壞散險詖之聚，杜閉群枉之門，廣開眾正之路，決斷狐疑，分別猶豫，使是非炳然可知，則百異消滅，而眾祥並至，太平之基，萬世之利也。"（見《漢書》本傳）劉向著《洪範五行傳論》推衍災異祥瑞禍福之說，與其編《新序》《說苑》《列女傳》一樣，都是有感而發。

《稽疑》一篇，《漢志》著錄，並歸入《六藝略·書經類》。此書久已失傳，《隋志》與新舊《唐志》均未著錄。顧名思義，其內容不外乎是對《尚書》問題的考釋一類。據《漢志》載："劉向以中文校歐陽、大小夏候三家經文，《酒誥》脫簡一，《召誥》脫簡二。率簡二十五字者，脫亦二十五字，簡二十二字者，脫亦二十二字，文字異者七百有餘，脫字數十。"此書抑或即是今古文《尚書》異文考證，亦未可知。《說老子》四篇，《漢志》著錄，並歸於《諸子略·道家類》。《隋志》及新舊《唐志》亦未著錄。西漢初期，黃老盛行，司馬遷"論大道則先黃老而後六經"（見《漢書·司馬遷傳》），又《漢書·楚元王傳》記載劉向之父劉德"修黃老藝，有智略"，又說："德常持《老子》知足之計。"可見其於道家是有家學淵源的。漢代學者視諸子百家也不如後世那麼狹隘，劉向《別錄》說："昔周之末，孔子既沒，後世諸子各著篇章，欲崇廣道藝，成一家之說，旨趣不同，故分為九家，有儒家、道家、陰陽家、法家、名家、墨家、縱橫家、雜家、農家。"（馬國翰《玉函山房輯佚書》引《別錄》佚文）又宋本《列子》載劉向《書錄》說："其學本於黃老，號曰道家。道家者，秉要執本，清虛無為，及其治身接物，務崇不競，合於六經。"（引自《全漢文》卷三十七）如果以劉向《說老子》四篇的基本出發點為闡釋道家"秉要執本，清虛無為"的精義，似亦言之有據。

劉向賦三十三篇，《漢志》著錄。沈欽韓《漢書疏證》："樂家出《琴頌》，應入此。按今存《楚辭》載有《九歎》九篇，《古文苑》載有《清雨華山賦》一篇，本書《高帝紀》有《高祖頌》一篇，凡十一篇，又《文選》注《雅琴賦》曰：'劉向有《芳松枕賦》'，宋末存十八篇。"又，《別錄》："向有《合賦》"，"有《麒麟角杖賦》"，"有《行過江上弋雁賦》《行弋賦》《弋雌得雄賦》"（《全漢文》卷三十八）。又《文選·博弈論》李善注引有《圍棋賦》數語。總計二十篇，現存者僅《九歎》九篇與《清雨華山賦》一篇。《漢書》本傳："既冠，以行修飭擢為諫大夫。是時，宣帝循武帝故事，招選名儒俊材置左右。更生（劉向）以通達能屬文辭，與王褒、張子僑等並進對，獻賦頌凡數十篇。"劉向的賦體大都作於此時，而且多是為討宣帝歡心而作，當然不會有傳世之作。即使是流傳下來的《九歎》，也是因附於《楚辭》而沾了屈原的光。其情志文采都不能與屈賦相題並論。又《漢書》本傳："顯誣譖猛，令自殺於公車。更生傷之乃著《疾讒》……凡八篇，依興古事，悼己及同類也。"此八篇不知其為何種文體，觀"依興古事，悼己同類"數語，抑或是類似《九歎》的作品，因為其題名與命意都與《九歎》頗為近似。劉向的一生，尤其是在元帝之世，幾起幾落，遭際不為不坎坷，似乎應該有屈原那樣的作品傳世，但事實並非如此。劉向屬於學者型的人，吟詠非其所長，遠不能與他在學術上的貢獻相比。

《世說》，《漢志》著錄，未記篇卷。《隋志》著錄《世本》二卷，不知是否為異名之同書。《漢書·藝文志》載有《世本》十五篇，班固注："古史官記黃帝以來迄春秋時諸侯大夫。"《史記集解序》索隱引劉向："古史官明於古事者之所記也。錄黃帝以來帝王諸侯及卿大夫系諡名號，凡十五篇也。"看來此《世本》即司馬遷著《史記》時所據之"《左氏》《國語》《世本》《戰國策》"中之《世本》（見《漢書·司馬遷傳贊》）。《世說》當是類似於《新序》《說苑》那樣的書，取名為《世本》不大合宜。《隋志》著錄顯然有誤。

《烈士傳》二卷，《隋志》始著錄，新《唐志》同。其後不見著錄，大約宋時已亡佚，此書當是後人依托。因劉向著有《列女傳》，或托名於向，或後人誤以為向作，皆未可知。

《列仙傳贊》二卷，《隋志》始著錄，舊《唐志》同。陳振孫《直齋書錄解題》卷十二："《列仙傳》二卷，漢劉向撰。凡七十二人，每傳有贊，似非向本記，西漢人文章不爾也。館閣書目三卷六十二人，《崇文總目》作二卷七十二人，與此合。"《四庫全書總目》卷一四六："今考《隋志》著錄，則出於梁前，又葛洪《神仙傳序》亦稱此書為向作，則晉時已有其本，……魏晉間方士為之，托名於向耶？"當然，托名於劉向的人也並不是沒有理由，據《漢書》本傳載："上復興神仙方術之事。而淮南有枕中《鴻寶苑秘書》方言神仙使鬼物為金之術，乃鄒衍重道延命方，世人莫見，而更生父德武帝時治淮南獄得其書。更生幼而讀誦，以為奇，獻之，言黃金可成。上令典尚方鑄作事，費甚多，方不驗。上乃下更生吏，吏劾更生鑄偽黃金，繫當死。更生兄陽城侯安民上書，入國戶半，贖更生罪。上亦奇其材，得逾冬減死論。"劉向篤信神仙方術，雖未著書，後世假其名以行其書，如後世滑稽奇怪之托名於東方朔一樣。

《五經雜義》七卷，《五經通義》九卷，《五經要義》五卷，三書今俱不傳，唯舊《唐志》所錄。此三書顯係偽托。《漢志》於《六藝略》著錄有"《五經雜義》十八篇"，注曰"石渠論"，並未著何人所撰。考《漢書》本傳："會初立《穀梁春秋》，徵更生受《穀梁》，講論《五經》於石渠。"又《漢書·宣帝紀》："詔諸儒講《五經》同異，太子太傅蕭望之等平奏其議，上親稱制臨決焉。乃立梁丘《易》，大小夏侯《尚書》，穀梁《春秋》博士。"宣帝召諸儒講《五經》異同於石渠閣，與東漢章帝於白虎觀召諸儒講《五經》異同，同為漢代經學史上的兩件盛事。班固曾撰《白虎通德論》詳記白虎觀會議的各種意見。也許正是根據這一理由，後人把未題撰人的石渠會議記錄《五經雜義》及類似的《五經通義》《五經要義》也歸於曾參加石渠會議的劉向名下。當然，也完全有可能出自於劉向之手。《漢志》之所以未著錄，也許是因為其內容只是諸儒意見的記載，並非劉向自著，因而不題撰人，也是說得過去的，正如劉向校訂編輯《荀子》《韓非子》《戰國策》等先秦舊籍，《漢志》不題劉向編纂一樣。

《劉向集》六卷，《隋志》始著錄，新舊《唐志》皆為五卷。《直齋書錄解題》卷六："《劉中壘集》五卷。前四卷封事見漢書，《九歎》見《楚辭》，末《清雨華山賦》見《古藝苑》。"此集今已不傳。明張溥《漢魏六朝百三家集》匯輯劉向文為一卷，清嚴可均《全漢文》輯為三卷，另二卷為《別錄》《新序》佚文。

《七略別錄》二十卷，始見於舊《唐志》著錄。《漢書·藝文志》："至成帝時，以書頗散亡，使謁者陳農求遺書於天下。詔光祿大夫劉向校經傳諸子詩賦，步兵校尉任宏校兵書，太史令伊咸校術數，侍醫李柱國校方技。每一書已，向則條其篇目，撮其旨意，錄而奏之。會向卒，哀帝使向子侍中奉車都尉歆卒父業。歆於是總群書而奏《七略》，故有《輯略》，有《六藝略》，有《諸子略》，有《詩賦略》，有《兵書略》，有《術數略》，有《方技略》。"《七錄》與《七略》今俱不傳，嚴可均《全漢文》、馬國翰《玉函山房輯佚書》、張選青《受經堂叢書》、姚振宗《師室山房叢書》等各有輯本。班固《藝文志》即根據《七略》寫成。劉向此書，歷來被推為目錄校讎學之祖。《別錄》與《七略》共輯書六百三十四家，一萬三千三百九十七篇，圖四十五卷，先秦至漢的學術流派及其重要篇籍，大體均有著錄。更重要的是它對各種典籍的部次條別，考鏡源流，對先秦以來的各種學術流派及其分合淵源進行了系統的整理歸類，這在中國文化學術史上的貢獻，是有劃時代意義的。現代著名學者侯外廬認為，正是這一著作，體現了劉向思想中的另一個重要方面，即與他的宗教神學觀相對立的人文主義思想[①]。經過劉向整理而流傳至今的先秦典籍如《楚辭》《戰國策》《管子》《荀子》《韓非子》以及《五經》等等，更是難以一一列舉，

[①] 見《中國思想通史》第二卷，第 196—208 頁。

可以毫不誇張地說，流傳至今的所有先秦至漢的文化典籍，大都曾經過劉向的整理。班固列劉向為孔子以後中國的大學者之一，並非溢美之詞。

通過以上述略，我們可以發現，劉向雖以今文經學知名於世，但其知識是極為廣博的，決不囿於孔門一家。舉凡當時的各家，除儒學外，如道家、陰陽家、法家等等，他都兼收並蓄，對這些思想流派的評價，也比較客觀公允，而這正是成就大學問大事業的人的胸懷。至於其迷信神仙災異之說，無非是當時的科學認識水準所限，以劉向那樣的學者胸懷，決不可能明知其非而崇奉之。站在我們今天的立場上，古人都有可訾議之處，而"後之視今，亦猶今之視昔也"。

原載《西南民族大學學報》1997 年第 8 期

論朱熹《詩》說與毛鄭之學的異同及歷史意義

漢代傳《詩經》者有齊、魯、韓、毛四家，至東漢末鄭玄箋注《毛詩》，以"毛傳鄭箋"為形式的毛鄭之學，經由孔穎達等人奉敕編纂《毛詩正義》的弘揚，遂成為唐代《詩經》闡釋體系中最具影響力的一家。宋代異說蠭起，有"廢《序》"與"尊《序》"之爭，《序》即《毛詩序》，包括《大序》與《小序》，集中體現了毛鄭《詩》學的觀念及其闡釋方法。南宋理學家朱熹是"廢《序》"派的代表，所著《詩集傳》，集宋代《詩經》學之大成，是宋以後《詩經》闡釋體系中最有影響力的一家。毛鄭與朱熹雖然都以"經學態度"去闡釋《詩經》，但兩者之間也存在巨大的分歧與差異。清代今文經學家皮錫瑞曾以"漢儒重訓詁，宋儒重義理"為說，視漢學為"章句之學"，宋學為"義理之學"，謂"章句訓詁不能盡饜學者之心，於是宋儒起而有義理"。（《經學歷史·經學昌明時代》）以此泛泛地概括漢宋學術之異雖然未嘗不可，但如徑謂此即朱熹《詩》說與毛鄭之異，則大不然。

第一，漢儒治《詩》未嘗不重"義理"。所謂"義理"，是言《詩經》所蘊含的意義道理。三家今文"取《春秋》，採雜說"（《漢書·藝文志》），是言其"義理"，"毛詩"大序小序的宗旨，也為的是使學者"不以文害辭，不以辭害志"，要其所歸，"義理"而已。鄭玄依《毛詩序》說而立《詩譜》，以明其"源流清濁之所處，風化芳臭氣澤之所及"（《詩譜序》），其意也在昭顯孔子刪詩編詩以"垂教後世"的宗旨，非苟而已矣。宋代理學家程朱等人自命直承孟子的"道統正傳"而謂漢儒昧於"義理"，至以譏"毛鄭所謂山東老學究"（《朱子語類》卷八十），蓋其"義理"各自異趣。近人劉師培曾明確指出宋儒門戶之偏："宋儒之譏漢儒不崇義理，則又宋儒忘本之失也。"（《漢宋學術異同論・漢宋義理異同論》）可知謂漢儒"只重訓詁"而名其《詩》學為不崇義理的"章句之學"是宋儒的門戶之見。

第二，朱熹治《詩》，未嘗不重"章句訓詁"。所謂"章句訓詁"，是言其注經之體制。劉師培釋之說："故、傳二體，乃疏通經文之字句也；章句之體，乃分析經文之章節者也。"（《國學發微》）朱熹曾自言其當初解《詩》之時，"數十家之說，一一都從頭記得"，"這一部《詩》並諸家解，都包在肚裏"（《語類》卷八十）。他還下功夫研究過《說文》《玉篇》《廣韻》等訓詁音韻名著（見陳澧《東塾讀書記》卷二十一）。他對前代學者注經的成績也予以充分肯定："漢魏諸儒正音讀、通訓詁、考制度、辨名物，其功博矣。"（《朱文公文集》卷七十《論孟集義序》）。章太炎說，"朱晦庵不尚高論，其治經知重訓詁"（《菿漢微言》），是符合事實的評價。朱熹謂學《詩》者須"章句以綱之，訓詁以紀之"（《詩集傳序》），即由章句訓詁而明"義理"，與毛鄭《詩》學的方法"所見略同"。他曾譏笑不讀"章句訓詁"而空言"義理"者："曾見有人說《詩》問他《關雎》篇，於其訓詁名物全未曉，便說'樂而不淫，哀而不傷'，某因與他道，公而今說《詩》只消這八字，更添'思無邪'三字，共成十一字，便是一部《毛詩》了，其他三百篇皆成渣滓矣。"（《語類》卷八十）又說："今人多以'章句之學'為陋，某看見人多因章句看不成句，卻壞了道理。"（《語類》卷五十六）朱熹對漢儒注經的形式即"章句之學"大加推崇，說"漢儒可謂善說經者，不過只說訓詁，使人以此訓詁玩索經文，訓詁經文兩不離異，直是意味深長"（《文集》卷二十一《答張敬夫》），甚至聲稱"竊謂只似漢儒毛孔之流，略釋訓詁名物及文義理致尤難明者，而其易明處更不須貼句相續，乃為得體"（《文集》卷七十四《記解經》）。朱熹未嘗菲薄毛鄭的"章句之學"，言其注經形式，朱熹的《詩集傳》也是"章句之學"。可知名朱熹《詩》說為"義理之學"以求其異于毛鄭之處，是不符合歷史事實的。

總而言之，朱熹與毛鄭一樣，都是以"章句之學"的形式來發揮其

"義理"的，此正是其同，而非其異。他們之間的差異在於漢宋儒家"義理"的内涵各不相同。漢代今文經學以孔子為政治家，以"六經"為孔子致治之具，所以偏重於"微言大義"，其特點為功利的、政治的，皮錫瑞概括為"以《禹貢》治河，以《洪範》察變，以《春秋》決獄，以《三百篇》當諫書"（《經學歷史·經學昌明時代》）。古文經學以孔子為歷史學家，以"六經"為孔子整理的古代社會史料，以著三代政治盛衰而"足以作後王之鑒"（《詩譜序》），所以偏重於"名物訓詁"，其特點為歷史的、考證的。他們治經的方法雖然不同，但所理解的"聖人之意"即"六經"的"義理"卻有著共同之處，兩者都體現著漢代的"時代精神"，即以"君臣時政"為其經學目的，通經所以致用。而宋代理學家以孔子為道德家，以"六經"為孔子"載道之具"，以教人"存天理，滅人欲"。朱熹曾說："孔子所謂'克己復禮'，《中庸》所謂'致中和，尊德性，道問學'，《大學》所謂'明明德'，《書》曰'人心惟危，道心惟微，惟精惟一，允執厥中'。聖人千言萬語，只是教人'存天理，滅人欲'。"（《語類》卷十二）即以"存天理，滅人欲"為其經學目的。要言之，漢宋"義理"之内涵各不相同，它們各自體現了漢宋之"時代精神"，而我們正當以此探求漢宋《詩》學之歷史差異。

　　漢儒之言《詩》，多以"美刺君臣時政"為說，以"溫柔敦厚"為"詩教"，以"經夫婦、成孝敬、厚人倫、美教化、移風俗"為其經學目的。鄭玄說："論功頌德，所以將順其美；刺過譏失，所以匡救其惡。各於其黨，則為法者彰顯，為戒者著明。"（《詩譜序》）此即漢儒所謂《詩》之所以為經的"義理"。宋代理學家之言《詩》，則偏重於"修辭立誠，涵養德性"之道德意義，認為《詩》之所以為經的"義理"即在於孔子以此教人"存天理，滅人欲"而已。程顥說："學者不可不看《詩》，看《詩》便使人長一格價"（《近思錄》卷三）。程頤也說："興於《詩》者，吟詠情性，涵暢道德之中而歌動之，有'吾與點也'氣象。"（《程氏外書》卷三）朱熹繼承發展了二程的《詩》學觀點，更加突出了《詩》之為經的"理學"意義，說："孟子學問之道無他，求放心而已。學《禮》也，只要求放心；學《樂》也，只是求放心：讀《書》讀《詩》，致知力行，皆只是求放心也；與《詩》三百篇一言以蔽之義同，《詩》只是要人'思無邪'。"(朱鑒《詩傳遺說》卷三）朱熹對孔子"思無邪"一語也作了全新的解釋，謂《詩》之所言"善者可以感發人之著心，惡者可以懲戒人之逸志，其用歸於使人得其情性之正而已"（《論語集注·為政》），即賦予"思無邪"一語以"存天理，滅人欲"的意義，而且以此為其"詩教"（參見朱自清《詩言志辨·溫柔敦厚》）。此即宋代理學家所謂《詩》之為經的"義理"。

簡而言之，漢儒言《詩》意主於"君臣時政"，其《詩》學為社會的、政治的；宋代理學家言《詩》意主於"修辭立誠"，其《詩》學為個人的、倫理的。此即漢宋《詩》學之總體差異，而這個差異正體現了漢宋經學體系之不同，也反映了漢宋時代精神即漢宋"義理"具體內涵的變遷與發展。

那麼，漢宋《詩》學之間的總體差異是否可以完全概括朱熹《詩》說與毛鄭之異同呢？答案是否定的，漢宋《詩》學的對立，實質上是漢宋"義理"的對立。而宋代《詩經》學者反對毛鄭之學，實際上也是反對毛鄭之"義理"，而毛鄭之"義理"又具體表現於《詩序》之中。所以，宋代反對毛鄭之學的運動，是圍繞著《詩序》問題而開展的。二程、張載、呂祖謙等理學家雖然力求賦予《詩經》以新的"義理"內涵，但是他們對《詩經》的理解，仍然沿襲《詩序》舊說，所謂"借題發揮"，所謂"舊瓶裝新酒"，即借《詩序》的舊題，去發揮理學家的新"義理"罷了，嚴格說來，他們的《詩》學基本上沒有超出毛鄭之學的範圍。與此相反，歐陽修、蘇轍、王質、鄭樵等非理學家卻是《詩》學上的革新派。他們力求"去《序》言《詩》"，賦予《詩經》以新的時代意義，於是掀起了一場"疑《序》"乃至"廢《序》"的運動。朱熹面臨的問題是，"以理言《詩》"者不"去《序》言《詩》"，而"去《序》言《詩》"者不"以理言《詩》"。朱熹《詩》說之所以為朱熹《詩》說，正在於破舊立新二者合而為一，"去《序》言《詩》"與"以理言《詩》"有機地統一於他的《詩集傳》之中。此不但異於"尊《序》"的理學家，也異於非理學家的"廢《序》"派。這也正是漢宋《詩》學差異的具體體現，即朱熹《詩》

說與毛鄭之學的具體差異。我們且分而言之。

第一方面，破舊說："去《序》言《詩》。"

所謂《詩序》又分為《大序》與《小序》，而《小序》即"詩前題解"。序《詩》者從"美刺君臣時政"的角度出發，採取"以史證《詩》"的方法，對《詩》三百篇的本事及其命意一一加以解說。按照現代學者普遍認同的看法，這些解說只不過是後代解經人的意思，多非"詩人之意"，所引證的史事也多是出於序《詩》者的穿鑿附會。① 但其作者為誰，則紛如聚訟，莫衷一是。尊之者以為出自孔子或子夏，攻之者則以為出自漢儒之妄說（詳見《四庫提要·詩序》）。東漢經學大師鄭玄謂"《大序》是子夏作，《小序》是子夏、毛公合作。卜商意有未盡，毛更足成之"（《詩譜》，今佚，引自《經典釋文》）。鄭玄箋《毛詩》即依《序》說，又據之以立《詩譜》（見《東塾讀書記》卷六）。由於鄭玄在經學史上的權威地位，於是"讀者轉相尊信，無敢擬議。至於有所不通，則必為之委曲遷就，穿鑿而附會之，寧使經之本文繚戾破碎，不成文理，而終不忍明《小序》為出於漢儒也（朱熹《詩序辨說》）呂祖謙等理學家正是由於執迷不悟，才不惜委曲遷就以維護《詩序》的正統地位。朱熹對此曾頗為不滿地說："伯恭（呂祖謙）凡百長厚，不肯非毀前輩，要出脫回護，不知只為得個解經人，都不曾為得聖人本意"（《語類》卷八十）。他徹底否定了《詩序》的權威地位。

首先，朱熹以范曄《後漢書·儒林傳》所謂"衛宏從謝曼卿受學，因作《毛詩》，善得《風》《雅》之旨"云云為證，認為《小序》出於後漢衛宏等人之手，"不是衛宏一手所作，多是兩三手合成一體，愈說愈疏。後來經意不明，都是被他壞了"（《語類》卷八十）。又說："《大序》亦不是子夏作，煞有礙義理誤人處。"（《詩傳遺說》卷二）

其次，朱熹認為，《詩序》"以史證《詩》"的方法是"附會書史，依託名諡，鑿空妄語"（《辨說·邶·柏舟》）。即是依據《左傳》《國語》《史記》諸書所載君主事蹟及其諡號之美惡以定《詩》之美刺。凡詩有辭

―――――――――

① 參見《古史辨》第三冊載鄭振鐸《讀〈毛詩序〉》、顧頡剛《論〈詩序〉附會史事之方法書》等文。

之美者繫之於賢君美謚；辭之惡者則繫之於愚君惡謚，"又拘於時世之先後，其或書傳所載，當此一時，偶無賢君美謚，則雖有辭之美者，亦例以為陳古而刺今"（同上引）。

最後，朱熹不但以史為證，而且又從詩文本身入手，即所謂"以《詩》言《詩》"，注重分析古詩的藝術表現特徵即"比興"手法的特點，指出《詩序》與詩意不符的大量事實，證明《詩序》只不過是後代解經人的意思，而並非詩人作詩之意。

我們認為，朱熹關於《詩序》的結論基本上是正確的。雖然《小序》是否出於衛宏之手，尚有爭議，須待進一步證明，但序《詩》者為漢儒，可視之為定論。《序》說多不符合詩意也是不可否認的事實，序《詩》者確有附會之嫌。《史記》不載《毛詩》，則《毛詩》的出現及流行當是《史記》成書之後的事。鄭樵說："諸風皆有指言當代之某君者，唯《魏》《檜》二風無一言指某君者，以此二國《史記·年表》《世家》《列傳》不見所說，故二風無指也。"（《詩辨妄》，今佚。引自周孚《非詩辨妄》）崔述也說："《詩序》好取《左傳》之事附會之。蓋三家之詩，其出也早，《左傳》尚未甚行，但本其師所傳為說。《毛詩》之出也晚，《左傳》已行於世，故得以取而遷合之。"（《讀風偶識》卷一）《詩序》既多附會之辭，表現的也是漢代的《詩》學觀點，妨礙學者們對《詩經》本身的理解，真可謂"一堆壓在《詩經》之上的瓦礫"（鄭振鐸《讀〈毛詩〉》）。朱熹對《詩序》的批判雖然也存在明顯的歷史局限，但他力倡去《序》言《詩》，從原則上應當予以充分肯定。去《序》言《詩》，是《詩集傳》在古代《詩經》闡釋研究史上具有劃時代意義的貢獻之一。

對《詩序》的懷疑並不始於朱熹。唐代韓愈即謂"子夏不序《詩》"（《四庫提要·詩序》）。北宋歐陽修以《小序》為"太師編《詩》假設之義，而非詩人作詩之本意"（《詩本義》卷一），實啟疑《序》之端。蘇轍《詩解集傳》則以"《毛詩序》為衛宏作，非孔氏之舊，止存其首一言，餘皆刪去"（晁公武《郡齋讀書志》卷二）。乃去《序》言《詩》之始。南宋王質《詩總聞》全去《詩序》，"其說多出新意，不循舊傳"（陳振孫《直齋書錄解題》卷二）。鄭樵始倡言排擊，謂"《詩序》乃村野妄人之所作"(《夾漈存稿》卷中《寄方禮部書》)。至朱熹集其之大成。他特地撰寫《詩序辨說》(附《詩集傳》之後),全面考辨《詩序》的種種問題,徹底動搖了《詩序》的正統地位。自是之後,《詩》學者遂分為"廢《序》"與"尊《序》"兩派:一派以鄭玄之說為據,謂"《詩序》出於子夏嫡傳",清代的陳啟源(《毛詩稽古編》)、陳奐(《詩毛氏傳疏》)、胡承珙(《毛詩後箋》)等人,即以尊崇《詩序》著稱;另一派則以朱熹所引范曄之說為證,謂"《詩序》出於漢儒之手",清代的姚際恒(《詩經通論》)、方玉潤(《詩經原始》)、崔述(《讀風偶識》)等人,則以攻《序》名世。馬瑞辰的《毛詩傳箋通釋》雖主《序》說,間或也捨《序》而從《詩集傳》(如《邶·靜女》《邶·雄雉》《齊·東方之日》等),或自立新說(如《陳·宛丘》《陳·東門之枌》等)。戴震的《毛詩補正》也多採《詩集傳》以補毛鄭之失,如以《周南·卷耳》為"懷人之詩"即從朱熹之說。陳澧說:"平心論之,《序》說雖古義,而朱說尤通,故戴氏從之也。"(《東塾讀書記》卷六)即使如此著名的漢學家,也承認了《詩序》不盡符合詩人之意的事實。可知"去《序》言《詩》"並非出自於宋儒之偏見,而是學術發展的必然結果。今天,經學時代已經成為歷史,《詩經》也恢復了古代詩歌的本來面目。回顧古代《詩經》研究史,從毛鄭之學到《詩集傳》,以至清代的漢宋《詩》學之爭,《詩》學研究一直在向前發展。而在這個發展史上,去《序》言《詩》無疑是一個重大突破。溯其源,不得不首先歸功於朱熹及其《詩集傳》。

第二方面,立新說:以"理"言《詩》。

《尚書·堯典》說:"詩言志。"《詩人序》也說:"詩者,志之所之也,在心為志,發言為詩。"清代學者顧炎武說:"詩言志,此詩之本也。"(《日知錄》二十一卷)但是,由於年代悠渺,史料湮滅,《詩經》中大量作品的本事與命意事實上已無從可考;又由於詩多比興之辭,非同直言,詩人即不明言,後人也難以推測。① 如何推求詩人本意的命題,早在二千多年之前的戰國時代就已提出。孟子與其弟子咸丘蒙討論《小雅·北山》

---

① 皮錫瑞:《詩經通論·論〈詩〉比它經尤難明者有八》。

之時，提出"不以文害辭，不以辭害志，以意逆志"的《詩》學方法，即"以己之意'迎受'詩人之志而加以'鉤考'"（朱自清《詩言志辨・比興》）。但是，所謂"己意"是由不同的時代精神所決定的，以此"迎受'的"詩人之志"也就可能因人因時而異，所以，早在西漢就有"詩無達詁"的說法。① 不同時代的詩學者都要受到一定時代限制，以各自的時代精神去闡釋《詩經》。序《詩》者"以史證《詩》"表現了漢代的經學思想，而朱熹在去《序》言《詩》之後，也賦予《詩經》以新的時代意義，即以"理"言《詩》，使一部《詩經》理學化了。

理學是宋代形成的新儒學，是朱熹借以推求"詩人之志"的時代精神。所謂"理"，又名"天理"，是朱熹哲學體系的最高範疇。他的哲學體系雖然以"天理"為其核心，但實際上是繼承了程頤的"理"與張載的"氣"而形成的"理氣二元論"。他說："天地之間，有理有氣。理也者，形而上之道也，生物之本也；氣也者，形而下之器也，生物之具也。是以人物之生，必稟此理，然後有性；必稟此氣，然後有形"（《文集》卷五十八《答黃道夫》）。即"理"與"氣"皆為宇宙萬物之根源，二者相結合而生萬物包括人類。"理"為物之性，物之心，物之精神；而"氣"為物之體，物之形，物之器具。朱熹的"天理"與古希臘哲學家柏拉圖的"理世界"、德國古典哲學家黑格爾的"絕對理念"一樣，表現了新儒家力求從哲學高度去認識理解世界本原的企圖，其中包含深邃的智慧與相對合理的因素。但當他以"天理"去解釋他所處的人類社會以及人本身時，就出現了明顯的局限。他所謂"天理"實際上是以"三綱五常"為核心的封建社會的道德原則。他曾說："宇宙之間，一理而已，天得之而為天，地得之而為地，而凡生於天地之間者，又各得之而為性，其張之為三綱，其紀之為五常，蓋皆此理之流行，無所適而不在也。"（《文集》卷七十《讀大紀》）而這個以"三綱五常"為其具體內容的"天理"正是朱熹闡釋《詩經》的依據。那麼，朱熹又是怎樣在以"理"言《詩》呢？

首先，他以"存天理，滅人欲"為宗旨，將《詩經》從"美刺君臣時

---

① 見董仲舒《春秋繁露・精華》、劉向《說苑・奉使》。

政"的工具一變為理學家教人"修辭立誠"的道德教科書。他認為"天理"體現於人即是"性",所謂"性即理",是善的體現,所以"孟子遇人便道性善"(《孟子集注序》)。而與其對立的即是"人欲",產生於所謂"形氣之私",是惡的表現。衡之以"理","人之一心,合道理底是天理,循情欲底是人欲"(《語類》卷七十八),即不合"三綱五常"之理的"喜怒哀樂"之情、"男女飲食"之欲,皆是"人欲橫流",皆當有以制之。《詩》之為經,正在於"勸善懲惡","所以人事浹於下,天道備於上,而無一理之不具也"(《詩集傳序》)。詩人之言,雖然由於"其國之治亂不同,人之賢否亦異,其所感而發者,有邪正是非之不齊"(同上引),"但其中之善者可以感發人之善心,惡者可以懲創人之逸志,其用歸之於使人得其情性之正而已"(《論語集注·為政》)。所謂"情性之正"即符合"天理"的人格標準。朱熹曾謂學者只要"章句以綱之,訓詁以紀之,諷誦以倡之,涵濡以體之,察之情性隱微之間,審之言行樞機之始,則修身及家,平均天下之道,其亦不待他求而得之於此矣"(《詩集傳序》)。所以他力求以"思無邪"為新的"詩教",以便更好地借《詩經》來宣揚他"存天理,滅人欲"的道德訴求。

其次,朱熹以"理"言《詩》又具體貫穿於《詩序》之辨中。他站在衛道的立場上,力斥《詩序》"失是非之正,害義理之公,以亂聖經之本指,而壞學者之心術"(《辨說·鄭·有女同車》)。其所謂"是非之正","義理之公""聖經之本指"云云,卻是理學化了的孔孟之道,即以"三綱五常"為核心的道德原則。如《小序》解《周南》諸詩云:"后妃之德"(《關雎》),"后妃之本"(《葛覃》),"后妃之志"《卷耳》),"后妃之化"(《兔罝》),"后妃之美"(《芣苢》),等等,固然失之穿鑿。朱熹則一以"文王之化"代之,謂"其辭雖主於后妃,然其實皆所以著明文王修身齊家之効也"(《詩集傳》);又辨之說:"序者徒見其辭,而不察其意,遂一以后妃為主,而不復知有文王,是固已失之矣。至於化行國中,三分天下;一亦皆以后妃所致,則是禮樂征伐皆出於婦人之手,而文王者,徒擁虛器,以為寄生之君也,其失甚矣。"(《辨說·周南·關雎》)又說:"以為后妃所致,非所以正男女之位。"(同上,《桃夭》)又如他辯

《小序》"陳古刺今"之失:"是使讀者疑於當時之人,絕無善則稱君,過則稱已之意,而一不得志,則扼腕切齒,嘻笑冷語,以懟其上者,所在而成群,是其輕燥險薄,尤有害於溫柔敦厚之教也。"(《辨說·邶·柏舟》)皆是以"綱常名教"立說。辨則辨矣,可謂言之成"理",然卻不是持之有故,與《序》說同歸於附會而已。

最後,朱熹以"理"言《詩》,也具體表現於其對眾家之說的去取標準之中。他的《詩集傳》與其《四書章句集注》一樣,廣採博取眾家之說而自成一家之言。但他自有其去取標準,試舉兩個非常明顯的例證。第一,他對"尊《序》"的理學家的態度:一方面,他對程張諸人"以《序》言《詩》"的方式頗有微詞,謂"程先生《詩傳》取義太多,詩人平易,恐不如此"(《詩傳遺說》卷一),"二南亦是採民言而被樂章耳,程先生必要說是周公作以教人,不知是如何,某不敢從"(《語類》卷八十)。謂張載"橫渠說'置心平易始知《詩》',然橫渠說《詩》並不平易"(同上引)。謂呂祖謙"曲從《序》說,不免穿鑿",又說:"東萊《詩記》卻編得仔細,只是大本已失了,更說什麼。"(《詩傳遺說》卷二)但另一方面,他在《詩集傳》中卻大量採用了他們以《詩》言"理"的觀點,以發揮《詩》三百篇的理學意義,而且對他們的"義理之學"給予了很高的評價,謂"自是之後,三百五篇之微辭奧義,乃可得而尋繹"(《文集》卷七十六《呂氏讀詩記後序》)。第二,他對非理學家的"廢《序》派"的態度:朱熹去《序》言《詩》是受了鄭樵的直接影響,《詩序辨說》所引證的史料,多取自鄭樵的《詩辨妄》(王應麟《困學紀聞》卷三)。即使在"美刺"之辨、"淫詩"之說等一系列問題上,他也主要是受到鄭樵的啟發。但《詩集傳》對鄭樵的《詩傳》卻基本上一無所取,而且論及宋代《詩經》研究現狀時,居然對其隻字未提,原因就在於鄭樵的《詩》說不符合他的理學標準,所謂"理學為本,眾說為用"。不可否認,理學作為一種新的思想體系,正如漢代經學以及歷史上所有的思想體系一樣,是有其時代局限的。所以,朱熹以理言《詩》所失甚多,一方面,他在批判《詩序》舊的穿鑿附會,另一方面,他又發明了新的穿鑿附會,如他辨《序》說於"二南"之失云云即是例證之一。

那麼，我們應當怎樣評價"以理言《詩》"的積極意義呢？論者多以其失而否定了以"理"言《詩》的積極意義。這實際上是一種形而上學，不可能對朱熹《詩》說的是非得失及其以"理"言《詩》的歷史意義作出正確的評價。理學作為一個時代的思想體系，其發生、發展、形成，皆有其歷史的合理性。理學之於漢代經學，也曾是一種充滿批判創新精神的哲學。它對漢代經學的懷疑批判是經學史上的一次"思想解放"。體現於《詩》學研究上就是打破毛鄭之學的一統天下，而朱熹也正是以理學為"批判的武器"去批判《詩序》的。雖然以"理"言《詩》與去《序》言《詩》之間並不存在必然的因果關係（程頤、呂祖謙等理學名家即以"尊《序》"著稱），但是朱熹之去《序》言《詩》的大膽之舉，卻是得力於理學的懷疑批判精神。章太炎曾說，朱熹"因少長福建，習聞新學，性好勇敢，故多廢先師大義，而以己意行之"（《菿漢微言》）。揭示了朱熹去《序》言《詩》的思想基礎。我們不可能離開以"理"言《詩》而去侈談朱熹去《序》言《詩》在古代《詩經》研究史上的劃時代意義。其次，理學本身同漢代經學一樣，不是絕對謬誤，而也有其相對合理的思想內容。如"天理""人欲"之辨，不僅從哲學上承認了"人欲"的地位，而且認為"飲食男女，天理也"等等。正因為如此，朱熹去《序》言《詩》之後，才可能對《詩經》中相當一部分作品作出符合實際的解釋。我們甚至可以作出以下結論：正是由於去《序》言《詩》與以"理"言《詩》破舊立新兩方面的結合，才使得他的《詩集傳》不但成為宋代反對毛鄭之學的《詩》注中最有代表意義的一部著作，而且也是古代《詩經》研究史上一部具有劃時代意義的《詩》著。

總而言之，漢宋《詩》學之異，也就是漢宋"義理"之異，朱熹《詩》說與毛鄭之異，正是反映了漢宋"義理"之間的對立，具體體現就在於去《序》言《詩》與以"理"言《詩》兩個方面。朱熹《詩》說與毛鄭之學的這兩大具體差異，標志著一個新的《詩經》闡釋體系的形成。但是，這個闡釋體系本身也存在著嚴重的思想矛盾：一方面，朱熹力倡去《序》言《詩》，以求"詩人之意"，他說，"只將元詩虛心熟讀，徐徐玩味，候仿佛見個詩人本意，卻從此推尋將去，方有感發，如人拾得個'無題目詩'，再三熟看，亦須辨得出來"（《語類》卷八十），是求"詩人之意"。另一方面，他又以"理"言《詩》，以求"聖人之意"，他說，"《詩》之為經，所以人事浹於下，天道備於上，而無一理之不具也"，學者須是"察之情性隱微之間，審之言行樞機之始，則修身及家、平均天下之道，其亦不待他求而得之於此矣"（《詩集傳序》），則是求"聖人之意"。"詩人之意"與"聖人之意"，或者，"作詩之意"與"編詩之意"，這是一對自相矛盾的命題。而這一矛盾，始終貫穿朱熹的《詩》學體系之中。例如他認為"孔子不曾刪詩"（《語類》卷八十，《詩傳遺說》卷二)，又認為"孔子曾經刪詩"（《詩集傳序》)；他認為"二南是採民言而被樂章"（《語類》卷十八)，又認為"《關雎》是宮中之人所作，《葛覃》《卷耳》是后妃自作"（《詩集傳》)；他認為："十三國風之次序無意義"（《語類》卷八十)，又認為："聖人於變風之極，則繫以思治之詩。以示循環之理，以言亂之可治，變之可正也"（《詩集傳・曹・下泉》)，等等。

朱熹《詩》說的這些矛盾是經學時代的產物。他是經學家，以《詩》為經，須求"聖人編《詩》之意"；他又是文學家，以《詩》為詩，要見個"詩人作詩之意"。然而，此二者並非常能兼得之，所以他時常陷入自我矛盾之中，而又不能盡圓其說。當然，朱熹畢竟首先是經學家，其次才是文學家，他之所以為《詩》集傳，也首先在於他能以此發揮他的理學思想。"聖人之意"高於"詩人之意"，或者，"編詩之意"高於"作詩之意"，所以朱熹《詩》說的真知灼見時為其妄言謬說所掩蓋。我們應當對朱熹其人其說及其思想矛盾加以全面的、具體的考察分析，才可能對其是非得失作出符合歷史的評價。

原載《四川師範學院學報》1985 年第 3 期

試論朱熹的"美刺"之辨

　　我在《論朱熹〈詩〉說與毛鄭之學的異同及其歷史意義》一文中，較為系統地分析了朱熹與毛鄭《詩經》闡釋學的異同，認為朱熹是宋代反毛鄭之學的集大成者，他以大膽的懷疑批判精神對傳統《詩經》闡釋體系發起猛烈攻擊，其攻擊的焦點是《毛詩序》。《毛詩序》是毛鄭闡釋體系的綱領，其意在"君臣國政"，其以史證《詩》的方法貫穿著一個基本精神，即所謂"美刺"，讚美或諷刺。朱熹正是以"美刺"之說為突破點，來展開對《毛詩序》的批判的。

　　《毛詩序》分《大序》《小序》，《小序》類似"詩前題解"，多以"美某公也"或"刺某公也"為首句。按照這樣的解讀模式，一部《詩經》的主旨便被概括為"美刺"二端。鄭玄《詩譜序》曾有過具體說明："論功頌德，所以將順其美；刺過譏失，所以匡救其惡。各於其黨，則為法者彰顯，為戒者著明……以為勤民恤功，昭事上帝，其受頌聲弘福如彼；若違而弗用，則被劫殺，大禍如此。吉凶之所由，憂愉之萌漸，昭昭在斯，足作後王之鑒，於是止矣。"勸善懲惡，垂鑒後世，此即"美刺"的意義，也是《詩經》所以為經的意義。這樣的解讀在多大程度上符合詩人本意，姑且不論，但的確符合漢代通經致用的時代精神。《詩大序》甚至以"美刺"來解釋《風》《雅》《頌》之義："上以風化下，下以風刺上；主文而譎諫；言之者無罪，聞之者足以戒，故曰風"；"雅者，正也，言王政之所由廢興也"；"頌者，美盛德之形容，以其成功告於神明者也"。鄭玄也以"美刺"說闡釋"六詩"之義："風，言賢聖治道之遺化也；賦之言鋪，直鋪陳今之政教善惡；比，見今之失不敢斥言，取比類以言之；興，見今之美,嫌於媚諛,取善事以喻勸之;雅,正也,言今之正者從為後世法;頌之言誦也,容也,誦今之德廣以美之。"(《周禮·春官·大師》注)將詩歌藝術與政教風化聯繫起來加以闡釋分析,強調其政治功能與社會功能,不能說全無道理,但簡單概括為"美刺"兩端,太絕對化。首先,《禮記·王制》說:"命大師陳詩以觀民風。"所謂"民風"者,風俗、風土、風情、風物、風化,等等。而序《詩》者則將"民風"狹義地概括為"風化政教",於三百篇一以"美刺"為說,朱熹認為:"只用他這一說,便瞎卻了一部詩眼。"(朱鑒《詩傳遺說》卷三)其次,《詩大序》說:"治世之音安以樂,其政和;亂世之音怨以怒,其政乖;亡國之音哀以思,其民困。"《小序》以"美刺"繫之於某公某王,賢君之世無惡辭,愚君之世無美辭。聲音之道與政相通,但並不是如此簡單的對應關係,朱熹認為,序《詩》者是"依托名謚,妄生美刺",而"不知其時者,必強以為某公某王之時;不知其人者,必強以為某甲某乙之事(朱熹《詩序辨說·邶·柏舟》)。最後,正是由於序《詩》者存有凡詩必為"美刺"的先入之見,處處以"美刺"生說,甚至置詩文本意於不顧,穿鑿附會曲為之解。朱熹說,詩人之志"本卑也,而亢之使高;本淺也,而鑿之使深;本近也,而推之使遠;本明也,而必使至於晦"(《朱子語類》卷十一)。

但是,《毛詩序》的"美刺"說卻一直為學者轉相尊奉,成為理解闡釋《詩經》的基本原則。即使宋代的"攻《序》派"蘇轍、王質等人也不例外。蘇轍《詩解集傳》"例存首句,即"美某也","刺某也"云云,照例以"美刺"言《詩》,沒有從根本上突破《毛詩序》建構起來的闡釋體系。至於歐陽修《詩本義》,雖然多辨毛鄭之失,但也沒有正面觸及這一根本性的問題。宋代的理學家大多也依從《毛詩序》,不過從"文以載道"的角度去發展"美刺"說新的意義,賦予這一《詩》學原則以理學的內涵。

"文以載道"是中國傳統文學的經典命題,宋代理學家尤其強調。周敦頤說:"文所以載道也。"(《通書·文辭》)程頤說:"《詩》《書》,載道之文也。"(《二程遺書》卷二)何者為《詩》之道呢?即"勸善懲惡",即《詩序》的"美刺"原則。程顥說:"《詩》有美刺,歌誦之以知善惡、治亂、興廢。"(《二程遺書》卷十一)程頤說:"人之怨怒必形於言,政之善惡,必見於美刺",又說:"得失之跡,刺美之意,則國史明之矣。史氏得詩以載其事,然後其意可知,今《小序》之首是也。"(《伊川經學》卷三《詩解》)張栻說:"《詩》三百篇,美惡怨刺雖有不同,而其言之發皆出於惻怛之公心,而非有他也,故'思無邪'一語足以蔽之。"(《論語解》)皆沿襲《毛詩序》舊說,以"美刺"言《詩》。可知《毛詩序》的"美刺"之於理學家的"道",可以"委曲相通",其間似乎沒有根本性質的矛盾。直到朱熹才突破《毛詩序》"美刺"說的闡釋模式。

朱熹對《毛詩序》"美刺"說詳加辨析,徹底否認其權威性,認為:"《詩序》多是後人妄意推想詩人之美刺,非古人之所作也。古人之詩雖存,而意不可得知,序《詩》者妄誕其說,但擬見其人如彼,便以為詩之美刺者必若此也。"(《詩傳遺說》卷二)。又說:"既是千百年以往之詩,今只見得大意便了,又何必要指實其人姓名,於看《詩》有何益也?"(同上引)而序《詩》者"以史證《詩》"的方法看似持之有故,言之有據,實則是"附會書史,依托名謚,鑿空妄語"(《辨說·邶·柏舟》),如鄭樵所說:"只是將史傳揀去,並看謚,卻附會作《小序》美刺。"(《語類》卷八十)朱熹進而大膽提出:"讀《詩》且只將作今人做底詩看。"(《語類》卷八)"大率古人作詩,與今人作詩一般,其間亦自有感物道情,吟詠情性,幾時盡是譏刺他人?只緣序者立例,篇篇要作'美刺'說,將詩人意思盡穿鑿壞了。且如今人見人才作事,便作一詩歌美之,或譏刺之,是什麼道理?如此亦似里巷無知之人,胡亂稱頌諛說,把持放雕,何以見先王之澤,何以為情性之正?"(《語類》卷八十)朱熹由此得出"詩人之意不盡在於美刺"的結論。朱熹去《序》言《詩》,實際上也就是"去其美刺,探求古始"(黃震《黃氏日鈔》卷四《讀毛詩》),這在古代《詩經》研究史上無疑是意義重大的突破。

朱熹反對《毛詩序》的"美刺"原則,但並不否認《詩》中有"美刺"。凡詩文明白,直指其事,如《甘棠》《定中》《南山》《株林》之屬;或證驗的切,見於書史,如《載馳》《碩人》《清人》《黃鳥》之類,他皆一仍《序》說。(《辨說·邶·柏舟》)考《序》之所謂"刺詩",十三國風（變風）中八十二篇，二雅（變雅）中四十九篇，合一百三十一篇。朱熹於《詩集傳》之中，去其"怨刺"者，凡七十七篇，約占所謂"刺詩"百分之五十八。事實上，朱熹反對的是序《詩》者不顧詩文本意，篇篇要作"美刺"說的方法。清代學者崔述曾說："《詩序》好以詩為刺時政時君者，無論其辭如何，務委曲而歸其故於所刺者。夫詩主於情，情主於境，境有安危亨困之殊，情有喜怨哀樂之異，豈刺時刺君之外，遂無可言之情乎？"（《讀風偶識》卷一）是為的論。朱熹不但反對篇篇皆為"譏刺"，也反對篇篇皆為"美頌"，謂二者皆"不切於情性自然"（《辨說·邶·柏舟》）。他於《詩序》所謂"美詩"也多所駁正，如《邶·凱風》注云："此乃七子自責之辭，非美七子作也"；《豳·東山》注云："此周公勞歸士之辭，非大夫美之而作也。"（《辨說》），於《大雅》諸"美宣王"之詩，及《魯頌》諸"美僖公"之篇，一一去其"美頌"之意，但指為"送行""燕飲"之詩等等。（見《詩集傳》）後代學者有誤以為朱熹的"美刺"之辨意在"盡去美刺"，而以"詩人自不諱刺"以斥朱熹之偏者，如清代程廷祚（見《清溪集》卷二《詩論》），蓋有意為《毛詩序》的"美刺"之說辯護，而不覺其自偏耳。

　　朱熹突破了以"美刺"言《詩》的局限，雖然仍是以所謂"經學態度"為《詩》集傳，但他已注意到從文學角度去解讀《詩經》。他說："聖人有法度之言，句句皆有理，《書》《禮》是也。若《詩》要句句從理讀去，便都礙了。"（《語類》卷八十）。《詩》區別於所謂"法度之言"的特點即在於"詩可以興"。他說："詩可以興，詩便有感發人的意思，今讀之無所感發，正是被諸儒解殺了，死著詩義，興起人善意不得。"（同上引）。甚而主張說："看《詩》義理外，更好看他文章。"（《詩傳遺說》卷一）朱熹注意到了《詩經》的文學特點，認為"讀《詩》先要識得'六義'體面"（《語類》卷八十）。關於《詩經》的"六義"，即風、雅、頌、賦、比、興，鄭玄皆從"美刺"的角度為之定義，孔穎達《毛詩正義》已指出此說的錯誤："比云見今之失，取比類以言之，謂刺詩之比也。興云見今之美，取善事以勸之，謂美詩之興也。其實美刺俱有比興者也。"又說："《風》《雅》《頌》者，詩篇之異體；賦、比、興者，詩文之異辭耳", "賦、比、興是詩之所用,《風》《雅》《頌》是詩之成形。用彼三事, 成此三事, 是故同稱為義"。朱熹發展了孔穎達之說, 不從"美刺"的經學角度, 而是從文學本身的角度, 對"六義"作出了精闢的解釋: "《風》者, 閭巷風土男女情思之詞,《雅》者, 朝會燕享公卿大人之作,《頌》則鬼神宗廟祭祀之樂, 其所以分者, 皆以其篇章節奏之異者。"(《楚辭集注·離騷經第一》)。"賦者, 敷陳其事而直言之也"(《詩集·周南·葛覃》);"比者, 以彼物比此物也"(同上,《螽斯》);"興者, 先言他物以引起所泳之辭也"(同上,《關雎》)。他又具體地闡明"六義"之間的關係:"三經是賦、比、興, 是作詩的骨子, 無詩不有, 才無則不成詩, 蓋不是賦, 便是比, 便是興。如《風》《雅》《頌》卻是裏面橫串底, 都有賦、比、興, 故謂之三緯。"(《語類》卷八十)。朱熹可謂"識得了"六義體面"。王應麟《困學紀聞》卷三引鶴林吳氏說:"毛氏自《關雎》而下, 總百六十篇, 首繫之興,《風》七十,《小雅》四十,《大雅》四,《頌》二, 注曰'興也', 而比、賦不稱焉。蓋謂賦直而興微, 比顯而興隱也。"朱氏又於其間增補十九篇, 而摘其不合於興者四十八條, 且曰: "《關雎》興詩也, 而兼於比;《綠衣》, 比詩也, 而兼於興;《頍弁》一詩而比、興、賦兼之。則析義愈精矣。"毛公注《詩經》獨標興體, 鄭玄釋興, 則多混淆比、興之義。朱熹《詩集傳》之中則賦、比、興一一標明, 以便學者識得古詩的藝術特點。正因為他突破了《詩序》形而上學的"美刺"觀, 注點到《詩經》的文學特點, 所以他能夠在《詩集傳》中糾正傳統《詩》說的許多誤解。茲舉三類, 以見其餘。

第一類, 詩人"感物道情"之作。"懷人之詩"。《邶·雄雉》,《詩序》:"刺宣公也, 淫亂不恤國事, 軍旅數起, 大夫久役, 男女怨曠, 國人乞患之而作是詩。"鄭玄則以前兩章為"刺宣公淫亂", 後兩章為"女怨之辭", 至以"雄雉于飛, 泄泄其羽"托物起興, "喻宣公整其衣服而起, 奮訊其形貌, 志在婦人"。此"牽經配《序》之病, 殊覺支離"(朱鶴齡《毛詩通義》)。朱熹去其"刺宣公"之意, 直視為"婦人思其君子久役於外而作", 詩意則豁然貫通。所以馬瑞辰謂"此詩當從朱子《集傳》"(《毛詩傳箋通釋》)。俞樾也主此說(見《群經平議》卷七)。胡承珙謂

"詩人托為征夫久役,室家思念之辭,因以刺宣公"(《毛詩後箋》)。則後代"編詩之意"①,而非詩人"作詩之意"。他如《衛·伯兮》《王·君子于役》《小雅·采綠》等"懷念征人"之詩,皆當作如是觀。

"怨恨之辭"。《邶·谷風》,《序》謂"刺夫婦失道也";《衛·氓》,《序》亦謂"刺時也",等等,朱熹皆去其"刺時"之意,但以為"棄婦之辭"。《唐·杕杜》,《序》云:"刺時也,君不能親其宗族,骨肉離散,獨居而無兄弟";《小雅·谷風》,《序》云:"刺幽王也。天下俗薄,朋友道絕焉。"朱熹也直視為"怨兄弟朋友之詩"。又如《小雅·黃鳥》《我行其野》,朱熹皆去其刺意,謂"民流離於外,無所歸而怨之之辭"(《詩集傳》)。後漢何休說:"男女有所怨恨,相從而歌,饑者歌其食,勞者歌其事。"(《春秋公羊傳》宣公十五年解詁)是怨恨之辭各為其事而發,不必皆為"君臣國政"。而且,詩人未嘗有"刺時刺君"之意(見崔述《讀風偶識》卷一),序《詩》者凡見"怨恨之辭"則一概歸之為"刺時刺君",也只是"後代解經人的意思"(《語類》卷十八)。

"燕樂之歌"。《唐·綢繆》詩云:"綢繆束薪,三星在天。今夕何夕,見此良人。子兮子兮,如此良人何!"《序》謂"刺婚姻失時"。何謂"失時"?《鄭箋》以仲春嫁娶為正,又謂三星為心星,"三星在天"則三月之末,四月之中,故謂"失時"。而《毛傳》以秋冬娶妻為正,謂三星為參星。陳奐申之:"參星在天,則自東而南,昏見於隅,故《傳》以為東南隅。《正義》云在十月之後,謂十一月、十二月是也。"又說:"《荀子·大略》云:''霜降逆女,冰泮殺止',冰泮在正月之節,自霜降以至冰泮,皆為嫁娶之正時。"(《詩毛氏傳疏》)按《邶·匏有苦葉》:"士如歸妻,迨冰未泮"亦"古者有九月霜降逆女,至二月冰泮為婚姻之期"之證,是"三星在天"云云為得時。且詩云:"如此良人何""如此邂逅何""如此粲者何",歡快之意溢於言表,何刺之有?朱熹以為"婚姻者相得而喜之詞",是為得之。清人姚際恒謂"詩人見人成婚而作,如今賀人作花燭詩"(《詩經通論》)。馬瑞辰謂"設為旁觀見人嫁娶之辭,

---

① 姜炳璋:《詩序補義》,引自《四庫提要·詩類二》。

見其夫婦相會合也"(《毛詩傳箋通釋》)。皆本《詩集傳》立說。他如《小雅·頍弁》為"燕兄弟親戚之詩",《小雅·隰桑》為"喜見君子之辭",《小雅·瓠葉》為"燕樂賓客之作",皆無刺時刺君之意,當以朱熹之說為正。

第二類,詩人敘述"國風民俗"之作。《唐·蟋蟀》及《山有樞》,《詩序》各以"刺晉僖公""刺晉昭公"為說,皆無從考,"烏得鑿然從為刺某公乎?"(姚際恒《詩經通論》)崔述駁《序》說:"今觀其詞,但云'今我不樂,日月其除',儉何在焉?且云'無已大康,職思其居',刺何在焉?"(《讀風偶識》卷三)。朱熹本《漢書·地理志》"皆奢儉之中,念死生之慮"云云而申之,謂二詩實敘唐俗勤儉,民間終歲勞苦,詩人勸人及時行樂耳。他說,《蟋蟀》的作者"是個不敢放懷底人",說"今我不樂,日月其除",便又說"無已大康,職思其居","到《山有樞》是答,便謂'只有衣裳,弗曳弗婁,宛其死矣,他人是愉',這是答他不能享些快活,徒恁地苦澀"(《語類》卷八十),深得詩人之意。清代學者或有攻之者說:"若然,不過如後世《將進酒》《箜篌引》《來日大難》之類,此何關於理亂者而夫子錄之乎?"(朱鶴齡《毛詩通義》),"是相率而入於流蕩放曠之域,尚得為陶唐之遺風哉?"(胡承珙《毛詩後箋》)。須知"大率古人作詩,也與今人一般",今人既有"對酒當歌,人生幾何"之詩,古人為何不可發"及時行樂"之歎?

又如《秦·無衣》,《詩序》謂"秦人刺其君好攻戰,亟用兵,而不與民同欲焉"。詩云:"豈曰無衣,與子同袍。王于興師,修我戈矛,與子同仇。"《序》說顯然與詩意不符。此詩實敘"秦俗強悍,樂於戰鬥"(《詩集傳》)。崔述謂:"朱《傳》之論《無衣》,深得其旨。"(《讀風偶識》卷四)他如《齊·還》與《盧令》敘"齊俗之不美者",《陳·宛丘》與《東門之枌》敘"陳俗好樂"(馬瑞辰謂敘陳之巫風),《鄭》《衛》二風敘所謂"男女淫風",等等,皆當從朱熹之說,以為詩人但敘其"國風民俗",而無與於刺時刺君也。

第三類,《序》所謂"陳古刺今"之詩。《小雅·楚茨》以下十篇,及《小雅·魚藻》《采菽》《黍苗》等篇,《序》皆以為"陳古刺今"之詩，"陳古明王之美"以刺今之幽王。試讀之，並無譏刺之意，而唯有美辭，例如："祝祭于祊，祀事孔明，先祖是皇，神保是饗。孝孫有慶，報以介福，萬壽無疆。"（《楚茨》）"祀事孔明，先祖是皇。報以介福，萬壽無疆。"（《信南山》）"以享以祀，以介景福。"（《大田》）"君子至止，福祿如茨。"（《瞻彼洛矣》）"君子樂胥，受天之祜。"（《桑扈》）"君子萬年，福祿宜之。"（《鴛鴦》）"王在在鎬，豈樂飲酒。"（《魚藻》）"召伯有成，我心則寧。"（《黍苗》）所以，朱熹辨之說："諸詩詞氣和平，稱述詳雅，無風刺之意"（《辨說·小雅·楚茨》），"如《楚茨》《信南山》《甫田》《大田》諸篇，不待看《序》，自見得是祭祀及稼牆田政分明，到《序》說出來，便道是'傷今思古'、'陳古刺今'，這那裏見得？"（《詩傳遺說》卷二）他於是一以詩文為正，盡去其"陳古刺今"之意，或以為"公卿有甲祿者力於農事，以奉起宗廟田祖方社之祭"（如《楚茨》《信南山》《甫田》《大田》等），或以為"天子諸侯燕享之詩"（如《瞻彼洛矣》《裳裳者華》《桑扈》《魚藻》《采菽》等），或以為"美詩"（如《車舝》《黍苗》等）。清代的"攻《序》派"皆從其說，姚際恒於《小雅·黍苗》說："詩中明言美召公，而《詩序》乃以為刺幽王，此類亦何訝晦庵之去《序》耶？"（《詩經通論》）陳澧說："《楚茨》《信南山》諸詩無憂傷語，故朱子不信為刺詩。"（《東塾讀書記》卷六）方玉潤也說："詩實無一語傷今，顧安得謂之思古耶？"（《詩經原始》）皆可證朱熹之說。王應麟曾引《國語·晉語》韋昭注："《采菽》，王賜諸侯命服之樂也；《黍苗》道召伯敘職，勞來諸侯也"，因謂"皆非刺詩，韋昭已有是說"（《困學紀聞》卷三），蓋源出於《魯詩》（參見陳喬樅《魯詩遺說考》卷一十四）。可知朱熹"陳古刺今"之辨於古有據，並非妄立異說。

　　朱熹糾正《詩序》"美刺"之說的謬誤，徹底打破了學者對傳統《詩》說的盲目尊信，從而開闢了《詩經》研究的新途徑。那麼，是什麼背景與因素促成朱熹大膽而又系統地提出"美刺"之辨呢？

　　第一，理學是促成朱熹"美刺"之辨的思想背景。理學的社會觀，即是以"三綱五常"為中心的道德原則。"三綱"者，君為臣綱，父為子綱，夫為婦綱;"五常"者,仁、義、禮、智、信。總而言之,即封建社會上下尊卑的等級秩序及其人格標準。正是根據這些原則,朱熹認為序《詩》者"偏偏要作'美刺'說",是"失是非之正,害義理之公,以亂聖經之本指"(《詩序辨說·鄭·有女同車》),所謂"使讀者疑於當時之人,絕無善則稱君,過則稱己之意,而一不得志,則扼腕切齒,嘻笑冷語,以懟其上者,所在而成群,是其輕燥險薄,尤有害於溫柔敦厚之教也"(同上,《邶·柏舟》)。而如此"動輒以言相譏,"或"盲目稱頌諛說",何以見"綱常"之正,何以為"聖人之意"?所以,朱熹曾再三感歎之,"予不得不辨也"(見《詩序辨說·邶·柏舟》《鄭·有女同車》《唐·無衣》等)。其次,理學家對人本身的認識,也較以往的經學家更深一層,更多地含有辯證的思想,從哲學上承認人生在世皆有七情六欲。朱熹說:"道心是義理上發出來的,人心是人身上發出來的。雖聖人不能無人心,如飲食渴飲之類;雖小人不能無道心,如惻隱之心是。"(《語類》一卷七十八)無論聖人、賢人、君子、小人、賤隸皆有"人情之欲","誠於中而形於言",一樣有"風土人情"之詩,"男女情思"之辭,"怨誹譏刺'之作,所謂"感物道情,吟詠情性",不必盡為"君臣國政之事而發",也不必皆為"美刺"之意而作。序《詩》者"篇篇要作'美刺'說","不切於情性之自然"(《詩序辨說·鄺·柏舟》)。

　　第二,文學方面的因素也是促成朱熹"美刺"之辨的重要原因。宋代理學家有"重道輕文"的傾向,程頤曾以"玩文喪志"為說,自謂"某素不作詩,亦非是禁止不作,但不欲為此閑言語"(《二程語錄》卷十一)。他們也只是從經學角度去闡發《詩》之為經的"義理"。而朱熹卻很注意從文學角度去闡釋《詩經》,所以他能夠突破傳統"美刺"說的局限,多得詩人之意。朱熹稱道北宋文學家歐陽修的《詩本義》,說:"歐公會文章,故《詩》意得之亦多。"(《語類》卷十八)我們可將此語移贈朱熹本人。他對文學尤其嗜好,平生最喜誦《楚辭》、陶淵明、杜甫之詩,醉輒自吟《歸去來》,一派文學之士瀟灑的風度(《語類》卷一百七記)。他也頗具文學天賦,僅《文集》就載其詩、詞、賦各體文學作品計十卷,千餘篇。正因為他自己是詩人,所以他"以己之意"逆"詩人之志"時就能

"將心比心"甚至敢於打破迷信,"看《詩》只作今人做底詩看",以今況古,以今人作詩不盡主"美刺"而得出古人作詩也不盡主"美刺"的正確結論。同時,他對《詩經》以來的詩歌創作也作過相當廣泛深入的研究,除《詩集傳》而外,尚有《楚辭集注》,又"嘗欲抄取經史諸書所載韻語,下及《文選》漢魏古詞,以盡乎郭景純、陶淵明之作,自為一編而附《三百篇》《楚辭》之後,以為詩之根本準則。又於其下二等之中,擇其近於古者,自為一編,以為之羽翼輿衛"(《文集》卷六十四《答鞏仲至》)。明人高棅曾言及此事:"昔晦庵嘗取漢魏五言以盡乎郭景純、陶淵明之作,以為古詩之根本準則,又取自晉宋顏謝以下諸人,擇其近於古者以為翼羽輿衛。"(《唐詩品彙·五言古詩敘目》)說明朱熹確曾編纂過一部《漢魏六朝詩鈔》之類的詩選(惜今未見)。這已是超乎經學範圍的文學工作了。朱熹對古代詩歌有如此廣博的知識,非其他理學家可比,更非"白首窮一經"的學究或經生所能望其項背。所以,他發言便不同凡響,解詩也左右逢源,引宋玉《登徒子好色賦》"遵大路兮攬子袪"釋《鄭·遵大路》,引漢魏樂府"少壯幾時""人生幾何"釋《小雅·頍弁》(《辨說》),引"青青陵上柏""青青河畔草"等詩以說"比興"之義,引"今之曲子"以喻《風》詩樂音之異(《語類》卷八十)諸如此類,不一而足。《詩經》本來就是文學作品,而朱熹正是在一定程度上恢復了它的本面目,糾正了《詩序》的很多曲解,推翻了序《詩》者形而上學的"美刺"理論。所以,我們說,理學思想加上文學因素,兩者合而為一,即產生了在《詩》學方法上具有重大革新意義的"美刺"之辨,而這正標誌著《詩序》正統地位的徹底動搖。

不可否認,朱熹首先是理學家,其次才是學者和詩人。所以,他也首先是從經學角度,然後才是從文學角度去研究《詩經》的。他的《詩》說的思想矛盾理所當然要體現"美刺"之辨中:求詩人之意呢,還是求聖人之義?在理論上,他去《詩序》之"美刺",以求"見個詩人的本意"。在注《詩》實踐中,卻多反其道而行之,多"意外生說",以發揮聖人之意。朱熹心目中的"聖人之意"是理所當然高於"詩人之意"的,所以,當二者發生矛盾時,他就更偏重於求"聖人之意",或名之曰"詩人言外之意"。他反對序《詩》者的"意外生說，妄生美刺"，自己也難免蹈其覆轍。我們雖然肯定其"美刺"之辨的歷史意義，但又不得不承認他的《詩》說有相當嚴重的歷史局限。

原載《西南師範大學學報》1987 年第 1 期

朱熹"淫詩"之說平議

我在《試論朱熹的"美刺之辨"》一文①中，較詳細地論述了漢宋《詩》學的分歧，充分肯定了朱熹《詩》說的歷史意義。但朱熹《詩》說中影響最大也最受人非議者，是所謂"淫詩"之說。朱熹去《詩序》的"美刺"之後，認為孔子言"鄭聲淫"即"鄭詩淫"，《禮記·樂記》所謂"鄭衛之音"即"鄭衛之詩"，而且推而廣之，於十三國風中標出所謂"男女淫奔期會"之詩，凡二十三篇。按馬端臨《文獻通考·經籍五》謂二十四篇，蓋誤計入鄭詩《出其東門》及《東門之墠》，而脫計《陳·澤陂》一篇，而後人多沿襲之。今以《詩集傳》及《詩序辨說》為正，錄其篇目於下：

《邶》一篇：《靜女》；《鄘》一篇：《桑中》；《衛》一篇：《木瓜》；《王》二篇：《采葛》《丘中有麻》；《鄭》十三篇：《將仲子》《遵大路》《有女同車》《山有扶蘇》《蘀兮》《狡童》《褰裳》《丰》《風雨》《子衿》《揚之水》《野有蔓草》《溱洧》；《齊》一篇：《東方之日》；《陳》四篇：《東門之池》《東門之楊》《月出》《澤陂》。共二十三篇。又，《鄭風》中《叔于田》及《大叔于田》兩篇，朱熹注：或謂"國人美叔段之詩"，或謂"疑此亦民間男女相悅之詞"。兩說並存，今不計入，姑錄於此。

"淫詩"之說一出，當時就震動《詩》壇，引起巨大反響，"其說頗驚俗"（《黃氏日鈔》卷四《讀毛詩》），人多非之，朱熹友人陳傅良（《經義

---

① 謝謙：《試論朱熹的"美刺之辨"》，載《西南師範大學學報》1987年第1期。

考》卷一百七載其《毛詩解話》二十卷，今佚），為永嘉學派之中"最稱醇恪者"（《增補宋元學案·止齋學案》）"得其（朱熹）說而病之，謂以千百年女史之彤管與三代之學校以為淫奔之具、偷期之所，竊有所未安。"（葉紹翁《四朝見聞錄·甲》）南宋另一理學名家呂祖謙（有《呂氏家塾讀詩記》，今存）也曾與朱熹反復辨難所謂"雅鄭邪正"的問題。① 直到淳熙九年，呂祖謙病故之後，朱熹於《呂氏讀詩記後序》之中還力申其說（見《文集》卷七十六）而且專門寫了《讀呂氏讀詩記桑中篇》以難呂氏（《文集》卷七十）。"淫詩"之說實在太出《詩》學者的"意外"了，"雖東萊（呂祖謙）不能無疑焉"（《黃氏日鈔》卷四《讀毛詩》）。元代著名學者馬端臨辨《詩序》問題，也就"淫詩之說"反復辯難達數千言，力斥朱熹之謬（見《文獻通考·經籍五》）。清代的"尊《序》派"如陳啟源、胡承珙等攻之更是不遺餘力，斥其"厚誣詩人""褻瀆聖經"（陳啟源《毛詩稽古編》）。即使"攻《序》派"，也力辟其說，謂此"是使三百篇為訓淫之書，吾夫子為導淫之人，此舉世之所切齒而歎恨者也"（姚際恒《詩經通論·自序》）。至斥為"名教罪人"（同上）、"說《詩》之魔"（方玉潤《詩經原始》），等等。那麼，我們今天應當怎樣來評價朱熹的"淫詩"之說呢？

我們首先對他所謂"淫詩"加以具體分析，然後考察此說的內容及其思想基礎，以及此說的兩重意義，以見其是非得失。我們試按馬端臨所分，將二十三篇"淫詩"劃為兩類，舉例言之。

第一類，《序》所謂"刺淫"之詩，而朱熹直指為"淫者自作"之辭，凡七篇：《桑中》《溱洧》《東方之日》《東門之池》《東門之楊》《月出》《澤陂》《桑中》。朱熹謂此即《禮記·樂記》所云"桑間濮上之音"，《桑間》即《桑中》詩。詩云："爰采唐矣，沬之鄉矣。云誰之思，美孟姜矣。期我採桑中，要我乎上宮，送我乎淇之上矣。"崔述說："有歆美之意，而無規戒之言。"（《讀風偶識》卷二）詩實言男女邀會，洋洋自樂之意溢於其間，不得為刺。

---

① 參見《語類》卷八十、《文集》卷三十四《答呂伯恭》等。

《溱洧》詩云:"溱與洧,方渙渙兮。士與女,方秉蘭兮",又云:"惟士與女,伊其相謔,贈之以芍藥。"朱熹說:"鄭國之俗,三月上巳之辰,采蘭水上,祓除不祥。於是士與女相與戲謔,且以芍藥相贈而結恩情之厚也"(《詩集傳》),蓋本《韓詩》之說。① 按《周禮·地官·媒氏》:"中春之月,令會男女,於是時也,相奔不禁。"上古之民俗如此,詩人形之於言以道"男女歡會"之樂,亦不得為刺。

《東方之日》詩云:"東方之日兮,彼姝者子,在我室兮。在我室兮,履我即兮。"《毛傳》《鄭箋》皆以詩中之"日"、"月"為喻"君""臣",以與《序》所謂"刺君臣失道,男女淫奔,不能以禮化也"云云相應。《毛傳》:"履,禮也。"《鄭箋》申其意:"在我室者以禮來,我則就之,與之去也,言今者之子不以禮來。"殊覺迂曲。按《毛傳》云:"姝者,初昏之貌。"《邶·靜女》傳云:"姝,美色也。"蓋姝為歎美之辭。又《韓詩》以"東方之日"喻"顏色美善"(《韓詩遺說考》卷五)。乃"男女相悅"之辭。《說文·足部》云:"踐,履也。"(段注:"履之著於地曰履。")朱熹即釋"履,躡也",言"此女躡我之跡而相就也"。詩意則豁然貫通,所以馬瑞辰謂"此詩當從朱子《集傳》"(《毛詩傳箋通釋》)。

《東門之池》。詩云:"東門之池,可以漚麻。彼美淑姬,可以晤歌。"胡承珙說:"'淑姬'非妖麗之稱,'晤歌'亦無謔浪笑傲之態,非'淫詩'可知"(《毛詩後箋》),此說是。詩並無刺時之意,《序》謂"刺時",失之。

《東門之楊》。詩云:"東門之楊,其葉牂牂,昏以為期,明星煌煌。"此言男女約會之詩。鄭玄謂"楊葉牂牂,三月中也,喻時晚也,失中春之月"。以刺"女留他色,不肯時行"以至於"昏姻失時"。陳澧認為,蓋拘於"說禮之病"(《東塾讀書記》卷六)。

《月出》。詩云:"月出皎兮,佼人僚兮,舒窈糾兮,勞心悄兮。"方玉潤說:"此詩雖男女詞,而一種幽思牢愁之態,固結莫解,情念雖深,心非淫蕩,且從男意虛想,活現出一月下美人,並非實有所遇,蓋巫山洛水

---

① 參見陳喬樅《韓詩遺說考》卷四。

之濫觴也。"(《詩經原始》)深得詩人之意。此詩既非"淫蕩",也非"刺淫"。《澤陂》仿此,皆為男女情思之辭。

以上七篇皆為男女情詩,《序》以為"刺淫",朱熹以為"淫者自作",皆以後代的道德準則去衡量古詩之言男女者,同歸於"腐"而已。清人胡承珙曾以"言在於此而意在於彼",申成序者"刺淫"之說。詩固然重含蓄、暗示,有"言外之意","弦外之音"。但所謂含蓄、暗示等等,必須是從詩文本身能夠體味得出來。《鄘·鶉之奔奔》《蝃蝀》之"刺淫"固然顯而易見,而《陳·株林》之刺陳靈公淫亂:"胡為乎株林?從夏南。匪適株林,從夏南。"其嘲諷之意也不難領悟。如存《序》說的"先入之見"於心中,盡捨詩文而求所謂"言外之意""弦外之音",恐非正道。朱熹以《詩》言《詩》,謂詩無譏刺之意,不得為"刺淫"之詩,得之。但又以詩多以"我"為言如《桑中》《東方之日》等等,遂定為"淫者自狀其醜",則失之。方玉潤說:"賦詩之人,非必詩中之人,則詩中之事亦非賦詩人之事,賦詩人不過代詩中人為之辭耳。"(《詩經原始》)設身處地,借口代言,詩歌常例,《桑中》之作者不必"桑間濮上"之人,《東方之日》也未必作者"自道其事"。男女歡會,各言其情,詩人代而言之,未為不可。朱熹"淫者自作"之說,實則難通。

第二類,《序》以為"君臣之事"或別有所指而詩人托意於男女之辭,而朱熹以為"男女淫奔期會之詩"者,凡十六篇。今以《鄭風》中《序》所謂"刺忽"之詩為例。

按《左傳》載,齊侯欲以文姜妻鄭太子忽,太子忽辭之:"人各有耦,齊大,非吾耦也。詩曰:'自求多福。'在我而已,大國何為?"其後,北戎侵齊,鄭伯使忽率師救之,擊敗戎師,齊侯又請妻之。固辭:"無事於齊,吾猶不敢,今以君命,奔齊之急,而受室以歸,是師昏也,民其謂我何?"(見"桓公六年")祭仲說:"必取之,君多內寵,子無大援,將不立。三公子皆君也。"仍不從,及即位,遂為祭仲所逐(見"桓公十一年")。《序》即以此為說,謂《有女同車》"刺忽不昏於齊,卒以無大國之援,至於見逐",《山有扶蘇》"刺忽所美非所美",《籜兮》"刺忽也,君弱而臣強",《狡童》"刺不能與賢人圖事,而權臣擅命也",《褰裳》

"刺狂童恣行，國人思大國之正己也"，《揚之水》"閔忽無忠臣良士，終以死亡"。這種闡釋是否符合詩人之意，試讀詩文：

"山有扶蘇，隰有荷華。不見子都，乃見狂且。"（《山有扶蘇》）
"彼狡童兮，不與我言兮。維子之故，使我不能餐兮。"（《狡童》）
"子惠思我，褰裳涉溱。子不我思，豈無他人？"（《褰裳》）

皆"男女戲謔之辭"，詩即其證。朱熹指出序《詩》者之失："多不虛心以求經之本意，而務極意求之本文之外，幸而渺茫疑似之間，略有縫隙，如可鉤索，略有形影，如可執搏，則遂極筆摸寫以附於經，而謂經之為說本如是也，其亦誤矣。"（《文集》卷五十一《答萬正淳》）蓋《序》者以"美刺"立說，凡詩言男女之事者，不歸之於"刺淫"，則歸之於言"君臣"，言"時政"等等，"且如《狡童》詩，是《序》之妄，安得當時人民敢指其君為'狡童'？況忽之所為可謂之愚，何狡之有？當是男女相怨之詩"。"如《褰裳》自是男女相咎之辭，卻干忽與突爭國甚事？"（《語類》卷八十）朱熹尊本文而不外騖，"男女"之說正合詩意。清人崔述說："至於《同車》《扶蘇》《狡童》《褰裳》《蔓草》《溱洧》之屬，明明男女媟洽之詞，豈得別為之說以曲解之？若不問其辭，而但橫一必無淫詩之念於其心中，其於說詩豈有當哉。"（《讀風偶識》卷三）現代學者錢鍾書於《狡童》篇指出，序者"刺忽"之說，"讀者雖具離婁察毫之明，能為倉公洞垣之視，爬梳字隙，抉剔句縫，亦斷不可得此意，而有待於經師指授，傳疑傳信者也"，謂"盡捨詩中所言而別求詩外之物，不屑於眉睫之間而上窮碧落、下及黃泉，以冀弋獲，此可以考史，可以說教，然而非談藝之當務也"[①]，序者於《有女同車》以下諸詩之失，皆可作如是觀。

當然，我們並不否認《詩經》中確有借"男女之辭"言"君臣之事"的作品，序者之"寄托"說也並非皆無稽之談。詩多比興之辭，崔述認為："其中雖有男女相悅而以詩贈遺者，又或君臣朋友之間有所感觸而托

---

① 《管錐編》第一冊，第190—110頁。

意於男女之際，蓋亦有之"（《讀風偶識》卷三），如《衛·木瓜》《王·采葛》《鄭·將仲子》《秦·蒹葭》等篇，當初未必沒有諸如此類的"寄托"之意。後代詩歌更是不乏其例。屈原《離騷》借"美人香草"以喻"君臣"，李商隱"無題詩"也以"男女情思"影射"時政"，等等，所謂"寄托"者，乃古今詩歌之中常見的藝術手法。但是，"凡詩之所謂'風'者，多出於里巷歌謠之作，所謂男女相與詠歌，各言其情者也"（朱熹《詩集傳序》）。《風》詩既然多來自民間，男女詠歌，各言其情，乃不可否認的客觀事實。古人置心平易，正不必皆穿鑿而附會以"君臣時政"之事。後人懾於《詩經》之名，務委曲以求其"微言大義"，所以序者之"寄托"說得以行之。朱熹論其友陳傅良解《詩》，"凡《詩》中所說男女之事，不是說男女，皆是說君臣，未可如此一律。今人解經，先執偏見如此"（《詩傳遺說》卷一）。最為明通之論。

朱熹"淫詩"之說的合理性，在於他看出了《詩經》中的"男女情思之辭"，這是《詩經》研究史上的一個重大突破。但作為理學家，他又必須對這些古代情詩作出一定的道德評價。"男女之詩"，言其內容；"淫詩"，即道德評價。這就是"淫詩"之說的兩重意義。朱熹《詩》說的思想矛盾也具體表現於此。言某內容，求"詩人之意"也；言其道德評價，求"聖人之意"也。從文學的角度，他看出了《詩經》中的"男女之詩"；從理學的角度，凡"男女之詩"一概歸之為"淫"，且謂"《衛》猶為男悅女之辭，而《鄭》皆為女惑男之語，是鄭聲之淫，有甚於衛"（《詩集傳·鄭》）。正由於如此，朱熹已流露出"重《雅》輕《風》"的偏見，他說："《小雅》以後極好，蓋是王公大人好生做底，都是識道理人言語，故他裏面說得盡有道理，好子細看，非如《國風》或出於婦人小夫之口，但可觀其大概也。"（《詩傳遺說》卷五）至理學後裔王柏則走向極端，力主大刪《鄭》《衛》之詩，以維護"聖經"之尊嚴。他說："愚嘗疑今日三百五篇者，豈聖人之三百五篇乎？秦法嚴密，《詩》無獨全之理。竊意夫子已刪去之詩，容有存於閭巷浮薄者之口，蓋雅奧難識，淫理易傳。漢儒病其亡遺，妄取而竄雜以足三百篇之數，愚不能保其必無也。"又標列出《召南·野有死麕》《衛·氓》《衛·有狐》《鄭·東門之墠》

《王·大車》《秦·晨風》《唐·綢繆》《唐·葛生》《陳·東門之枌》《陳·防有鵲巢》《陳·株林》等十一篇，以與朱熹所謂"淫詩"，共成三十四篇之數，"以俟有力者請於朝而放黜之，一洗千古之蕪穢云"（《詩疑》卷一）。走火入魔如此。

誠然，我們不應當離開具體的歷史條件去簡單地批判朱熹對《詩經》的"男女情詩"所作的"道德評價"。任何一個時代的學者，都不可能不對他所研究的對象（文學作品等）的內容給予一定的道德評價。這種道德評價的具體內容，是由"時代精神"所決定的，沒有超時代、超社會的道德評價。所謂"男女防範"是中國古代傳統的道德規範。即使今天也存在著這種道德規範，只是具體內容與尺度有所不同而已。朱熹對《詩經》中"男文情詩"的道德評價，也必然要受到時代與社會的限制，正如同古人之論《花間集》為"靡靡之音"，柳永詞為"鄙俚之曲"一樣，皆是歷史的道德評價。時代在發展，道德內涵也隨之有所改變。我們今天固然不必執古人之見去評價《詩經》中的"男女情詩"，但大可不必違背歷史去苛求古人。

但是，"淫詩"之說出自《詩集傳》似乎難以理解。朱熹既然以《詩》為經，而且又是力主"存天理，滅人欲"，為什麼居然敢於大膽承認《詩經》也有"男女相與詠歌"的"情詩"即"淫詩"呢？我們對此加以全面考察，認為"美刺"之辨與"天理人欲"之辨是產生"淫詩"之說的直接原因與思想基礎。或者說，兩者之間存在必然的因果關係。

第一，序《詩》者以"美刺"原則立說，凡詩言男女之事者，不得其解，則歸之為"刺淫"或言"君臣時政"。朱熹提出"美刺"之辨，認為《詩經》除"美刺"而外，"其間自有感物道情，吟詠情性"之作。所以，他說："凡詩之所謂'風'者，多出於里巷歌謠之作，所謂男女相與詠歌，各言其情者也。"（《詩集傳序》）同時，他又以詩文本身為據，考其辭，辨其意，發現"男女之詩"多有"雅人莊士難言之者"（《文集》卷七十《讀呂氏讀詩記桑中篇》）其"辭意儇薄、輕佻狎暱"，"今但去讀，便自有那輕薄的意思在了"（《語類》卷八十）。正是去序《詩》者之"美刺"，他才斷定這些是男女之詩。所以我們說，"美刺"之辨是"淫詩"之說的直接原因之一，或謂之"淫詩"之說的文學因素。

第二，朱熹在哲學上主張"天理人欲"之辨，承認了"人皆有欲"這一命題。朱熹曾引程頤之語"人雖不能無欲，然當有以制之"（《詩集傳·廊·蠨蛸》）即以"存天理，滅人欲"為其經學目的，詩人"心之所感有邪正，故言之所形有是非"（《詩集傳》序），"聖人所以兼存，蓋欲見當時風俗厚薄"（《詩傳遺說》卷三）。而孔子言"思無邪"是"要人思無邪，非以作詩之人皆無邪也"（《文集》卷七十《讀呂氏讀詩記桑中篇》）。正因為朱熹承認了"飲食男女，人之大欲存焉"，"固'曉得傷個春，而知人欲之險"。① 又以"思無邪"為"詩教"，以教人知"人欲橫流"之險而知"存天理，滅人欲"之道，所以他不諱言"淫詩"。所以我們說，"天理人欲"之辨也是"淫詩"之說的直接原因之一，或謂之"淫詩"之說的哲學因素。

正是由於以上兩方面的原因，即文學的與理學的因素，促使朱熹大膽地提出了"淫詩"之說，雖然此說有"道學先生"的迂腐之氣，但平心論之，卻比序《詩》者的"美刺"之說更為通達，也更符合實際。清代學者如姚際恒、方玉潤、崔述等人正是在這個基礎上繼續突破，既否認序《詩》者的"美刺"之說，也拋棄理學家陳腐的道德評價，而對《詩經》中的"男女情詩"作出了正確的解釋。

但是"淫詩"之說並非始於朱熹，早在漢代已有是說。班固說："鄭國土狹而險，山居谷汲，男女亟歡會，故其俗淫。《鄭詩》曰：'出其東門，有女如雲'，又曰：'溱與洧，方渙渙兮，士與女，方秉蕑兮'，'洵盱且樂，維士與女，伊其相謔'，此其風也。"（《漢書·地理志》）許慎也說："今《論語》說鄭國之為俗有溱洧之水，男女聚會，謳歌相感，故云'鄭聲淫'。左氏說，煩手淫聲謂之鄭聲者，言煩手躑躅之聲使淫過也。謹案《鄭詩》二十一篇，說婦人者十九，故鄭聲淫也。"（《五經異議》，今佚，引自陳壽祺《五經異議疏證》）是班、許二人皆因"鄭國之俗"而謂"鄭詩淫"。魏晉時代，韋昭於《野有蔓草》說："時野草始生，而云蔓者，

---

① 《管錐編》第一冊，第132頁。

女情急欲以促時也。"(《毛詩答問》今佚,引自朱彝尊《經義考》卷一百一)杜預於《左傳》成公二年"夫子有三軍之懼,又有《桑中》之喜"云云注:"《桑中》,《衛風》淫奔之詩。"此漢、晉人舊說,實為"淫詩"說之濫觴。至宋代,歐陽修於《邶·靜女》說:"此乃是述衛風俗男女淫奔之詩"(《詩本義》卷三),於《齊·東方之日》說:"相邀奔之辭也。此述男女淫風,但知其美色以相誇榮,而不顧禮義也。"(同上,卷四)又重啟其端。鄭樵《詩辨妄》始大其說。朱熹因之,而"酌以人情天理之自然而折衷之"(《黃氏日鈔》卷八十九《讀詩私記序》),即賦予此說以理學意義,以合於"思無邪"之"詩教"而已。"男女防範"並不只是理學家的道德原則,而是中國傳統的道德規範。所以,大凡古代承認《詩經》中"男女之詩"的學者,同時也就要名其曰"淫詩"。大多數經學家是不敢接受此說的,因為"淫詩"之說與《詩》之為經,兩者實難相通。朱熹站在理學家的立場上,勾通了兩者之間的聯繫,使"淫詩"之說能夠在經學範圍內可以"自圓其說"。嚴格說來,朱熹不是發現了《詩經》中有"淫詩",而是從理學角度完整地闡述了"淫詩"為教的經學意義。

而且,我們如果從廣義的角度加以探本求源,則"淫詩之說"可謂源遠流長。孔子即說:"放鄭聲,遠佞人。鄭聲淫,佞人殆"(《論語·衛靈公》)。《禮記·樂記》也說:"鄭衛之音,亂世之音也,比於慢矣。桑間濮上之音,亡國之音也","鄭音好濫淫志,宋音燕女溺志,衛音趨數煩志,齊音嗷辟喬志,此四者皆淫於色而害於德,是以祭祀弗用也"。雖然皆論"聲樂之淫,實則言其詩亦淫。上古時代,詩皆樂歌,《詩經》三百篇未有不入樂者"。《墨子·公孟》篇即有"儒者誦詩三百,弦詩三百,歌詩三百,舞詩三百"之說。詩而不入樂,何以弦之、歌之、舞之?《左傳》襄公二十九年載吳公子季札聘於魯國,請觀周樂,於是魯公"使工為之歌《周南》《召南》",歌《邶》而下直到《小雅》《大雅》及《頌》,三百篇未有不可歌者。① 既然如此,所謂"聲",所謂"音",所謂"樂",即是

---

① 參見馬瑞辰《毛詩傳箋通釋》卷一《詩入樂說》。

言人樂可歌之詩也。其次,詩與樂理應配合,所謂"文辭與音調一致",古今皆然。《尚書·堯典》說:"詩言志,歌永言,聲依永,律和聲",是言"詩樂一致"。《禮記·樂記》申之說:"詩言其志也,歌稱其聲也,舞動其容也,三者本於心,然後樂器從之,是故情深而文明,氣盛而化神,和順積中而英華發外。"《呂氏春秋·音初》篇論東南西北之音說:"聞其聲而知其風,察其風而知其志。"所謂"聲"與"風"與"志",皆是說"詩樂一致"。今人錢鍾書論"詩樂理宜配合":"夫洋洋雄傑之詞,不宜稱以靡靡滌濫之音,而度以桑濮之音者,其詩必情詞佚蕩,方相得而益彰。不然,合之兩傷,如武夫上陣而施粉黛,新婦入廚而披甲冑,物乖攸宜,用違其器。"① 由於"詩樂一致",其聲"淫"者,其辭亦必"淫"。所以,孔子之論"鄭聲淫",《禮記·樂記》之論鄭、衛、宋、齊之音者,不僅僅論其"聲樂",也當是論其歌詞。

朱熹正是主張"詩樂一致"者,他說:"詩者,古之樂也"(《語類》卷八一),"古人作詩,自道一事,他人歌之,其聲之長短清濁,各依其詩之語言"(《語類》卷七十八)。言其"聲樂"者,即是言其詩詞,所以"鄭衛之音"即"鄭衛之詩","不應又於《鄭風》外,別求鄭聲也"(《文集》卷三十四《答呂伯恭》)。朱熹從孔子那裏找到了"淫詩"之說的根據:"許多《鄭風》,只是孔子一言斷了:'鄭聲淫。'"(《語類》卷八十)清代學者也多從詩樂關係的角度為力辟"淫詩"之說。陳啟源說:"夫子言'鄭聲淫'耳,何嘗言'鄭詩淫'乎?聲者,樂也,非詩詞也。"(《毛詩稽古編》)姚際恒說:"《集傳》紕繆不少,其大者尤在誤讀夫子'鄭聲淫'一語,妄以《鄭詩》為淫,且及於衛,致及於他國。"(《詩經通論》)樸學大師戴震也說:"凡所謂聲,所謂音,非言其詩也。如靡靡之音,滌濫之音,其始作也,實自鄭衛桑間濮上耳,然則鄭衛之音非鄭詩,桑間濮上之音非《桑中》詩,其意甚明。"(《東原集》卷一《書鄭風後》)皆欲維護《詩經》之尊嚴,而否認上古時代詩樂一致的客觀事實。孔子論詩,偏重其樂,故曰"鄭聲浮";朱熹論詩,偏重其辭,故曰"鄭詩淫"。其

---

① 《管錐編》第一冊,第60頁。

實，"鄭聲淫"即"鄭詩淫"，"鄭詩淫"也即"鄭聲淫"，二者可以相通。但何者為"淫"？陳喬樅說："服虔注《左傳》：'煩手淫聲，為鄭重其手而聲淫過'，是知鄭聲之淫，非但謂其淫於色而害於德也，亦謂聲之過中耳。"（《魯詩遺說考》卷四）馬瑞辰也說："淫之言過，凡事之過節者為淫，聲之過中者為淫，不必皆淫於色也。"（《毛詩傳箋通釋》卷八《鄭風總論》）所謂"聲之過中""事之過節"等等，包含著一定的道德意義。與朱熹謂"鄭詩淫"一祥，孔子之謂"鄭聲淫"云云，也只是一種道德評價而已。

總而言之，朱熹是從哲學上（"天理人欲"之辨），從《詩》之本源（"美刺"之辨、風詩多來自民間），從《詩》的內容及其表現手法，從詩樂關係諸方面廣泛論證了所謂"雅鄭邪正"等問題，使孔子對當時新樂的道德評價與漢魏舊說系統化、理學化。但是，他最有意義的貢獻卻在於，承認了《詩經》中男女情思之辭，從而在一定程度上恢復了這些詩歌的本來面目。

原載《四川師範大學學報》1987 年第 2 期

關於朱熹《詩》說的兩條考辨

一

"以《詩》為經"是從漢至清上下兩千多年共有的歷史現象，其間說《詩》者雖然眾多，然就其闡釋體系而言，則大致可以歸之為漢宋兩家。漢代傳《詩》者原分齊、魯、韓、毛四家，毛為古文，餘三家為今文。今文三家是漢代的官方《詩》學，至東漢今古文經學大師鄭玄"注《詩》宗毛為主"（鄭玄《六藝論》，今佚。引文見陸德明《經典釋文》），於是三家遂廢，毛詩古學大行於世。唐代貞觀年間，孔穎達等人奉敕編纂《毛詩正義》，以《序》《傳》《箋》《疏》四位一體的《正義》，即所謂"毛鄭之學"，成為官方《詩》學，"終唐之世，人無異辭"（《四庫全書總目提要·毛詩正義》）。至於宋代，疑古之風盛行，異說蠭起，著述林立，《詩》學者們力求打破毛鄭之學的一統天下，而賦予《詩經》以新的時代意義。而在所有這些反對毛鄭之學的《詩》著之中，南宋理學家朱熹的《詩集傳》（附《詩序辨說》）是最有代表意義的一部。眾所周知，宋代所謂反對毛鄭之學的運動，實際上是圍繞《詩序》問題而展開的，而朱熹正是站在理學家的立場上，力倡"去《序》言《詩》"，並在所謂"美刺"之辨、"淫詩"之說等一系列問題上，博取眾家之說，提出了與毛鄭之學大異其趣的《詩》說，形成了與漢代《詩》學體系對峙的新的《詩》學體系。以《詩集傳》《詩序辨說》為代表的朱熹《詩》說，不但包含了宋代學者們對《詩經》本身的探索與認識，而且反映了宋代的文學思想、道德觀念、學術方法、經學體系等意識形態的變遷與發展，在古代《詩經》研究史上具有劃時代的意義。

　　朱熹是宋代理學的集大成者,也是一位博大精深的學者。於學無所不窺,一生所著甚豐,然其用力最勤者,首推《四書集注》,其次就當是《詩集傳》。宋代著名學者王應麟說,"朱文公《集傳》閎意眇指,卓然千載之上",而"一洗末師專己守殘之陋"(《詩考序》),元代思想家黃震謂《詩集傳》"所以開示後學者已明且要"(《黃氏日鈔》卷八十九《讀詩私記序》)。清代學者崔述對其"去《序》言《詩》"也有相當高的評價(見《讀風偶識》卷一)。朱熹曾自謂"於《詩集傳》無復遺恨,後世如有揚子雲,必好之矣"(《詩傳遺說》卷一)。元明清三代,朱熹《詩》說產生了巨大而深遠的歷史影響。但是,正如歷史上所有影響巨大的學說一樣,朱熹《詩集傳》《詩序辨說》的撰著及其《詩》說的自成體系,也經歷了一個相當漫長而又曲折的歷史過程。《語類》卷八十吳必大記朱熹說:"某向作《詩解》文字,初用《小序》,至解不行處,亦曲為之說。後來覺得不安,第二次解者,雖存《小序》,間為辨破,然終是不見詩人本意,後來方知盡去《小序》,使可自通,於是盡滌舊說,詩意方活。"可見朱熹《詩》說有"早年"與"晚年"之異。朱熹序《呂氏家塾讀詩記》說:"此書中所謂朱氏云者,實熹少時淺陋之說,伯恭誤有取焉。其後歷時既久,自覺其說有所未安,如雅鄭邪正云者,或不免有所更定,則伯恭父反不能不置疑於其間,熹竊惑之"(《朱文公文集》卷七十六)。《呂氏家塾讀詩記》為朱熹好友呂祖謙所著,其書今存。我們從中可窺知朱熹"少時淺陋之說"的概貌。朱熹早年說《詩》雖亦間有異於《序》說者,如以《邶·雄雉》為"皆女怨之辭",《衛·木瓜》為"尋常施報之辭",《小雅·賓之初筵》為"武公自警之詩"等,但基本上是尊從《序》說的,即與傳統《詩》學大同小異。朱熹曾與呂祖謙一同探討關於《詩經》中的一系列問題,後來才發生重大分歧,兩人在《詩序》真偽、"美刺"之辨、"淫詩"之說等一系列問題上反復辯難。儘管他們有共同的思想基礎,曾共同編著理學名作《近思錄》,又是終生摯友,但在《詩》學問題上卻由觀點一致發展而為勢不兩立。朱熹曾一針見血地指出:"伯恭(呂祖謙)凡百長厚,不肯非毀前輩,要出脫回護。不知道只為得個解經人,都不曾為得聖人本意。"(《語類》卷八十)可見朱熹對自己的晚年《詩》說是非常自信的。那麼，朱熹從早年尊從《序》說一變而為堅強的"去《序》言《詩》"派始於何時？在這一歷史轉變過程中，是否有過一個重要契機，即是否曾受到過其他《詩》學者的啟發甚至直接影響？筆者試對這兩個問題加以探討，以見朱熹《詩》說的發展變化之跡及其淵源所自，以便對朱熹《詩》說有更深刻、更具體的瞭解。

二

第一個問題：朱熹"去《序》言《詩》"始於何時？《語類》卷八十李輝記朱熹說："某自二十歲讀《詩》便覺《小序》無意義，及去了《小序》，只玩味詩詞，卻又覺得道理貫徹，當初亦曾質問諸鄉先生，皆云《序》不可廢，而某之疑終不能釋。後到三十歲，斷然知《小序》出於漢儒所作，甚為繚戾，有不可勝言。"而朱鑒所輯《詩傳遺說》卷二載，此語為周謨記，且無"後到三十歲"五字，只作"其後"二字，則前記之三十歲未必正確。又，朱鑒於《詩集傳序》之下注云："此乃先生丁酉歲用《小序》解詩時所作，後乃盡去《小序》"(《詩傳遺說》卷二)，丁酉歲即淳熙四年，其時朱熹已四十八歲。三十歲去《序》與四十八歲尚用《小序》，二說互相抵牾，但一出自於朱熹弟子，一出自於朱熹之孫，何者為是呢？

考《文集》卷三十三《答呂伯恭》："竊承讀《詩》終篇，想多所發明，恨未得，從容以請。熹所集解，當時亦甚詳備，後以意定，所餘才此耳，然為舊說牽制，不滿意處極多，比欲修正，又苦別無稽援，此事終累人也。"同信又有"《近思錄》刻版甚善"之語，據呂祖謙《近思錄後引》此書刻於淳熙三年，則此信也當作於此年。王懋竑《朱子年譜》卷二上繫之於"乙未"(淳熙二年)，乃據朱熹《近思錄前引》"淳熙乙未之夏"而言，蓋誤以朱呂合編《近思錄》之時與該書刊刻之日混為一談。今試正之。案此信說："熹所集解，當時亦甚詳備"，似為第一次解《詩》也；又說："後以意定，所餘才此耳"，第二次修正也。此時朱熹解《詩》已兩易其稿，當即《呂氏讀詩記》所引《詩》說。"然為舊說牽制，不滿意處極多",雖然已有質疑之意,尚未明言去《序》,可以推知此時即朱熹四十七歲之時可為其去《序》言《詩》之上限。

又考《文集》卷三十四《答呂伯恭》"《詩說》所欲修改處是何等類,因書告略及之,比亦得間刊定。大抵《小序》盡出後人臆度,若不脫此窠臼,終無緣得正當也,去年略修舊說,訂正為多,向恨未能盡去,得失參半,不成完書耳"。同信有"《文海》條例甚當,今想已有次第"之語,案呂祖謙奉敕編纂《文海》即《宋文鑒》一書始於淳熙四年(見《東萊集》卷一《進編次〈文海〉劄子》),他於是"奉命不辭,即關秘書集庫所藏,及因昔所記憶,訪求於外,所得文集凡八十家,搜檢編集,手不停批,至次年十月書乃成"①。既然《文海》淳熙五年已經編定告成,而此信尚談及"《文海》條例"云云,則其當作於淳熙五年之前無疑,雖然此時《詩集傳》"得失參半,不成完書",但已明言"《小序》盡出後人臆度"云云,則知此時即朱熹去《序》言《詩》之下限。

再舉一證,呂祖謙《與朱侍講》說:"《詩說》只為諸弟輩看,編得訓詁甚詳,其他多以《集傳》為據,只是寫出諸家姓名,令後生知出處,唯太不信《小序》一說,終思量未通也。"(《東萊集》卷四)同信又說:"旱勢甚廣,不知封內近得如何?荒政措畫次第,無所不用其極。尋常小郡患於叫喚不應,如南康今日事體則不然。"案《宋史·道學三》朱熹本傳說:"淳熙五年,史浩再相,除知南康郡,降旨便道之官。熹再辭,不許。至郡,興利除害,值歲不雨,講求荒政,多所全活",與呂信正好相證。可知呂祖謙此信當作於淳熙五年,他已責朱熹"太不信《小序》",是可證淳熙四年即朱熹去《序》言《詩》之下限。

總之,朱熹去《序》言《詩》始於淳熙三年至四年之間。前引《語類》載李煇"後到三十歲"顯係誤記,朱鑒《詩傳遺說》所云"丁酉歲之後"差近,但觀《詩集傳序》說:"詩者,人心之感物而形於言之餘也,心之所感有邪正,故言之所形有是非。"又說:"自《邶》而下,則其國之治亂不同,人之賢否亦異,其所感而發者,有邪正是非之不齊"等等,已

---

① 呂喬年:《太史公編〈皇朝文鑒〉始末》,見於該書卷首。

與《詩序》"美刺時君國政"之說大異其趣，而有以"思無邪"為"詩教"之意。又據所引諸證，不得謂"丁酉歲（淳熙四年）之後"朱熹始去《序》言《詩》。但今本《詩集傳》的完書尚又經多次修改①。至紹熙元年即朱熹六十一歲之時始刊刻於臨漳②，上距淳熙四年即朱熹去《序》言《詩》之始已有十四年之久，此時，朱熹已是名聞天下的理學大師了。

三

第二個問題：朱熹去《序》言《詩》及其晚年《詩》說的形成是否受到別人的啟發與直接影響？我們的回答是肯定的，此人就是宋代著名學者鄭樵。

鄭樵先朱熹二十七年而生，卒於紹興三十一年，其時朱熹三十二歲。《宋史·儒林六》說他"好著書，不為文章，自負不下劉向、揚雄，居夾漈山，謝絕人事。久之，乃游名山大川，搜奇訪古，遇藏書家，必借留讀盡乃去。初為經旨、禮樂、文字、天文、地理、蟲魚、草木、方書之學，皆有論篇。紹興十九年上之，詔藏秘府"。鄭樵《上皇帝書》自云："十年為經旨之學，以其所得者作《書考》《書辨訛》，作《詩傳》《詩辨妄》，作《春秋傳》《春秋考》，作諸經《序》，作《刊謬正俗跋》"（《夾漈存稿》卷中），可知紹興十九年即朱熹二十歲時，鄭樵已著成《詩辨妄》及《詩傳》等。

又，鄭樵《寄方禮部書》說："以學者所以不識《詩》者，以大小《序》與毛鄭之蔽障也，作《原切廣論》三百二十篇，以辨《詩序》之妄"，"觀《原切廣論》，雖三尺童子亦知大小《序》之妄說"（《夾漈存稿》卷中）。《通志·藝文一》載其《自序》說："臣為《詩辨妄》六卷，可以見其得失。"是《詩辨妄》又名《原切廣論》，六卷，三百二十篇，此書亡佚已久③，僅宋人周孚《非詩辨妄》中存有五十一條。所著《詩傳》

---

① 《文集》卷五十《答潘文叔》，卷四十七《答呂子約》，卷二十九《答呂公晦》等均言及修改之事。
② 《文集》卷七十六《書臨漳所刊四經後》，卷八十六《刊四經成告先聖文》。
③ 朱彝尊《經義考》卷一百六云："未見。"

二十卷，"專指毛鄭之妄，謂《小序》非子夏作，盡削去之，而以己意為之序"（《直齋書錄解題》卷二），今亦佚（見《經義考》，同上）。此外，鄭樵《六經奧論》中有《詩經》一卷，可窺其《詩》說之一斑（今存《通志堂經解》中）。但正是那部亡佚已久的《詩辨妄》啟發了朱熹"去《序》言《詩》"的思想，而且對其"美刺"之辨，"淫詩"之說等所謂的"晚年《詩》說"產生了最直接的影響。

朱熹說："《詩序》實不足信，向見鄭漁仲有《詩辨妄》，力詆《詩序》，其間言語太甚，以為皆是村野妄人所作，始亦疑之。後來仔細看一兩篇，因質之《史記》《國語》，然後知《詩序》實不足信。"（《語類》卷八十）又說："舊曾有一老儒鄭漁仲，興化人，更不信《小序》，只依古本與疊在後面，熹今亦如此，令人虛心看正文。"（同上）鄭樵作《詩辨妄》力詆《小序》之妄，朱熹也作《詩序辨說》力辨《小序》之失。王應麟說"朱子《詩序辨說》多取鄭樵《詩辨妄》"（《困學紀聞》卷三），馬端臨也說"夾漈專詆《詩序》，晦庵從其說"（《文獻通考・經籍五》），皆可以證鄭樵的《詩辨妄》啟發了朱熹去《序》言《詩》，並給予其《詩》說以巨大的直接影響。

那麼，我們是不是否認其他《詩》學者的影響呢？我們也並不否認。朱熹的《詩集傳》本來就是廣采眾說而自成一家之言的。我們且看他對宋代《詩》學的評價：

> 理義大本復明於世，固自周、程，然先此諸儒亦多助。舊來諸儒，不越注疏而已，至永叔、原父、孫明復諸公，始自出議論，如李泰伯文字亦自好，此是運數將開，理義漸欲復明於世故也。（《語類》卷八十）

> 至於本朝，劉侍讀、歐陽公、王丞相、蘇黃門、河南程氏、橫渠張氏始用己意有所發明，雖其淺深得失有不能同，然自是以後，三百五篇之微詞奧義乃可得而尋繹。（《文集》卷七十六《呂氏讀詩記後序》）

但是，這不過是對宋代《詩》學的宏觀描述，顯示出宋代《詩》學者們以他們的時代精神去重新闡釋《詩經》之"義理"的歷史事實。程頤、張載是朱熹的理學前輩，朱熹正是繼承了他們"以理言《詩》"的傳統而將一部《詩經》理學化了。但他們同時又是"尊《序》派"，朱熹對此曾有微詞，他們不可能啟發朱熹去《序》言詩的思想。劉敞、王安石是北宋著名的經學革新派，王應麟曾說："國初至於慶曆間，談經者守訓故而不鑿。《七經小傳》出，而稍尚新奇矣，至《三經義》行，視漢儒之學若土梗"（《困學紀聞》卷八），是宋代經學疑古之風始於劉敞《七經小傳》，而成於王安石《三經新義》。但他們也皆未言及"去《序》言《詩》"，而王安石甚至認為"《小序》是詩人自製"（《四庫提要·詩序》）。朱熹說"《易》是荊公舊作，卻自好；《三經義》是後來作的，卻不好"（《語類》卷七十八），是對《詩經新義》的貶詞。其他"尊《序》派"中人更不足論。歐陽修、蘇轍是宋代"去《序》言《詩》"的先驅，朱熹對他們的評語也不錯，謂"子由《詩解》好處多"（《語類》卷八十）。但對蘇轍"例取首句，而去其下文"的方法已非之。（見《辨說·周南·漢廣》）又謂歐陽修"多辨毛鄭之失，文辭舒緩，而其說直到底，不可移易"（《語類》卷八十）。如於《邶·靜女》《齊·東方之日》，歐陽修就一反《小序》，直指為"敘男女淫奔"之詩。（見《詩本義》卷三、卷四）但是朱熹已於"去《序》言《詩》"之前採其《詩》說（見《呂氏家塾讀詩記》所載朱熹"早年《詩》說"）。也就是說，他們雖然在一定程度上啟發過朱熹"去《序》言《詩》"的思想，但並沒有直接導致他力倡"去《序》言《詩》"的大膽之舉，而"去《序》言《詩》"正是朱熹"早年《詩》說"與其"晚年《詩》說"最主要的區別。鄭樵是第一個從歷史考證的角度，比較全面地研究了《詩序》問題的學者，朱熹徹底信服其說，成為宋代"攻《序》派"的集大成者。我們試比較鄭、朱二人的《詩》說，以見鄭樵之影響所在。

一　"詩樂關係"說

鄭樵："詩者，聲詩也，出於情性，古者三百篇皆可歌，則各從其國之聲，邶鄘衛之詩同出於衛而分為三國之聲。蓋採詩之時，得之周南者繫之《周南》，得之召南者繫之《召南》，得之王城與豳者繫之王城與豳，得之邶、鄘、衛者，繫之《邶》《鄘》《衛》，蓋歌則從其國之聲。"（《六經奧論》卷三《詩經・國風辨》）。又："《小雅》《大雅》者，特隨其意而寫之律耳，律有小呂大呂，則歌《小雅》《大雅》。"（同上，《雅非有正變辨》）

朱熹："《詩》，古之樂也。亦如今之歌曲，音各不同，衛有衛音，鄘有鄘音，邶有邶音，故詩有鄘音者繫之《鄘》，有邶音者繫之《邶》。若《大雅》《小雅》則如今之商調、宮調，作歌曲者，亦按其腔調而作耳。不必說《雅》之降為《風》"，"'變雅'亦是變他腔調耳"（《語類》卷八十）。可見他們的"詩樂關係"說是相同的，即皆主張"詩樂一致"，所謂"風、雅、頌皆其腔調"（《詩傳遺說》卷三），其"所以分者，皆以其篇章節奏之異者"（《楚辭集注・離騷經第一》）。我們雖然不能斷言其間必有因承關係，但這種相同至少有兩層意義：其一，不從"美刺"的角度釋"六義"，勢必導致"美刺"之辨；其二，"詩樂一致"的理論勢必引向"鄭衛之音"即"鄭衛之詩"，"鄭聲淫"即"鄭詩淫"的具體結論。事實也正是如此。

二　《詩》之本原

鄭樵："風土之音曰《風》，朝廷之音曰《雅》，宗廟之音曰《頌》。"（《通志・總序》）又："《風》者，出於風土，大概小夫賤隸婦人女子之言，其意雖遠，其言淺近重復，故謂之《風》。《雅》者，出於朝廷士大夫，其言純厚典則，其體抑揚頓挫，非復小夫賤隸婦人女子能道者，故曰《雅》。《頌》者，初無諷頌，惟鋪張勳德而已，其辭嚴，其聲有節，以示有所尊，故曰《頌》。"（《六經奧論》卷三《詩經・風雅頌辨》），是從詩之本原言《風》《雅》《頌》。朱熹之說蓋出於此。《語類》卷八十載："陳埴問《風》《雅》與無天子之《風》之義，先生舉鄭漁仲之說，言出於朝廷者為《雅》，出於民俗者為《風》。文武之時，周召之民作者謂之周召《風》。東遷之後，王畿之民作者，謂之《王風》。似乎大約是如此。"是朱熹承鄭樵說之證。

三 "美刺"之辨

周孚《非詩辨妄》引鄭樵說:

> 諸風皆有指言當代某君者,唯《魏》《檜》二風無一言指當代某君者,以此二國《史記·世家》《年表》《列傳》不見所說,故二風無指言也。
>
> 《宛丘》《東門之枌》"刺幽公",《衡門》"刺僖公",幽僖之跡無可據見,作《序》者本諡法而言之。
>
> 彼以《候人》為刺共公。共公之前,則昭公也,故以《蚍蜉》刺昭公,昭公之前實無其跡,但不幸代次迫於共公,故為衛宏所置。

案,此即朱熹斥《小序》"以史證《詩》"是"附會書史,依托名諡,鑿空妄語"之所本。而這又是朱熹揭穿《詩序》之謎的最有力的證據,也是他據以駁《詩序》"妄生美刺"的主要論據。朱熹說:"鄭漁仲謂《詩小序》只是將史傳揀去,並看諡,卻附會作《小序》美刺。"(《語類》卷八十)黃震也說:"晦庵先生因鄭公之流,盡去其美刺,探求古始"(《黃氏日鈔》卷四《讀毛詩》),皆是朱熹"美刺"之辨承鄭樵《詩辨妄》之證。

四 "淫詩"之說

"淫詩"之說不始於宋代。鄭樵之前,已有六篇被明確指為"淫詩":《鄘·桑中》(杜預)、《邶·靜女》(歐陽修)、《鄭·溱洧》《出其東門》(班固)、《野有蔓草》(韋昭)、《齊·東方之日》(歐陽修)。但朱熹前已采入《詩集傳》(見《呂氏讀詩記》所引),並未引出朱熹的"雅鄭邪正"的問題。清人馬瑞辰說:"鄭夾漈於《詩序》刺莊、刺忽、刺時、閔亂之詩悉改為'淫奔之詩'。"(《毛詩傳箋通釋》)案,《鄭風》中此類刺詩凡十八篇,除去前人所指的三篇《出其東門》《野有蔓草》《溱洧》,尚有十五篇，即鄭樵所指。而朱熹於《鄭》之中所指"男女淫詩"也除去《溱洧》等三篇，尚有十一篇，當是承鄭樵之說而來。鄭樵"去《序》言《詩》"，去"美刺"之意，"詩樂一致"，《國風》出於民俗，等等，朱熹皆承之，而以上諸說也正是"淫詩"之說的根據，所以他勢所必然也會采其"淫詩"之說。朱熹於《鄭·將仲子》說："莆田鄭氏謂'此實淫奔之詩，無與莊公、叔段事，《序》蓋失之，而說者又巧為之說以實其事，誤益甚矣。'今從其說"（《辨說》）即其證。《鄭風》其他詩及其他《風》皆可以類推之。

從以上比較考察之中，我們可以得出結論，鄭樵不但啟發了朱熹"去《序》言《詩》"的思想，而且在"美刺"之辨，"淫詩"之說等一系列主要問題上，對朱熹產生了最直接的影響。但事情又是非常微妙，朱熹對鄭樵其人其說的評價並不高，甚而可以說沒有一句評價，他不過引證了鄭樵的幾段話而已（雖然這幾段話非同小可），而且還是出於其弟子們的追記。《詩集傳》只在《鄭·將仲子》注中引用過一次，而在總論宋代眾多的《詩》學者時（見上引《呂氏讀詩記後序》及《語類》卷八十語），對鄭樵其人其說卻隻字未提。是出於"同行相嫉""文人相輕"或諸如此類的心理因素，還是另有原因？"文獻不足征"，我們只好付之闕如。但試比較兩人的"經學態度"我們也許可以悟出此中之秘來。

鄭樵說："三百篇之詩盡在歌。自置詩博士以來，學者不聞一篇之詩"，"樂以詩為本，詩以聲為用……漢立齊、魯、韓、毛四家博士，各以義言詩，遂使聲歌之道日微"，"義理之說既勝，則聲歌之學日微"（《通志·總序》）。

朱熹說："《詩》分之為經，所以人事浹於下，天道備於上，而無一理之不具也"，"於是乎章句以綱之，訓詁以紀之，諷誦以昌之，涵濡以體之；察之情性隱微之間，審之言行樞機之始；則修身及家、平均天下之道，其亦不待他求而得之矣"（《詩集傳序》）。

鄭樵意主於"以聲為用"，即以《詩經》為古代的樂歌而已；朱熹意主於"以義為用"，即以《詩經》為理學教科書，他們之間的"經學態度"大相徑庭。所以，雖然鄭樵已著《詩辯妄》攻之於前，朱熹仍要著

《詩序辯說》難之於後，元代學者黃震已看出此中之秘，他說："王雪山、鄭夾漈始各舍《序》言《詩》，朱晦庵因夾漈而酌以人情天理之自然而折衷之"（《黃氏日鈔》卷八十九《讀詩私紀序》），去《序》言《詩》，朱出於鄭；以理言《詩》，朱又異於鄭。而鄭樵之"以聲為用"的《詩》學，不但朱熹不可能接受，而且整個"經學時代"也不可能接受，所以朱熹雖用其說卻評價不高，甚至力求避而不提。而朱熹的"義理"之學卻代表著經學時代新的"時代精神"，於是乎鄭隱朱顯，《詩辨妄》亡而不存，《詩集傳》卻取代毛鄭之學而巍然為一代大宗。

原載《四川師範大學學報》1986年第5期

論北宋的通俗滑稽詞

　　詞在宋代為流行歌曲，既有流行於文人雅士中者，也有流行於市井閭巷者。前者多為雅詞，後者多為俗曲。明人張綖《詩餘圖譜》首創詞分婉約與豪放二體之說，主要是基於文人雅詞而言。但即使是文人雅詞，事實上也很難以豪放或婉約二端來概括。例如文人與民間的戲謔滑稽之詞，論其風格，就既非豪放也非婉約。但這類滑稽之詞大多出自謔浪游戲，而且語言俚俗，故歷來為莊人雅士所不屑道。士君子即或偶作滑稽諧謔語，也唯"雅趣"是尚，以避"鄙俗"之惡諡。而歷代選家，也多以雅為宗，如南宋曾慥編選宋詞即云："涉諧謔則去之，名曰《樂府雅詞》。"（《乐府雅词引》）後之選本，如黃昇之《花庵絕妙詞選》、趙聞禮之《陽春白雪》、鮦陽居士之《復雅歌詞》，周密之《絕妙好詞》等，率皆以"風雅"為歸，而兩宋詞人以"雅詞"及類似詞語名其集者，也比比皆是。詞本通俗流行歌曲，不避俚俗，戲謔調笑，是極為自然之事。但自南宋以後，詞以雅為宗，卻逐漸成為一種主流觀念，到清代浙西、常州詞派，更是凸顯文人雅詞的傳統，滑稽戲謔的通俗詞遂不為學者所重。但事實上，"雅"與"俗"乃相對而言，有所謂"雅詞"，必有所謂"俗詞"，而"俗詞"並非婉約與豪放二體所能囊括，其風格情趣當與雅詞大不相同。這就是本文所要論及的北宋通俗滑稽詞派。據南宋王灼《碧雞漫志》卷二云：

　　　　長短句中作滑稽無賴語，起於至和。嘉祐之前，猶未盛也。熙豐、元祐間，兗州張山人以詼諧獨步京師，時出一兩解；澤州孔三傳者，首創諸宮調古傳，士大夫皆能誦之。元祐間王齊叟彥齡，政和間曹組元寵，皆能文，每出長短句，膾炙人口。彥齡以滑稽語噪河朔。組潦倒無成，作《紅窗迥》及雜曲數百解，聞者絕倒，滑稽無賴之魁也。夤緣遭遇，官至防禦使。同時有張袞臣者，組之流，亦供奉禁中，號"曲子張觀察"。其後祖述者益眾，嫚戲汙賤，古所未有。

這是一段非常重要的文字，可惜歷來不為學者重視。儘管王灼本人是"宗雅派"，不可能為俗詞推波助瀾，但他卻記錄了北宋詞壇的另一個側面：通俗滑稽詞派的興起及其影響。根據王灼以上的批評，我們可以發現，這個後來幾乎完全被人忽略的風格流派，在當日流傳之廣，影響之巨，仿效者之眾，似乎還在所謂"豪放派"之上。我們完全有理由將其名為"通俗滑稽派"。但由於其多出於游戲，且語言俚俗，格調不高，難入選家的法眼，甚至連作者自己也羞於將其收入集中，故後世多湮沒無聞。張山人、孔三傳、張袞臣輩僅留下姓名而已，王齊叟事蹟則散見於宋元筆記，如《碧雞漫志》卷二：

王齊叟彥齡，元祐副樞巖叟之弟，任俊得聲。初官太原，作《望江南》數十曲，嘲府縣同僚，遂並及帥。帥怒甚，因眾人入謁，面責彥齡："何敢爾！豈恃兄貴，謂吾不能劾治耶？"彥齡執手板頓首帥曰："居下位，只恐被人讒。昨日只吟《青玉案》，幾時曾做《望江南》，試問馬都監。"帥不覺失笑。眾亦匿笑去。

南宋洪邁《夷堅志》壬卷七、元陸居仁《軒渠錄》亦載此事，不過增益其文，更富滑稽意味。業師啟功先生曾著文辨析其事："隋有侯白，明有徐文長，皆趣話所叢，未必果有其事，有其事亦未必果屬其人。近世戲劇、小說，以至江南彈詞中，每見王延齡其人，延亦或作彥。其事蹟多屬排難解紛，平世之不平。且措置滑稽，俱符所謂任俊者。然其人流傳於委巷口耳，蓋已久矣。如以俚言中人物，一一核其身世、年代、官職、里貫，以辨人之有無，事之虛實，則非知民間文學者。"（《啟功叢稿題跋卷》）王齊叟其人其事被傳說化，真偽莫辨，而其《望江南》數十曲今皆不傳,唯此事流傳甚廣,楊慎《詞品》、馮金伯《詞苑萃編》、徐釚《詞苑叢話》等書均有記載,不過供詞家談助而已。

詞中作滑稽語,當以徽宗朝曹組的影響最大。按黃昇《花庵詞選》卷八:"曹元寵,名組,工謔詞,有寵于徽宗,任睿思殿待制。"又據厲鶚《宋詩紀事》卷四十:"曹組字元寵,潁昌人,緯弟。宣和三年進士,召試中書,換武階,兼合門宣贊舍人,仍給事殿中,官止副使。有《箕潁集》。"可知曹組雖則被王灼譏為"滑稽無賴之魁",但並非混跡市井的民間藝人或仕途坎坷的才子詞人如柳永輩,而是有寵於皇帝的宮廷詞人。《宋史·曹勳傳》謂勳父曹組"以進對開敏得幸",勳亦以父蔭補承信郎。《大宋宣和遺事》前集記宣和六年東京元宵觀燈,百姓不問富貴貧賤老少尊卑,盡到端門下賜御酒一杯,有教坊大使曹元寵口號一詞,喚作《脫銀袍》:

濟楚風光,升平時世。端門支散,碗遂逐旋溫來,吃得過、那堪更使金器?分明是,與窮漢、消災滅罪。 又沒支分,猶然遞滯,打篤磨槎來根底。換頭巾,便上弄交番廝替。告官裏,馱逗高陽餓鬼。

雖為頌聖之詞,然不避俚語俗語,下闋竟作滑稽調笑語,與雅詞別為一種風格。可以想象,曹組一類的宮廷詞人,日常隨侍皇帝左右,所作詞當是取悅人主,既非言志,也非緣情,不過插科打諢,以博人主一笑。但曹組之滑稽戲謔,乃其天性,非專為取悅人主,王灼謂其"潦倒無成,作《紅窗迥》及雜曲數百解,聞者絕倒"云云,當是指其供奉禁中之前。曹組的滑稽詞風,在兩宋之際頗有影響,仿效者甚眾,至南宋初年尚餘波未息。王灼《碧雞漫志》卷二云:

今少年妄謂東坡移詩律作長短句,十有八九不學柳耆卿則學曹元寵,雖可笑,亦毋用笑也。

今之士大夫,學曹組諸人鄙穢歌詞。

王灼是兩宋之際人，而《碧雞漫志》成書於南宋紹興年間。其所謂"今"，蓋指南宋高宗時代。此時已經歷靖康之變，朝廷南遷，但詞壇風氣仍沿東京餘緒，柳永、曹組輩的淺斟低唱、滑稽戲謔的詞風還大有市場，不僅市井少年，而且士大夫流，都有學柳學曹者，而非清一色"金戈鐵馬"式或"壯懷激烈"式。這是很令人玩味的文學現象。我們在論述這一段詞史或文學史時，往往凸顯抗金與故國之思的主題，以弘揚民族精神，這當然很有意義也很有必要。但我們在考察歷史現象時，應該看到，即使在宋金對峙的非常時期，也是多種聲音並存，而作為流行歌曲的詞，依然是人們游戲娛樂的方式之一。

曹組滑稽詞，以《紅窗迥》最為流行。胡仔《苕溪漁隱叢話》卷三十九云：

> 曹元寵本善作詞，特以《紅窗迥》戲詞盛行於世，遂掩其名。

至南宋也仍為人口實。據洪邁《夷堅支志》乙卷六：

> 紹興中，曹勳功顯使金國，好事者戲作小詞，其後闋云："單于若問君家世，說與教知，便是《紅窗迥》底兒。"蓋功顯之父元寵，昔以此曲著名也。

按曹組之子勳，字公顯，以父恩補承信郎，特命赴進士廷試，賜甲科，官至武義大夫，從徽宗北遷，銜命南歸，後數度使金，為宋金交往之重要官員。《宋史》有傳。而竟因其父的一曲《紅窗迥》被人調侃，可見此曲流行之廣。但今傳曹組《箕潁集》（趙萬里輯）中卻未見《紅窗迥》，所收詞三十六首，風格大都柔麗雅致，絕無滑稽無賴意味。這是不難理解的。文人詞集，無論是自編還是他人所編，都不可能毫無選擇地保留全豹，尤其是那些不登大雅之堂的滑稽俳諧之詞，本來就出於一時游戲，被保留的可能性更小。據王灼《碧雞漫志》卷二，萬俟詠曾自編詞集，分兩體，曰"雅詞"，曰"側豔"，後召試入官，"以側豔體無賴太甚，削去之"。田為亦為徽宗朝宮廷詞人，田為"極能寫人意中事，雜以鄙俚，曲盡要妙，當在萬俟雅言之右，然莊語輒不佳"。而其傳世之詞卻是另一種面貌，原因很簡單，無賴鄙俚之詞已自行刪去。又據王灼《碧雞漫志》卷二，曹組集曾由其子曹勛編刻：

　　組之子知合門事勛，字公顯，亦能文，嘗以家集刻板，欲蓋父之惡。近有旨下揚州毀其版云。

曹勛在編刻父集過程中，"欲蓋父之惡"，不收《紅窗迥》之類，是情理中事。而後代選本如黃升《花庵詞選》、朱彝尊《詞綜》、龍榆生《唐宋名家詞選》等所錄曹組詞，率皆柔麗雅致之作，這位在北宋詞壇以滑稽戲謔著稱的詞人，遂失去其廬山真面目。儘管如此，《紅窗迥》一詞的失傳，還是令人難以理解：它畢竟是傳唱一時、令人絕倒的名作，居然未留下吉光片羽。

又，元人盛如梓《庶齋老學叢談》中之下云：

　　曹東畎赴省，陸行良苦，以詞自慰其足云："春闈期近也，望帝鄉迢迢，猶在天際。懊恨這一雙腳底，一日廝趲上五六十里。　爭氣。轉得官歸，恁時賞你。穿對朝靴，安排你在轎兒裏。更選個、弓樣鞋，夜間伴你。"

清人馮金伯《詞苑萃編》卷二十二引《詞品》云：

　　曹東畝赴試步行，戲作《紅窗迥》慰其足云："春闈期近也……"（下略）

名此詞曰《紅窗迥》，又引裴按："東畝名豳，後改元寵，嘉熙時人也。"而且，此詞之滑稽戲謔也令人絕倒。這很容易讓人產生誤會，將曹豳此詞誤以為曹組的《紅窗迥》。但嘉熙為宋理宗年號，可知此曹元寵非彼曹元寵。馮夢龍編《警世通言》卷六《俞仲舉題詩遇上皇》敘孝宗時成

都秀才俞良字仲舉者赴臨安考試,曾口占《瑞鶴仙》一詞:

春闈期近也,望帝京迢遞,猶在天際。懊恨這雙腳底,不慣行程,如今怎免得,拖泥帶水。痛難禁,芒鞋五耳。倦行時、著意溫存,笑語甜言安慰。　爭氣。扶持我去,選得官來,那時賞你。穿對朝靴,安排在轎兒裏。抬來抬去,飽餐羊肉滋味。重教細膩。更尋對,小小腳兒,夜間伴你。

這自然是出自小說家偽托,很明顯是從曹組《紅窗迥》脫胎而來。與曹組同時又有邢俊臣者,亦宮廷詞人。據沈作哲《寓簡》卷十:

汴京時,有戚里子邢俊臣者,涉獵文史,誦唐律五言數千首。多俚俗語,性滑稽,喜嘲詠,嘗出入禁中,善作《臨江仙》詞。末章必用唐律兩句為謔,以調時人之一笑。徽皇朝,置花石綱,取江淮奇卉石竹,雖遠必致。石之大者曰袖運石,大舟排聯數十尾,僅能勝載。既至,上皇大喜,置之艮嶽萬歲山下,命俊臣為《臨江仙》詞,意高字為韻。再拜詞已成,末句云:"巍峨萬丈與天高。物輕人意重,千里送鵝毛。"又令賦陳朝檜,以陳字為韻,檜亦高五六丈,圍九尺余,枝柯覆地幾百步。詞末云:"遠來猶自憶梁陳。江南無好物,聊贈一枝春。"其規諷似可喜,上皇容之不怒也。內侍梁師成,位兩府,甚尊嚴用事,以文學自命,尤自矜為詩。因進詩,上皇稱善,顧謂俊臣曰:"汝可為好詞,以詠師成詩句之美。"且命押詩字韻。俊臣口占,末云:"用心勤苦是新詩。吟安一個字,撚斷數莖髭。"上皇大笑,師成慍見,譖俊臣漏泄禁中語,謫為越州鈐轄。太守王蘧聞其名,置酒待之。醉歸,燈火蕭疎。明日,攜詞見帥,敘其寥落之狀,末云:"捫窗摸戶入房來。笙歌歸院落,燈火下樓臺。"席間有妓秀美,而肌白如玉雪,頗有腋氣難近。豐甫令乞詞,末云:"酥胸露出白膣膣。遙知不是雪,為有暗香來。"又有善歌舞而體肥者,詞云:"只愁歌舞罷,化作彩雲飛。"俊臣亦頗有才者,惜其用功只如此耳。

戲謔嘲諷，而又蘊含機智，故清人沈雄譽其為宋詞中的"滑稽之雄"。（《古今詞話·詞品》卷下）但邢俊臣似乎並非肆力於詞者，不過憑敏捷之才，出口成章。宋徽宗宮中有曹組、張袞臣、邢俊臣輩，當時風氣可以想見。而在民間，滑稽戲謔之風也特盛：

徽宗即位，下詔求直言。及上書與廷試，直言者俱得罪。京師有謔詞云："當初親下求賢詔，引得都來胡道。人人招是駱賓王，並洛陽年少。　自訟監宮及嶽廟，都一時閑了。誤人多是誤人多，誤了人多少。"（《中吳紀聞》卷五）

朱沖微時，以常賣為業，後其家稍溫，易為藥肆。…其子勔，因賂中貴人以花石得幸，時時進奉不絕，謂之"花綱"。……勔死，又竄其家於海島，前日之受詬身者盡褫之。當當時有謔詞云："做園子，得數載，栽培得、那花木，就中堪愛。特將一個、保義酬勞，反做了、今日殃害。　詔書下來索金帶，這官誥、看看毀壞。放牙笏、便擔屎擔，卻依舊種菜。"又云："疊假山、得保義，襆頭上、帶著百般村氣。做模樣、偏得人憎，又識甚條例。　今日伏惟安置。官誥又來索氣。不如更疊個盆山，賣八文十二。"（《中吳紀聞》卷六）

宣和初，予在庠，俄有旨令士人結帶巾，否則以違制論。士人甚苦之，當時有謔詞云："頭帶巾，誰理會？三千貫賞錢，新行條例。不得向後長垂，與胡服相類。　法甚嚴，人盡畏，便縫闊大帶，向前面繫。和我太學先輩，被人呼保義。"（《中吳紀聞》卷六）

政和改僧為"德士"，以皂帛裹頭，項冠於上。無名子作兩詞，《夜游宮》云："因被吾皇手詔，把天下、寺來改了。大覺金仙也不小。德士道，卻我甚頭腦。　道袍須索要。冠兒戴、恁且休笑。最是一種祥瑞好。古來少，葫蘆上面生芝草。"《西江月》云："早歲輕衫短帽，中間圓頂方袍。忽然天賜降宸毫，接引私心入道。　可謂一身三教，如今且得逍遙。擎拳稽首拜雲霄，受分長生不老。"（《夷堅三志》己卷七）

政和元年，尚書蔡薿為知貢舉，尤嚴挾書。是時又街市詞《侍香金童》,方盛行,舉人因其詞,加改十五字,作《懷挾詞》云:"喜葉葉地,手把懷兒摸,甚恰恨出題廝撞著。內臣過得不住腳,忙裏只是看得斑駁。 駭這一身冷汗,都如雲霧薄。比似年時頭勢惡。待檢又還猛想度,只恐根底,有人尋著。"(《上庠錄》)

這種嘲諷時事的滑稽詞風,流行到南宋,野史筆記中尚多記載。據洪邁《夷堅三志》己卷七記載,南宋陳曄(字日華)曾將北宋至南宋初的滑稽詞編集成書。但此集並名今皆失傳,我們只能從洪邁選錄的篇什中窺見一二:

  妙手庖人,搓得細如麻線。面兒白、心下黑,身長行短。驀地下來後,嚇出一身冷汗。這一場歡會,早危如累卵。 便作羊肉燥子,勃堆飣碗,終不似、引盤美滿。舞萬遍,無心看,愁聽弦管。收盤盞,寸腸暗斷。(《夷堅三志》己卷七)

  水飯惡冤家,些小薑瓜。尊前正欲飲流霞。卻被伊來剛打住,好悶人那。 不免著匙爬,一似吞沙。主人若也要人誇,莫惜更攙三五盞,錦上添花。(同上)

以上二詞詠日常生活中之趣事。前者詠饞客食粉,後者詠人吃水飯,不但與"言志""緣情"之詞異趣,也與嘲諷時事之詞有別。這種滑稽俳諧的俚俗風格,令人很容易就聯想到元人散曲。宋詞元曲皆當日之流行歌曲,而宋代通俗滑稽詞可能就已開元代散曲之先聲。近人趙萬里《箕潁詞記》云:"謔詞見於小說平話者居多,當時與雅詞相對稱。宋世諸帝如徽宗、高宗均喜其體,《宣和遺事》《歲時廣記》載之。此外尚有俳詞,亦兩宋詞體之一,與當時戲劇實相互為用。"[①] 宋代通俗滑稽詞與當時其他俗文學的關係,是今日研究宋元文學發展演變史者應該注意的。

原載《中國俗文化研究所集刊》

---

① 見金啟華等編《唐宋詞集序跋彙編》。

論宋代文人詞的俚俗化

詩在古代中國是一種雅文學，講究格調與境界，即使抒寫男女思慕之情，也很注意分寸，有所節制，點到即止，美其名曰"風流蘊藉"。而且常常還別有隱情即所謂"寄興"或"寄托"，讓後代讀者如墜五里雲霧，莫測高深，弄不清這些遮遮掩掩充滿隱喻的男女之詞究竟是情詩呢還是政治詩。但無論作何理解，這種典雅含蓄的抒情方式卻非常符合傳統士大夫的審美情趣，所謂"發乎情止乎禮義"也。而中唐以後開始流行的曲子詞，卻發展出一種坦率的抒情方式，寫男女之情就是男女之情：

千萬恨，恨極在天涯。山月不知心裏事，水風空落眼前花，搖曳碧雲斜。(溫庭筠《夢江南》)

玉爐香，紅蠟淚，偏照畫堂秋思。眉翠薄，鬢雲殘，夜長衾枕寒。 梧桐樹，三更雨，不道離情正苦。一葉葉，一聲聲，空階滴到明。(溫庭筠《更漏子》)

夜夜相思更漏殘，傷心明月淚闌幹，想君思我錦衾寒。 咫尺畫堂深似海，憶來唯把舊書看，幾時攜手入長安？(韋莊《浣溪紗》)

四月七日，正是去年今日，別君時。忍淚佯低面，含羞半斂眉。不知魂已斷，空有夢相隨。除卻天邊月，沒人知。(韋莊《女冠子》)

檻菊愁煙蘭泣露。羅幕輕寒，燕子雙飛去。明月不諳離恨苦，斜光到曉穿朱戶。 昨夜西風凋碧樹。獨上高樓，望盡天涯路。欲寄彩箋兼尺素，山長水闊知何處？(晏殊《蝶戀花》)

庭院深深深幾許？楊柳堆煙，簾幕無重數。玉勒雕鞍游冶處，樓

高不見章台路。雨橫風狂三月暮，門掩黃昏，無計留春住。淚眼問花花不語，亂紅飛過秋千去。(歐陽修《蝶戀花》)

去年元夜時，花市燈如晝。月上柳梢頭，人約黃昏後。今年元夜時，月與燈依舊。不見去年人，淚濕春衫袖。(歐陽修《生查子》)

溫、韋、晏、歐都是士林中人，而且晏、歐還是朝廷重臣，在詩中也許不免矜持，但在詞中卻兒女情長一往情深。儘管近代常州詞派張惠言等人為"尊詞體"，謂"其緣情造端興於微言，以相感動，極命風謠里巷男女哀樂，以道賢人君子幽約怨悱不能自言之情，低徊要眇，以喻其致。蓋詩人之比興，變風之義，騷人之歌"(張惠言《詞選序》)云云，並"以《國風》《離騷》之旨趣，鑄溫、韋、周、辛之面目"(周濟《味雋齋詞序》)，將溫、韋等人的男女豔詞說成是別有寄託，那不過是經學家探求微言大義的積習，或文人標新立異借題發揮的慣技，不足為訓。唐五代以至北宋詞，之所以被視為"豔科"，與詞中這種坦露的抒情方式蓋有莫大關係。儘管如此，溫、韋、晏、歐諸人還是在努力營造著一種文人情調，一種詩意化的柔美情調。這與詩人代言體的"閨情詩"實在有異曲同工之妙。"碧雲""玉爐""紅蠟""畫堂""朱戶""彩箋""簾幕""秋千"等意象的採用，就烘托出這種情調。而且抒寫男女思慕之情，雖然坦露但並不濫情，點到即止，所謂"好色而不淫"，猶不失風雅，符合"發乎情止乎禮義"的古訓。真正顛覆中國正統文學觀念而別開生面的，應該是另一類詞：

見羞容斂翠，嫩臉勻紅，素腰嫋娜。紅藥闌邊，惱不教伊過。半掩嬌羞，語聲低顫，問道有人知麼。強整羅裙，偷回波眼，伴行伴坐。更問假如，事還成後，亂了雲鬟，被娘猜破。我且歸家，你而今休呵。更為娘行，有些針線，誚未曾收囉。卻待更闌，庭花影下，重來則個。(《醉蓬萊》)

為伊家，終日悶。受盡悽惶誰問。不知不覺上心頭，悄一霎身心頓也沒處頓。惱愁腸，成寸寸。已恁莫把人縈損。奈每每人前道著

伊，空把相思淚眼和衣搵。(《怨春郎》)

眼細眉長，宮樣梳妝。靸鞋兒走向花下立著。一身繡出，兩同心字，淺淺金黃。　早是肌膚輕渺，抱住了、暖仍香。姿姿媚媚端正好，怎教人別後，從頭仔細，斷得思量。(《好女兒令》)

好個人人，深點唇兒淡抹腮。花下相逢、忙走怕人猜。遺下弓弓小繡鞋。　剗韈重來。半軃烏雲金鳳釵。行笑行行連抱得，相挨。一向嬌癡不下懷。(《南鄉子》)

潛身走向伊行坐。孜孜地、告他梳裹。……丁香嚼碎偎人睡，猶記恨、夜來些個。(《惜芳時》)

以上諸詞引自歐陽修《醉翁琴趣外編》。值得注意的是，詞中不僅大量採用口語俚語，而且動態描寫非常直露，如"事還成後，亂了雲鬢，被娘猜破""早是肌膚輕渺，抱住了、暖仍香""行笑行行連抱得，相挨"等詞句，豈止文人豔詞可比，說它是市井色情語，亦不為過。須知北宋中期瀰漫歌壇的是"花間"式的柔美婉麗詞風，是歌兒舞女在宮廷或文人雅會上的輕歌曼舞，即使青樓柳巷之中，也多是十七八女孩兒，執紅牙板，歌"楊柳岸，曉風殘月……"上引歐詞，無疑是一種不諧合音，一種與文人柔美詞風不諧合的世俗之音。我們很難想象，這類俚俗之詞會出自被人稱為"一代儒宗"的歐陽修之手。南宋陳振孫即謂，歐陽修詞集中，"多有與《花間》《陽春》相混者，亦有鄙褻之語一二廁其中，當是仇人無名子所為也"(《直齋書錄解題》卷二十一)。曾慥《樂府雅詞序》也稱："歐公一代儒宗，風流自命，詞章幼眇，世所矜式。當時小人或作豔曲，謬為公詞。"羅泌跋歐陽修《近體樂府》謂："甚淺近者，前輩多謂劉煇偽作……而柳三變詞亦雜《平山集》中，則詞三卷或甚浮豔者，殆非公之少作，疑以傳疑可也。"他們的看法不無道理。但謂其系仇家子所為以汙歐公清譽，顯然有些誇張。這些托名歐公的詞，與文人雅詞風格殊不類，純乎其為市井閭巷之曲。我想也許是勾欄瓦子之藝人虛張聲勢，假託歐公之名以廣招徠，亦未可知。但無論其作者為誰，這些詞都展示出一種與傳統文學觀念迥異的價值取向：以世俗之語寫世俗之情。即使南北朝的民間情歌與敦煌曲子詞，也沒有達到這等世俗化的程度。

　　詞在宋代為配合流行音樂的歌曲，即所謂"曲子詞"。而我們今天讀到的多是文人雅詞，是一種可以與唐詩並稱的"長短不葺之新體格律詩"（龍榆生語）。但北宋的都市經濟已非常繁榮，都市生活也變得更加豐富。而勾欄瓦子中的說書、雜耍、歌舞等民間娛樂形式，事實上已成為市井的一大行業。即使朝廷南遷，也並未改變中國社會的這種格局。這可以從孟元老《東京夢華錄》、吳自牧《夢粱錄》、西湖老人《西湖老人繁勝錄》、周密《武林舊事》等宋人的野史筆記中得到印證。詞既然是流行歌曲，就不止有一種聲音，例如托名歐公的俚俗之詞，無疑就是市井間巷之歌、勾欄瓦子之曲。儘管這類俗歌俚詞作者多為民間無名藝人，但在文人中也有不避俚俗而為市井男女寫心者，柳永即其人焉。近代夏敬觀曾言："以市井語入詞，始于柳耆卿。"（《手評樂章集》，轉引自龍榆生編《唐宋名家詞選》）這個看法大抵是不錯的。

　　柳永是中國文人中的一個另類。現代學者都說他懷才不遇，其實柳永在千百萬士子中還算是幸運者。儘管科場連連失意，甚至被皇帝點名黜落，但最後還是如願以償，獲得進士頭銜。這一令傳統社會普遍看重的榮譽絕非徒有之虛名，而是躋身上流社會的入門資格。擁有此資格者，在宋代也畢竟是少數。柳永既然有幸擁有了這個資格，就有可能搖身一變而成為傳統型的文人雅士。即使專力於寫詞，以他的才情，也完全可以博取儒雅風流的美名。事實上，柳永曾寫過不少氣象開闊、情調柔美的詞作，如《八聲甘州》（"對瀟瀟暮雨灑江天……"）、《雨霖鈴》（"寒蟬淒切……"）、《滿江紅》（"暮雨初收……"）等。連蘇軾也贊道："世言柳耆卿曲俗，非也。如《八聲甘州》云'漸霜風淒緊，關河冷落，殘照當樓'，此語於詩句，不減唐人高處。"（見趙令畤《侯鯖錄》卷七）但他卻浪得"鄙俗""淺俗"之惡名，為文人雅士所不齒。據說，柳永為舉子時好為狹邪游，偎紅倚翠風流放縱，以至成為元明小說戲曲中的風月領袖浪子班頭。柳永曾有《傳花枝》一詞自敘其平生風流：

　　　　平生自負，風流才調。口兒裏、道知張陳趙。唱新詞，改難令，總知顛倒。解刷扮,能咵嗽,表裏都峭。每遇著、飲席歌筵,人人盡道,可惜許老了。　閻羅大伯曾教來,道人生、但不須煩惱。遇良辰,當美景,追歡買笑。膁活取百十年,只恁廝好。若限滿、鬼使來追,待倩個、掩通著到。

這可是柳永晚年的詞作。與其早年的《鶴沖天》("黃金榜上,偶失龍頭望……")比較,似乎變得更加玩世不恭。"才子詞人,自是白衣卿相""忍把浮名,換了淺斟低唱"云云,還可以說是科場失意後的自嘲自解,而這首《傳花枝》詞簡直就是一位市井藝人的自我寫照,而且不以為恥反以為榮。這使我們想起元代關漢卿那曲調寄《仙呂·一枝花》的《不伏老》:"我是個普天下郎君領袖,蓋世界浪子班頭……"事實上,柳永就是關漢卿式的"書會才人",他創作流行歌曲,主要的不是自遣或自娛,如傳統文人落魄失意之際賦詩言志自我宣洩,而是為娛悅市井民間的普通聽眾,甚至有可能是應勾欄瓦子的藝人之約而寫。所以他不避俚俗,以世俗語言與世俗眼光來表現世俗趣味與世俗情調:

意中有個人,芳顏二八。天然俏,自來奸黠。最奇絕,是笑時、媚顏深深,百態千嬌,再三偎著,再三香滑。(《小鎮西》)

有個人人真攀羨。問著洋洋回卻面。你若無意向他人,為甚夢中頻相見。　不如聞早還卻願。免使牽人虛魂亂。風流腸肚不堅牢,祇恐被伊牽引斷。(《木蘭花令》)

自古及今,佳人才子,少得當年雙美。且恁相偎倚。未消得、憐我多才多藝。願奶奶、蘭心蕙性,枕前言下,表余深意。為盟誓,今生斷不孤鴛被。(《玉女搖仙佩》)

爭奈心性,未曾先憐佳壻。長是夜深,不肯便入鴛被。與解羅裳,盈盈背立銀釭,卻道你但先睡。(《鬥百草》)

早知恁麼,悔當初不把雕鞍鎖。向雞窗,祇與蠻箋象管,拘束教吟課。鎮相隨,莫拋躲,針線閑拈伴伊坐,和我。莫使年少光陰虛過。(《定風波》)

不僅語言風格，而且格調情趣，皆與文人雅士的側艷之詞迥然有別，因而殊難為文人雅士所賞。據張舜民《畫墁錄》，柳永舉進士後，久不得調，因謁宰相晏殊。晏問："賢俊作曲子麼?"柳曰："祇如相公亦作曲子。"晏曰："殊雖作曲子，不曾道'針線閑拈伴伊坐'。"其實，"針線閑拈伴伊坐"一類的詞句雖則境界不高，以致為晏殊反唇相譏，但這恰恰是平常兒女家的情話。試比較文人雅詞中的情語，就不難發現柳永是在與"風雅"之聲唱著反調。事實上，柳詞之所以在市井民間廣為流行，正因其不附庸風雅唱文人高調，而是以世俗之心抒寫世俗之情。黃昇《花庵詞選》評柳詞："長於纖麗之詞，然多近俚俗，故市井小人悅之。"徐度《卻掃編》卷五說："耆卿以歌詞顯于仁宗朝……其詞雖極工致，然多雜以鄙語，故流俗人尤喜道之。"《四庫全書總目》說："詞本管弦冶蕩之音，而永所作，旖妮近情，故使人易入，雖頗以俗為病，然好之者終不絕也。"可見柳永寫青樓男女之情，寫才子佳人之戀，最大的特點就是世俗化，雖不稱於文人雅士之口，卻諧於市井閭巷之耳。可以說，柳永是北宋民間最走紅的詞人，葉夢得《避暑錄話》卷三即引一西夏歸朝官說："凡有井水飲處即能歌柳詞。"這也許有些誇張，但其詞好之者甚眾，流傳甚廣，北宋詞人無出其右者，卻不容置疑。其影響甚至到南宋初年還餘波未息。據王灼《碧雞漫志》卷二：

　　·今少年妄謂東坡移詩律作長短句，十有八九不學柳耆卿則學曹元寵。

　　曹元寵名組，為徽宗朝宮廷詞人，以滑稽著名於世，所作《紅窗迥》詞，聞者無不絕倒。而柳永則多以市井語抒寫世俗男女之情，宜其廣為少年追隨模仿。甚至象秦觀、黃庭堅這樣的文人雅士，也曾受其影響。據曾慥《高齋詩話》：

　　少游自會稽入都，見東坡。東坡曰："不意別後，公卻學柳七作詞。"少游曰："某雖無學，亦不如是。"東坡曰："'銷魂當此際'，

非柳七語乎？"（轉引自郭紹虞《宋詩話輯佚》）

蘇軾所舉，蓋秦觀名詞《滿庭芳》：

　　山抹微雲，天連衰草，畫角聲斷譙門。暫停征棹，聊共引離尊。多少蓬萊舊事，空回首、煙靄紛紛。斜陽外，寒鴉數點，流水繞孤村。　銷魂。當此際，香囊暗解，羅帶輕分，謾贏得青樓，薄倖名存。此去何時見也？襟袖上、空惹啼痕。傷情處，高城望斷，燈火已黃昏。

此詞固是寫豔情，但清麗婉約，不失文人雅士之風流蘊藉。但秦觀詞還有另一種風格：

　　幸自得。一分索強，教人難吃。好好地惡了十來日。恰而今，較些不。　須管啜攤教笑，又也何須肐織。衡倚賴臉兒得人惜。放軟頑、道不得。（《品令》）

　　掉又懼。天然個品格。於中壓一。簾兒下時把鞋踢。語低低，笑咭咭。　每每秦樓相見，見了無限憐惜。人前強不欲相沾濕。把不定，臉兒赤。（同上）

以上兩首《品令》詞，倒是柳永式的俚俗。再如黃庭堅：

　　對景還銷瘦。被個人、把人調戲，我也心兒有。憶我又喚我，見我嗔我，天甚教人怎生受。　看承幸廝勾。又是樽前眉峰皺。是人驚怪，冤我忔憪就。拼了又舍了，定是這回休了，及至相逢又依舊。（《歸田樂引》）

　　引調得、甚近日心腸不戀家。寗寗地、思量他，思量他。兩情各自肯，甚忙咱。意思裏，莫是賺人吵。噷奴真個唗，真個唗。（《歸田樂令》）

見來兩個甯寧地。眼廝打、過如拳踢。恰得嘗些香甜底。苦煞人、遭誰調戲。　臘月望州坡上地。凍著你、影躚村鬼。你但那些一處睡。燒砂糖、管好滋味。（《鼓笛令》）

見來便覺情於我。廝守住、新來好過。人道他家有婆婆。與一口、管教屎磨。　副靖傳語木大。鼓兒裏、且打一和。更有些兒得處囉。燒砂糖、香藥添和。（《鼓笛令》）

心裏人人，暫不見、霎時難過。天生你要憔悴我。把心頭從前鬼，著手摩挲。抖擻了、百病銷磨。　見說那廝牌鷙熱。大不成我便與拆破。待來時、禹上與廝噇則個。溫存著、且教推磨。（《少年心》）

把我身心，為伊煩惱，算天便知。恨一回相見，百方做計，未能偎倚，早覓東西。鏡裏拈花，水中捉月，覷著無由得近伊。添憔悴，鎮花銷翠減，玉瘦香肌。奴兒，又有行期。你去即無妨我共誰。向眼前常見，心猶未足，怎生禁得，真個分離。地角天涯，我隨君去。掘井為盟無改移。君須是，做些兒相度，莫待臨時。（《沁園春》）

儘管黃庭堅論詩有"以俗為雅，以故為新"的主張，追求生新奇特的風格，但畢竟是以雅為歸。而這些純以口語俚語寫成而幾難字字索解的男女之詞，幾有"以俗為病"之嫌。《四庫全書總目》便指出：

今觀其詞，如《沁園春》《望遠行》《千秋歲》第二首、《江城子》第二首、《兩同心》第二首、第三首，《少年心》第一首、第二首，《醜奴兒》第二首、《鼓笛令》四首、《好事近》第三首，皆褻諢不可名狀，至於《鼓笛令》第三首之"躚"字，第四首之"屎"字，皆字書所不載，尤不可解。

黃庭堅是可以將情詞寫得深約柔美的，這有他的雅詞為證。他的俚俗風格與世俗情調，完全是有意為之。黃庭堅雖然仕途坎坷，但又並非柳永那樣浪跡市井的才子詞人，史載蘇軾為侍從時，曾舉庭堅自代，其詞有"瑰偉之文，妙絕當世；孝友之行，追配古人"之語。（見《宋史·文苑傳》）但黃庭堅的這一類俚俗之詞，卻表現出他的另一種面目。由此可見，柳永開創的俚俗詞風，以世俗之語抒寫世俗之情，即使在文人雅士中也不乏同調。清人馮煦說："後山以秦七、黃九並稱，其實黃非秦匹也。若以比柳，差為得之。蓋其得也，則柳詞明媚，黃詞疏宕，而褻譚之作，所失亦均。"（《宋六十一家詞選例言》）劉熙載說："黃山谷詞，用意至深，自非小才所能辦。惟故以生字、俚語侮弄世俗，若為金元曲家濫觴。"（《藝概》卷四）元曲以俚俗為當行本色，世所共知；但其由來有自，並非橫空出世。觀柳永、黃庭堅之俚語俗詞，可知這一逐漸演變的過程肇始於北宋。

柳永之旗下，尚有沈公述、李景元、孔夷、孔榘、晁次膺、萬俟詠、田為諸人，王灼謂其"源流皆從柳氏來，病於無韻"（《碧雞漫志》卷二）。"無韻"也者，俚俗不雅之謂也。儘管他們的"無韻"之詞未能流傳後世，但我們從王灼的評論中依然可以窺見一個消息：文人以俚語俗語入詞在當日曾蔚成風氣，而且至南宋也未消歇：

好恨這風兒，催俺分離。船兒催吹得去如飛，因甚眉兒吹不展，叵耐風兒。　不是這船兒，載起相思。船兒若念我孤恓，載取人人蓬底睡，感謝風兒。（《浪淘沙》）

我已多情，更撞著、多情底你。把一心、十分向你。盡他們，劣心腸、偏有你。風了人，只為個你。沒前程、阿誰似你。壞卻才名，到如今、都因你。是你。我也沒、星兒恨你。（《惜奴嬌》）

合下相逢，算鬼病、須沾惹。閑深裏、做場話霸。負我看承，枉馳我、許多時價。冤家。你教我、如何割捨。　苦苦孜孜，獨自個、空嗟呀。使心腸、捉他不下。你試思量，亮從前、說風話。冤家。休直待，教人咒罵。（同上）

有件事情佐遮，算好事、大家都知。被新冤家覓索後，沒別底，似別底也難為。　識盡千千並萬萬，那得恁、海底猴兒。這百十錢，一個潑性命，不分付、待分付與誰？（《亭前柳》）

幸自得人情，只是有些脾鼈。引殺俺時直甚，損我兒陰德。　情知

守定沒干休，干休冤俺急。今夜這回除是，有翅兒飛得。(《好事近》)

昨日特承傳誨。欲相見、奈何無計。這場煩惱撚著嚎，曉夜價、求天祝地。教俺兩下不存濟。你莫卻、信人調戲。若還真個肯收心，廝守著、快活一世。(《夜行船》)

拽盡風流露布，築成煩惱根基。早知恁地淺情時，枉了教人恁地。　惜你十分攔就，把人一味禁持。這回斷了更相思，比似人間沒你。(《西江月》)

走去走來三百里，五日以為期。六日歸時已是疑。應是望歸時。

鞭個馬兒歸去也，心急馬行遲。不免相煩喜鵲兒，先報那人知。(《武陵春》)

詞作者石孝友，字次仲，據唐圭璋《全宋詞》小傳，係南昌人，為南宋孝宗乾道二年進士，以詞名，有《金谷遺音》傳世。其詞的俚俗化比之柳永，似有過之而無不及。這一類詞固然不大可能在文人雅士中傳唱，但在市井間巷勾欄瓦子中卻自有市場。事實上，兩宋都市經濟的繁榮，已培育出人數眾多的市民聽眾，以市井語入詞，以世俗之語寫世俗之情，也在兩宋文人中蔚成一種風氣。後代論詞者多注意文人雅詞，盡可能凸顯詞的風雅傳統，尤其是清代以朱彝尊為代表的浙西詞派與以張惠言為代表的常州詞派，更是力圖將宋詞淨化為一種醇雅典麗的詩體，兩宋文人以俚語俗語入詞的試驗，也就式微了。

原載《四川大學學報》2003 年第 5 期

歐陽修豔詞緋聞辨疑

歐陽修詞集名目不一，有《近體樂府》《平山集》《六一詞》《醉翁琴趣外篇》等，而雅俗相間，真偽淆雜，實為北宋詞人之最。[①] 今人唐圭璋編《全宋詞》所輯歐詞，多有別作馮延巳、晏殊、梅堯臣、柳永、張先、黃庭堅、朱淑真詞而不能確定誰何者，至於《近體樂府》等宋元舊本明係誤收而業經辨明者，尚不在此列。宋人詞集中這種張冠李戴的現象，雖然並非歐詞所獨有，但因此而引起的牽涉個人隱私的曖昧傳聞，卻不多見。其中最著者莫過於《醉翁琴趣外篇》中的兩首：

見羞容斂翠，嫩臉勻紅，素腰嫋娜。紅藥闌邊，惱不教伊過。半掩嬌羞，語聲低顫，問道有人知麼。強整羅裙，偷回波眼，伴行伴坐。　更問假如，事還成後，亂了雲鬟，被娘猜破。我且歸家，你而今休呵。更為娘行，有些針線，誚未曾收囉。卻待更闌，庭花影下，重來則個。（《醉蓬萊》）

江南柳，葉小未成陰。人為絲輕那忍折，鶯嫌枝嫩不勝吟。留著待春深。　十四五，閒抱琵琶尋。階上簸錢階下走，恁時相見早留心。何況到如今。（《望江南》）

依字面解讀，這是北宋很常見的豔詞。但按照文人雅士的標準，第一首輕薄浮豔，流於淫媟，無異市井里巷之曲。第二首詞意雖不那麼輕浮，

[①] 參見羅弘基《歐陽修詞集斠疑》，《求是學刊》1990年第4期。

所詠是一位自幼相識的青春少女,但語帶挑逗,可能涉及一段曖昧的情感糾葛。如果出現在柳永這樣的才子詞人集中,讀者絕不會大驚小怪,但竟然託名歐陽修這樣的一代儒宗、詩文巨擘,就令人難以置信。雖然,文人風流在歐陽修時代乃韻事,而非今日所謂不道德行為,甚至也不排斥歐陽修年輕時也曾有狹邪之游的浪漫,宋人筆記就有這方面的記載,如洪邁《容齋隨筆》卷十五引《孔氏野史》:"歐陽永叔、謝希深、田元均、尹師魯在河南,攜官妓游龍門,半月不返,留守錢思公作簡招之,亦不答。"我們不必曲為之諱。《歐陽文忠公文集》所輯《近體樂府》,也有男女豔詞,雖然不一定是自敘其事自寫其情,而是"謔浪游戲"以遣興,然卻沒有如上引《醉蓬萊》之輕浮、《望江南》之曖昧者。宋人多謂此類輕薄浮豔之詞為他人偽託歐公之名而作。四庫館臣引宋人云:

  曾慥《樂府雅詞序》有云:"歐公一代儒宗,風流自命,詞章窈眇,世所矜式。當時小人或作豔曲,謬為公詞。"蔡絛《西清詩話》云:"歐陽詞之淺近者,謂是劉煇偽作。"《名臣錄》亦謂修知貢舉,為下第舉子劉煇等所忌,以《醉蓬萊》《望江南》詞誣之。(《四庫全書總目》卷一百九十八)

歐陽修詞集中混有他人之作,這不容置疑,但坐實為下第舉子劉煇偽託,且指明為上引《醉蓬萊》《望江南》等,卻係捕風捉影的附會。關鍵問題是,四庫館臣所引《西清詩話》云云,其作者蔡絛乃北宋末年人,蔡京季子,徽宗宣和年間官至龍圖閣學士兼侍讀,著有《鐵圍山叢談》等。按照一般觀念,蔡氏去歐陽修未遠,所記當有依據。但古人詩話筆記多道聽塗說,以資談助,傳信傳疑,不一而足。即如此條,實難採信。前人已有辨正,今人夏承燾亦有申論。(見《四庫全書詞籍提要校議》,載《唐宋詞論叢》)但令人感到意外的是,蔡絛《西清詩話》根本就沒有這樣的記載,四庫館臣顯係誤記。今據張伯偉編校《稀見本宋人詩話四種》所收《明鈔本西清詩話》,其中記歐陽修事有若干條,如云:"歐陽文忠公文章道術為學者師,始變楊、劉體,不泥古陳。"(卷中,四十)"世傳歐陽文忠公掌貢闈，時舉子問堯舜定是幾種事……"（卷下，三十七）均無語涉及劉煇偽造豔詞以誣歐公事。儘管如此，宋代確有這樣的傳聞，如陳振孫《直齋書錄解題》謂："世傳煇既見黜于歐陽公，怨憤造謗，為猥褻之詞。"羅泌《近體樂府跋》謂："其甚淺近者，前輩多謂劉煇偽作。"陳、羅皆南宋人，得聞北宋劉煇作偽之事，可見其流傳之廣。陳氏雖然懷疑其真實性，但產生這樣的傳聞，不能不說是事出有因。今據《宋史》本傳，嘉祐二年，歐陽修權知貢舉：

> 時士子尚為險怪奇澀之文，號"太學體"。修痛排抑之，凡如是者輒黜。畢事，向之囂薄者伺修出，聚噪于馬首，街邏不能制。然場屋之習從是遂變。

據李燾《續資治通鑒長編》卷一百八十五："及試榜出，時之所推譽皆不在選。囂薄之士候修晨朝，群聚詆斥之，至街司邏吏不能止。或為祭歐陽修文，投其家，卒不能求其主名置於法。然文體自是亦少變。"這就是後來為古文家所盛稱的"歐變文體"事件。是科，蘇軾、蘇轍、曾鞏等青年才俊脫穎而出。南宋末年姚勉《癸丑廷對》尚稱："仁宗朝用歐陽修典貢舉事，一脫西崑之體，丕變嘉祐之文，用能革險怪之劉幾，得名世之蘇軾。"（《雪坡集》卷七）據沈括《夢溪筆談》卷九，"險怪之劉幾"即劉煇，嘉祐四年狀元：

> 嘉祐中士人劉幾累為國學第一人，驟為怪險之語，學者翕然效之，遂成風俗。歐陽公深惡之。會公主文，決意痛懲。凡為新文者一切棄黜，時體為之一變，歐陽之功也。有一舉人論曰："天地軋，萬物茁，聖人發。"公曰："此必劉幾也。"戲續之曰："秀才剌，試官刷。"乃以大朱筆橫抹之，自首至尾，謂之"紅勒帛"，判"大紕繆"字。榜之，既而果幾也。復數年，公為御試考官，而幾在庭，公曰："除惡務本，今必痛斥輕薄子，以除文章之害。"有一士人論曰："主上收精藏明於冕旒之下。"公曰："吾已得劉幾矣，"既黜，乃吳人蕭

稷也。是時試《堯舜性仁賦》，有曰："故得靜而延年，獨高五帝之壽；功而有勇，形為四罪之誅。"公大稱賞，擢為第一。及唱名，乃劉幾。人有識之者，曰："此劉幾也，易名矣。"公愕然久之。因欲成就其名，小賦有"內積安行之德，蓋稟於天"，公以謂"積"近於學，改為蘊，人莫不以公為知言。

根據這段記載，劉幾改名煇而中狀元，似非歐陽修本意，而是出於誤判。但我認為這裏還是有些疑點。歐陽修是否因劉幾"驟為怪險之語"便耿耿於懷，不惜一再封殺之，至以"除惡務本"為言，大不類歐陽修平生之為人。歐陽修於其政敵呂夷簡等尚能不計舊惡，以德報怨，何況一年輕後生，至於如此窮追猛打必置之於死地而後快嗎？這不是歐陽修的性格。但沈括乃嘉祐八年進士，為歐陽修同時晚輩，他的記載可信度應該很高，所以被後人轉相徵引。南宋劉克莊有詩歎曰："董賈奇才無地立，歐蘇精鑒與人同。安知李廌麾門外，不覺劉幾入彀中。"（《題永嘉黃仲炎文卷二首》，《後邨集》卷十三）李廌字方叔，少孤貧，勤奮力學，謁蘇軾于黃州，軾激賞之，謂其才"萬人敵"。後試禮部，適蘇軾典貢舉，有意拔之，結果竟落選。蘇軾賦詩自責，事見《宋史·李廌傳》。王稱《東都事略》卷一百一十六、陸游《老學庵筆記》卷十等也曾詳載其事。劉幾之高中與李廌之落選，皆因考官誤判而事與願違。這很有些戲劇性，至後來演為離奇之言。明彭大翼《山堂肆考》引述沈括記載後云："其年主司夢火山軍作狀元，今得劉煇，果驗之矣。"（卷八十三，"痛懲劉幾"）徐應秋《玉芝堂談薈》引《東齊記事》："有堂吏夢火山軍姓劉人作狀元，明年煇及第。"（卷二，"歷代狀元"）這種怪力亂神的傳言顯係事後附會，不足為憑。但是，既然劉煇高中並非主考官歐陽修本意，他不僅無知遇提攜之恩，而且還懷有極深的成見，劉煇如果知道前後內幕，難免不心存芥蒂，甚至造作蜚語，以泄私憤。這是人情之常。當時可能就有某些蜚短流長的傳言，而且流傳很廣，所以陳氏謂"世傳"云云。但這也僅是一種傳聞而已。南宋孫奕《示兒編》所記，兩人似未交惡：

嘗記前輩說歐公柄文衡，出《堯舜性仁賦》，取劉煇天下第一，首聯句曰："世陶極治之風，雖稽於古；內積安行之德，蓋稟於天。"劉來謁謝，頗自矜，公雖喜之，而嫌其"積"字不是性，為改作"蘊"，劉頓駭服。（卷八，"賦以一字見功夫"）

當然，這也是一種傳聞，但也很符合情理。劉煇由"自矜"而"駭服"，這也是人情之常。他有何理由去報復歐陽修呢？而以歐陽修之雍容大度，又怎可能與年輕後生一般見識？值得一提的是，劉煇雖為狀元，但後來卻沒有多少建樹。原因是他英年早逝，據載，卒年僅三十六歲。但其解官為祖母承重服、為族人置義田等事卻很為時人稱道。王辟之《澠水燕談錄》云：

鉛山劉煇，俊美有辭學，嘉祐中，連冠國庠及天府進士。四年，崇政殿試，又為天下第一，得大理評事，簽書建康軍判官。喪其祖母，乞解官以嫡孫承重服。國朝有諸叔而嫡孫承重服者，自煇始。煇哀族人之不能為生者，買田數百畝以養之。四方之人從煇學者甚眾，乃擇山溪勝處處之。縣大夫易其里曰"義榮社"，名其館曰"義榮齋"。未終喪而卒，士大夫惜之。初，范文正公、吳文肅公皆有志置義田，及後登二府，祿賜豐厚，方能成其志，而煇於初仕，家無餘資，能力為之，今士君子尤以為難。（卷四，"忠孝"條）

陳振孫《直齋書錄解題》亦載其事，並力辨流言之誣：

煇嘉祐四年進士第一人，《堯舜性仁賦》至今人所傳誦。始在場屋有聲，文體奇澀，歐公惡之，下第。及是在殿廬得其賦，大喜。既唱名，乃煇也，公為之愕然。蓋與前所試文如出二人手，可謂速化矣。仕止於郡幕，年三十六以卒。世傳煇既見黜於歐陽公，怨憤造謗，為猥褻之詞。今觀楊傑志煇墓，稱其祖母死，雖有諸叔，援古誼以嫡孫解官承重，又嘗買田數百畝，以聚其族而餉給之。蓋篤厚之士

也，肯以一試之渰，而為此險薄之事哉。（卷十七，《東歸集》）

以劉煇之為人，絕不可能下作到偽造淫詞以泄私憤的地步。這樣看來，"世傳"云云，或是想當然的猜測，或是妄人"以小人之心度君子之腹"編造出來的流言蜚語。而四庫館臣乃以訛傳訛，至於其引《名臣錄》云云，指實為《醉蓬萊》《望江南》詞，更係無根之談。按《名臣錄》應即朱熹所編《宋歷代名臣言行錄》。然我遍翻此書，也找不到四庫館臣所引文字，而且根本不見劉幾、劉煇的蹤影。四庫館臣為何如此不負責任地信口開河，一誤再誤，不得而知，但肯定謬誤，卻可成定論。

《六一詞》中的鄙褻之詞，陳氏認為"當是仇人無名子所為也"（《直齋書錄解題》卷二十一，《六一詞》）。王灼《碧雞漫志》亦謂："歐陽永叔所集歌詞，自作者三之一耳，其間他人數章，群小因指為永叔，起曖昧之謗。"（卷二）皆為歐公洗刷名譽。但是，也有非常不利於歐陽修的證據。《錢氏私志》云：

歐文忠任河南推官，親一妓。時先文僖罷政，為西京留守。梅聖俞、謝希深、尹師魯同在幕下，惜歐有才無行，共白於公，屢微諷，而不之恤。一日宴於後園，客集，而歐與妓俱不至。移時方來，在坐相視以目。公責妓云："末至，何也？"妓云："中暑。往涼堂睡著，覺而失金釵，猶未見。"公曰："若得歐陽推官一詞，當為賞汝。"歐即席云："柳外輕雷池上雨，雨聲滴碎荷聲。小樓西閣斷虹明，欄干倚遍，待得月華生。燕子飛來棲畫棟，玉鉤垂下簾旌。涼波不動簟紋平，水晶霜枕，旁有墮釵橫。"坐皆稱善。遂命妓滿酌賞歐，而令公庫償其失釵。咸謂歐當少戢，不惟不恤，翻以為怨。後修《五代史·十國世家》，痛毀吳越，又於《歸田錄》中說先文僖數事，皆非美談。從祖希白嘗戒子孫毋得勸人陰事，賢者為恩，不賢者為怨。歐後為人言其甥盜表云"喪厥夫而無托，攜孤女以來歸"，張氏此時年方七歲，內翰伯見而笑云："年方七歲，正是學簸錢時也。"歐詞云："江南柳，葉小未成陰……"

此書撰者或曰錢彥遠，或曰錢愐，或曰錢世昭。按錢彥遠為錢易（字希白）之子，而云"從祖希白"，則此書撰者不可能為錢彥遠。錢愐為兩宋間人，仁宗外甥，南宋紹興年間官至太尉。錢世昭乃其侄輩，其序云："叔父太尉昭陵之甥，親見宣政太平文物之懿。逮事太上，備膺眷遇。其在帝左右，銜命出疆。凡耳目之所接，事出一時，語流千載者，皆廣記而備言之。世昭敬請其說，得數萬言，敘而集之。"故四庫館臣謂此書"蓋愐嘗記所聞見，而世昭敘而集之爾"。且云："惟其以《五代史·吳越世家》《歸田錄》貶斥錢氏之嫌，詆歐陽修甚力，是非公論。"（《四庫全書總目》卷一百四十）據《年譜》，仁宗天聖八年，歐陽修中進士，辟西京留守推官，頗受西京留守錢惟演器重。這一年，歐陽修二十四歲，未婚。他不可能像後來為朝廷重臣時那樣穩重老成，偶有男女間風流事，乃人情之常。錢氏所引歐詞，即傳為劉煇偽作的《望江南》。僅以字面解之，這首詞並非淫媟鄙俗之作，而是抒寫對一位自幼相識的青春少女的戀情。關鍵在於，歐詞云："階上簸錢階下走，恁時相見早留心。"簸錢乃擲錢為賭的游戲，《錢氏私志》引翰林學士錢勰諧語："年方七歲，正是學簸錢時也。"暗示乃歐陽修為其甥女張氏而作，乃用心險惡。這裏涉及北宋黨爭的一大公案。據李燾《續資治通鑒長編》卷一百五十七，仁宗慶曆五年，河北都轉運按察使歐陽修貶知滁州，乃受其孤甥張氏牽連：

> 修既上疏論韓琦等不當罷，為黨論者益忌之。初，修有妹適張龜正，卒而無子，有女，實前妻所生，甫四歲。以無所歸，其母攜養於外氏。及笄，修以嫁族兄之子晟。會張氏在晟所與奴奸，事下開封府，權知府事楊日嚴前守益州，修嘗論其貪恣，因使獄吏附致其言以及修。諫官錢明逸遂劾修私于張氏，且欺其財。詔安世及昭明雜治，卒無狀，乃坐用張氏奩中物買田立歐氏券，安世等坐直牒三司取錄問吏人不先以聞，故皆及於責。

王銍《默記》卷下記此事更詳：

公在河北,職事甚振,無可中傷。會公甥張氏妹壻龜正之女,非歐生也。幼孤鞠育於家,嫁侄晟。晟自虔州司戶罷,以僕陳諫同行,而張與諫通。事鞠於開封府右軍巡院,張懼罪,且圖自解免,其語皆引公未嫁時事,詞多醜鄙。軍巡判官著作佐郎孫揆止劾張與諫通事,不復枝蔓。宰相聞之怒,再命太常博士三司戶部判官蘇安世勘之。遂盡用張前後語成案。俄又差王昭明者監勘,蓋以公前事,欲令釋憾也。昭明至獄,見安世所勘案牘,視之駭曰:"昭明在官家左右,無三日不說歐陽修。今省判所勘,乃迎合宰相意,加以大惡。翌日昭明吃劍不得!"安世聞之大懼,竟不敢易揆所勘,但劾歐公用張氏資買田產立戶事奏之,宰相大怒。公既降知制誥知滁州,而安世坐牒三司取錄問吏人不聞奏,降殿中丞泰州監稅,昭明降壽州監稅。

張氏乃歐陽修妹夫前妻所生女,後嫁其族侄歐陽晟,於歐陽修既為甥女,又為侄媳。因與家僕私通事發,欲自解免,而牽扯歐陽修,謂其未嫁時與歐陽修有私。歐陽修與張氏雖然沒有血緣關係,但畢竟有舅甥名分。舅甥之間私通,古今倫理皆不能容。這種亂倫的家醜如果屬實,無疑將陷歐陽修於死地。所以政敵包括宰相呂夷簡在內,皆欲坐成其罪,往復再三而不果,遂以歐陽修用張氏嫁資買田產立戶事罪之。這明顯是政敵巧為羅織以打壓歐陽修的陰謀。歐陽修至滁州,有謝表自辨:

伏念臣生而孤苦,少則賤貧,同母之親,惟存一妹。喪厥夫而無托,攜孤女而來歸。張氏此時,生才七歲。臣愧無著龜前知之識,不能逆料其長大所為。在人情難棄於路隅,緣臣妹遂養於私室。方今公私嫁娶,皆行姑舅婚姻。況晟於臣家,已隔再從;而張非己出,因謂無嫌。乃未及笄,遂令出適。然其既嫁五六年後,相去數千里間,不幸其人自為醜穢,臣之耳目不能接,思慮不能知。而言者及臣,誠為非意,以致究究於資產,固已吹析於毫毛。若以攻臣之人,惡臣之甚,苟羅織過,奚逭深文。(《滁州謝上表》,《歐陽文忠公文集》《表奏書啟四六集》卷一)

張氏誣詞雖未能坐實，但對歐陽修的名聲不能沒有影響。而且傳信傳疑，完全取決於各人的好惡。更為嚴重的事件還在後頭。神宗即位之初，歐陽修年過六旬，且為朝廷輔命大臣。前此，因濮王追崇典禮事，歐陽修主張英宗應以生父之禮尊濮安懿王為"皇考"，而與司馬光、呂誨、范純仁、呂大防等人意見相左。雙方引經據典相持不下，是為"濮議之爭"。這並非小人君子是非邪正之爭，不過是皇位繼承中繼統繼宗孰輕孰重的問題。但歐陽修是少數派，而以稱親為非的是多數派。御史蔣之奇原來贊同歐陽修之議，至是竟上章彈劾歐陽修，而且彈劾的內容又涉及歐陽修帷薄內個人隱私。據李燾《續資治通鑑長編》卷二百九：

朝論以濮王追崇事疾修者眾，欲擊去之，其道無由。有薛良孺者（按《宋史·歐陽修傳》作"宗孺"），修妻之從弟也，坐舉官被劾。會赦免，而修乃言不可以臣故僥倖，乞特不原。良孺竟坐免官，怨修切齒。修長子發娶鹽鐵副使吳充女，良孺因謗修帷薄事，連吳氏。集賢校理劉瑾，與修亦仇家，亟騰其謗。思永聞之，間語其僚屬之奇。之奇始緣濮議合修意，修特薦為御史，方患眾論指目為奸邪，求所以自解。及得此，遂獨上殿劾修，乞肆諸市朝。上疑其不然，之奇引思永為證，伏地叩首，堅請必行。

歐陽修竟與其子婦吳氏有染，而揭其醜者乃其妻從弟薛良孺。與慶曆年間張氏事相比，這件醜聞更加駭人聽聞，流傳也更廣。據朱熹《宋名臣言行錄》引司馬光《溫公日錄》：

郎中薛良孺，歐陽之妻族也。囊歲坐舉官不當被劾，遷延逾南郊赦，冀以脫罪。歐陽避嫌，上言請不以赦原。良孺由是怨之，揚言於眾云："歐陽公有帷薄之醜。"朝士以濮議故多疾歐陽，由是流布遂廣。（後集卷二）

也許當時人都懵了：如果不是薛某喪心病狂，就是歐陽修禽獸不如。

據《續資治通鑑長編》，神宗最初竟有"誅歐陽修"意。歐陽修連上八道劄子，乞根究辨明蔣奇言事：

> 臣近為蔣之奇誣，奏臣以陰私事。前日再具劄子，乞詰問之奇自何所得，因何蹤跡彰敗，乞差官據其所指，推究虛實。伏緣之奇所誣臣者，乃是非人所為之大惡，人神共怒必殺無赦之罪，傳聞中外，駭聽四方。四方之人以為朝廷執政之臣，犯十惡死罪，乃曠世所無之事，皆延首傾耳，聽朝廷如何處置。惟至公以服天下之心。若實有之，則必明著事蹟，暴揚其惡，顯戮都市，以快天下之怒。若其虛妄，使的然明白，亦必明著其事，彰示四方，以示天下之疑。至如臣者，若實有之，則當萬死；若實無之，合窮究本末，辨理明白，亦不容苟生。若托以曖昧出於風聞，臣雖前有鼎鑊，後有斧鉞，必不能中止也。以此言之，繫天下之瞻望，繫朝廷之得失，繫臣命之生死，其可忽乎？其得已乎？（《乞詰問蔣之奇言事劄子》）

朝廷審理結果，蔣之奇稱聞之於御史中丞彭思永，彭思永卻不能指實言者姓名。彭、蔣因而得罪貶官，薛良孺卻逃過了懲罰，這裏明顯有疑點。既然司馬光都知道首倡此言者為薛某其人，蔣、彭二人何必隱其名而代其受罪？可能朝廷內外眾口藉藉，彭思永也是偶然風聞，認為這種"帷簿之醜"很難證實或證偽，但出於排擠歐陽修的心理，寧信其有，所以加以擴散。據《宋史》本傳，彭、蔣二人皆非奸邪小人，政聲頗佳。他們之所以攻擊誣陷歐陽修，完全是出於政治需要。由此可見，北宋黨爭無所不用其極也。

人多懷有一種心理，就是希望政敵出醜，古今皆然。尤其像歐陽修這樣被譽為"一代儒宗"的朝廷重臣，一旦驚暴醜聞，無論真偽，一定會產生強烈的轟動效應，傳聞會不脛而走。前有孤甥張氏之累，後有子婦吳氏"帷簿之醜"，皆亂倫之罪。非細行不修，大德有虧，而是匪人之獸行。歐陽修的政敵絕對希望這種醜聞被證實被傳播，即使歐陽修反覆申辯，朝廷鄭重闢謠，其負面影響也難以盡消。時過境遷，不明內幕之人往往被這類

"事出有因，查無實據"的傳聞所迷惑，傳聞可能成為疑案，當事人也可能永遠被後人懷疑。歷史上遭遇這種不幸的，歐陽修不是第一人，也不是最後一人。

《錢氏私志》提到的"內翰伯"錢勰，字穆父，錢彥遠之子，熙寧三年進士，哲宗朝官翰林學士兼侍讀。他完全有可能親聞朝野間廣泛傳播的歐陽修醜聞，而且信以為真。值得一提的是，慶曆年間希宰相旨彈劾歐陽修的諫官錢明逸，也是錢家人，乃錢易之子。也就是說，在以張氏事攻擊歐陽修這一點上，非自錢世昭始。錢明逸於錢勰為從父，受其影響，錢勰相信傳聞屬實，而以語相誚，謂《望江南》乃歐陽修為張氏而作。錢勰亦非妄人，其所言歐陽私事，就很容易令後人相信。但這裏卻明顯帶上了錢氏家族對歐陽修的成見。明潘永因《宋稗類鈔》謂："此詞載《錢氏私志》，當是錢世昭因公《五代史》中多毀吳越，故假作以污之耳。"（卷十七）孫緒《沙溪集》謂："歐陽公《五代史‧吳越世家》所以述稱武肅王之英勇幹略亦至矣，而其後裔錢世昭大不愜意，且謂歐有宿怨，故痛侮吳越。蓄恨不止，往往於詩話小說中誣公陰事，至《錢氏私志》內遂肆為十分醜語所不忍言者，以自取快。然則揄揚何似而後愜其心耶？史筆欲不招怨罹謗，難矣。"（卷十二）按歐陽修《新五代史‧吳越世家》敘吳越事，確多貶損之詞，若云："錢氏兼有兩浙幾百年，其人比諸國，號為怯弱，而俗喜淫侈，偷生工巧。自鏐世常重斂其民，以事奢僭下。至雞魚卵鷇，必家至而日取。每笞一人，以責其負。則諸案吏各持其簿列於廷，凡一簿所負，唱其多少，量為笞數。已，則以次唱而笞之。少者猶積數十，多者至笞百餘，人猶不堪其苦。"其讚語云："考錢氏之始終，非有德澤施其一方，而百年之際，虐用其人，甚矣。其動於氣象者，豈非其孽歟？是時四海分裂，不勝其暴，豈皆然歟？"這幾乎否定了錢氏祖先之百年勳業，與薛居正《舊五代史‧世襲列傳》多歸美吳越王錢氏，完全是兩種史筆。錢氏後裔不可能不反唇相譏以泄其憤。但歐陽修何以如此貶損錢氏，是出自"不虛美，不隱惡"的史家立場，還是出自個人恩怨，這恐怕永遠也難以辨明了。

原載《四川大學學報》2006年第4期

游於藝：徐渭的藝術精神

徐渭是明代後期的邊緣詩人，他是被袁宏道偶然發現的。那是萬曆二十六年（1598），即徐渭去世五年之後，袁宏道辭去吳縣令，往浙江紹興拜訪同年陶望齡。一夕，于陶的書架上隨意抽出一卷詩文集，裝幀印刷極差，"惡楮毛書，煙煤敗黑，微有文字"。袁宏道後來回憶道："稍就燈前讀之，讀未數首，不覺驚躍。"急呼陶問之："何人作者，古耶今耶？"於是，"兩人躍起，燈影下讀復叫，叫復讀，僮僕睡者皆驚起"。他感歎說："當詩道荒蕪之時，獲此秘笈，如魘得醒。"（袁宏道《徐文長傳》）袁、陶二人擊節讚歎之餘，分別為徐渭作傳，這位生前寂寞、身後蕭條的邊緣詩人，才引起世人關注，並開啟了晚明"獨抒性靈"的詩風與文風。

這也許是徐渭生前未曾想到的。他並非李夢陽、王世貞、袁宏道那樣以開風氣自許的詩人，終其一生，他都未曾發明出一句時髦前衛的口號，如"文必秦漢，詩必盛唐之上""唐無賦，宋無詩，元無文""獨抒性靈，不拘格套"之類，更沒有炮製出一部"詩話"或"文論"來建構自己的理論體系。他只是在自得其樂地寫著自己的詩文雜劇。我們並不否認徐渭也有他自己的藝術見解，如《葉子肅詩序》中說："人而學為鳥言者，其音則鳥也，而性則人也。鳥有學為人言者，其音則人也，而性則鳥也。此可以定人與鳥之衡哉？今之為詩者，何以異於是？"（《徐文長三集》卷十九）論者也多引這段文字來證明其不同於王世貞等後七子的復古立場，以凸顯其不同於主流文壇的價值取向，但卻難免有"過度闡釋"之嫌。徐渭當日乃無名之輩，"其名不出於越"（袁宏道《徐文長傳》），所言不過是為同為無名之輩的朋友唱幾句讚歌罷了。這在古今都是人情之常。而且，這一類的見解在中國傳統詩學中可以說是老生常談,即使如李夢陽那樣的復古派,也汲汲於尋找失落的"真詩",甚至說:"詩者,天地自然之音也。"(《詩集自序》,《空同集》卷四十五)事實上,徐渭並非有意要特立獨行,自外於主流文壇,其所為文章便曾受到唐宋派唐順之、王慎中等人的盛讚,他在晚年自著《畸譜·紀知》中,還將唐、王兩前輩視為文章知己,念念不忘:"唐先生順之之稱不容口,無問時古,無不嘖嘖,甚至有不可舉以自鳴者。"他在浙閩軍務總督胡宗憲幕中代擬的章表書奏,甚獲皇帝嘉悅,不脛而走,"旬月間遍誦人口"。胡宗憲開府杭州,重修錢氏"鎮海樓",徐渭代撰《鎮海樓記》,胡覽文大悅,贈銀二百二十兩,他賣書畫另籌一半,在家鄉紹興城東南購地十畝屋二十二間,命名曰"酬字堂"。一介書生,能以文章聳動帝聽,取悅重臣,這是傳統文人引為榮耀的談資,徐渭豈能例外?即使像宏道那樣的前衛人士,似乎也不能免俗。袁氏在所撰《徐文長傳》中哀其後半生"牢騷困苦",但筆鋒一轉:"胡公世間豪傑,永陵英主。幕中禮數異等,是胡公知有先生矣;表上,人主悅,是人主知有先生矣。獨身未貴耳。……胡為不遇哉!"徐渭在胡宗憲死後還肆力搜羅自己在胡幕中為胡代擬的文稿,編訂成冊,雖自嘲為"山雞愛其羽,孔雀愛其尾"(《抄小集自序》,《徐文長三集》卷十九),但自我欣賞之情溢於言表。當然,這些生前曾給他帶來聲譽與寵遇的古文詞,大都是代人捉筆的應景應酬之文,文筆再妙,也還是官樣文章。他在《抄代集小序》中曾自道其甘苦:

> 古人為文章,鮮有代人者,蓋能文者非顯則隱。顯者貴,求之不得,況令其代;隱者高,得之無由,亦安能使之代?渭于文不幸若牛馬耕耳,而處於不顯不隱之間,故人得而代之,在渭亦不能避其代。又今制用時義,以故業舉得官者,類不為古文詞,即有為之者,而其所送贈賀啟之禮,乃百倍于古,其勢不得不取諸代,而代者必士之微而隱者也。故於代可以觀人,可以考世。(《徐文長三集》卷十九)

其實,這也正是傳統文人的一種生存方式和參與方式。我等這些象牙塔中的學者,固然可以放言高論故作瀟灑,譏笑徐渭這樣依附權貴的文人缺乏"獨立之精神,自由之思想",但今日之人文學者和文科學生,大多不也正是以這種方式參與社會謀求生存之道嗎?徐渭當日在胡宗憲幕中所為,不過今日之秘書職業耳。徐渭曾道:"文之難,人知之,而應俗之文之難,人其知之哉!"(《胡文公集序》,《徐文長三集》卷十九)這大約也是古今代人捉筆者的同慨。毋庸諱言,作為總督秘書的徐渭,其為君為臣為時為事而作的"應俗之文",儘管有文采,可以見出其文字功底,但卻難以見出其真性情。真正感動震撼袁宏道的,應是那些率性而作隨意揮灑的詩文:

> 文長既已不得志於有司,遂乃放浪麴糵,恣情山水。走齊魯燕趙之地,窮覽朔漠,其所見山奔海立,沙起雲行,風鳴樹偃,幽谷大都,人物魚鳥,一切可驚可愕之狀,一一皆達之於詩。其胸中又有一段不可磨滅之氣,英雄失路托足無門之悲,故其為詩,如嗔如笑,如水鳴峽,如種出土,如寡婦之夜哭,羈人之寒起。當其放意,平疇千里,偶爾幽峭,鬼語秋墳。(《徐文長傳》)

這是袁宏道的感覺。百千年之下,我們閱讀徐渭的詩文集,卻似乎有一種隔膜感,很難產生袁宏道當年那樣的共鳴和震撼。這也許是因為古今語境不同,我們已經沒有"現場感",那一卷卷詩文不過一行行文字符號的排列,偶爾有吉光片羽,喚起我們的一點興趣,但卻難以讀出袁宏道的那種感覺。事實上,徐渭的一卷卷詩文早就淹沒在明代三百年的詩山文海之中,儘管有袁宏道、陶望齡等人的推崇,古今各種明詩選本也有他的一席之地,但不過寥寥幾首,而且由於選家眼光與趣味不同,入選的大多是"格高調古"之作,徐渭不同流俗、不同凡響的藝術精神,早就在後人心中變成了一片模糊。

被人遺忘,這是古今大多數文人難以逃脫的命運。即使那些如雷貫耳的文壇巨擘詩壇領袖,他們的詩文被後世廣泛閱讀的,又有幾何?時代在變,藝術趣味也在變。一代有一代之文學,並非僅指新舊文體的消長,更指藝術趣味的推陳出新。這便是古今文學演變的根本原因。歷代詩壇文壇曾出現過無數的流派之爭與口號之爭,如明代就是這樣一個以產生流派和口號著稱的時代,今日的文學史家清理這一段陳芝麻舊賬,彙集成卷帙浩繁的詩話文論,編寫出洋洋大觀的明代文學批評史,如果我們不再現當年的文學語境,這些詩話文論大多都是些無謂甚至無聊的爭論。我們的文學史家,還要以今日之趣味與尺度,煞費心機去評出甲是乙非,更屬無聊。其實,歷代的文學爭論,大多並無什麼是非高下進步落後可言,不過是藝術趣味之爭而已。一種趣味或風格流行既久,便成陳言,難以激發讀者的新奇感與閱讀慾望,一種新趣味或新風格便會出現。這裏並沒有什麼奧妙可言,無非是人皆具有喜新厭舊的本性。清代趙翼詩云:"李杜詩篇萬口傳,至今已覺不新鮮。江山代有才人出,各領風騷數百年。"(《論詩》,《甌北集》卷二十八)道出古今文學之爭的奧秘。我想徐渭之震撼袁宏道,正是他的詩文中所表現出的那種不同流俗的藝術趣味與不同凡響的藝術精神,令人有耳目一新之感。

明代中期以後正統文學的主流,或者說文壇的主旋律,是復古主義,就是摒棄明代前期以三楊為代表的"台閣體"詩風和文風,回歸秦漢或唐宋文學的藝術傳統。他們宣導的雖然是一種古典趣味,但在當日,卻是一種藝術革新,類似歐洲近代的文藝復興。[①] 主流文人要發揚光大"言志""載道"的傳統,要求詩歌文章抒情言志、感歎時事、反映現實等等,總之,詩歌要"格高調古",文章要"切於時用"。我們讀前後七子、唐宋派的詩文,就能很強烈地感受這種時代精神。這是對"詞氣安閒、雍容典雅"的"台閣體"的一種反動,而"台閣體"無非又是"太平宰相"的風格和趣味。前後七子、唐宋派的相繼崛起,一新天下耳目,詩風文風隨之轉移。但流行既久,陳陳相因,遂成濫調,於是人心思變。我們自然不能否認前後七子、唐宋派張揚的事功觀念及其詩歌文章的現實意義,但關鍵問題在於,許多作者在詩文中表現的並非真情實感,而是言不由衷的假人假語,是為了作秀,把自己塑造成志存高遠的仁人志士或道貌岸然的正

---

① 見錢基博《中國文學史》第六編《自序》。

人君子，以獲取功名利祿，正如袁宏道詩中所譏諷的那樣："自從老杜得詩名，憂君愛國成兒戲。"（《顯靈宮集諸公以城市山林為韻》）寫詩作文不見自我，只是正統觀念的演繹。李贄也曾對這種假斯文假道學加以猛烈抨擊。徐渭正是在這種語境中橫空出世，以其率性的風格遺世獨立，難怪袁宏道等人為之震撼不已。

　　徐渭並非杜甫式的充滿憂患意識與社會責任感的詩人，也不是李贄式的充滿批判精神和深刻思想的哲人。徐渭之不同流俗，就在他的率性，就在他的詩文中處處有一個"真我"。儘管這個"真我"既不偉大，也不深刻，但卻神氣活現地是一個人。我在這裏並非要故作翻案文章，以證明他比杜甫、李贄更偉大更深刻。徐渭未能達到杜甫、李贄那樣的境界，他不過是文壇上的一個"玩家"，徐渭的價值，就在於他玩出了"本色"。他不像同代的許多人那樣故作嚴肅狀故作深刻狀，而是率性地表現自己的喜怒哀樂、戲謔滑稽，甚至生活瑣事。他的詩文集中，除了那些為時為事而作的"應俗之文"，大多都是為自己的愉快而寫的紀游、贈答、詠花、題畫之作，既非社會生活的反映，也非時代精神的表現，無論是按照"言志""緣情"的傳統標準，還是"思想內容""藝術特點"之類的現代批評模式，他似乎都上不了檔次，但卻別有一種"趣味"。儘管某些研究者也從他的詩文集中尋找出來一些批判或諷刺現實的篇什，但無論從數量上還是從品質上都不能代表他詩文創作的風格和全貌。徐渭的創作動機並非來自一種使命感或道義精神，他不過是將其作為一種人生游戲，作為一種生活的方式，借孔子的話說，叫"游於藝"，類似今天所謂"玩文學"的一派。他沒有崇高的人生理想與現實的功利目的，詩歌之於他，既非"言志""載道"的工具，也非干預生活的武器，而是一種游戲人生、自得其樂的生存方式。這在明代文學的特定語境中，無疑是一種新的藝術趣味和價值取向。徐渭感動袁氏並引起他強烈共鳴的，正是這種拒絕崇高拒絕深刻游戲人生消解正統的精神。

　　徐渭之所以拒絕崇高拒絕深刻還我一個"本色"，自然與他深受王氏心學影響有關，但我認為，這與他的個性更有關。他生性滑稽喜謔，贊《東方朔竊桃圖》云："竊攘匪汙，諧射相角。無所不可，道在戲謔。"

(《徐文長三集》卷二十一）可視為他的夫子自道。又跋《頭陀趺坐》說：

> 人世難逢開口笑，此不懂得笑中趣味耳。天下事那一件不可笑者？譬如到極沒擺佈處，祇以一笑付之，就是天地也奈何我不得了。抑聞山中有草，四時常笑，世人學此，覺陸士龍之顧影大笑，猶是勉強做作，及不得這個和尚終日呵呵，才是天下第一笑品。（《徐渭集·補編》）

我們很難想象，這樣一位東方朔式的滑稽多智的才子，會擺出一副道貌岸然的樣子去思考什麼嚴肅正經的話題。他早年的《四聲猿》雜劇，以及後來的《歌代嘯》雜劇，人多誤讀為"憤世之作"，其實是調侃世人、消解正統的"諧劇"。他嘲笑和尚、官場、科舉以及男性社會，命意並不在揭露或批判，而是將神聖化為笑談。觀眾在一笑之後，悟出宗教、政治、社會的種種荒誕，從而感覺到人生的輕鬆愉快。而古典詩藝到了這位滑稽多智的才子手中，已經玩得如同游戲。他的詩寫得隨意，寫得輕鬆，常常是脫口而出，妙趣橫生。如：

> 開元之唐有張果，乃云生長堯之唐，師漢帝者張子房，子房之後又張倉。張倉之齡百餘許，老夫牙齒只吃乳，夜夜枕前羅十女。子房辟穀祈不死，先師黃石公，後約赤松子。張果騎驢驢是紙，明皇藥果杯酒裏，果齒焦黑如漆米，起取如意敲落之，新牙排玉光如洗。三郎驚倒謂玉環，我欲別爾渡海尋三山，玉環落淚君之前，梨花春雨不得乾。緊彼三仙人，是君之祖君是孫，今年己丑臘嘉平，正君七十之生辰。三祖消息雖寥寥，桃仁傳種還生桃。況君作詩句多警，又如爾祖張三影。三影詩翁八十餘，此時特取如花妹，正宜七十張公子，夜夜香枕比目魚。（《四張歌張六丈七十》，《徐文長三集》卷五）

這是徐渭晚年為老友作的賀壽詩。此時他已貧病纏身，尚能如此幽默詼諧，平生意氣可以想見。儘管徐渭詩中也時有不平之氣，如袁宏道所感

覺到的"英雄失路托足無門之悲",如:

> 學劍無功書不成,難將人壽俟河清。風雲似海蛟龍困,歲月如流髀肉生。萬戶千門瞻壯麗,三秋一日見心情。平原食客多雲霧,未必於中識姓名。(《寄雲彬》,《三集》卷七)

> 二百年來一老生,白頭落魄到西京。疲驢狹路愁官長,破帽青衫拜孝陵。亭長一抔終馬上,橋山萬歲始龍迎。當時事業難身遇,憑仗中官說與聽。(《恭謁孝陵正韻》,《三集》卷七)

但更多的還是游戲人生的瀟灑:

> 尊正經易,隙打哄難。非熟非妙非神,著熟著妙著神,而擅掇跰蹮,一交跌下鵲竿。你問我是誰?是打羅的王三。(《大慈贊·變相觀音》,《徐文長遺稿》卷十七)

> 身太長,衣太剩,額太廣,而在面之諸根太倩。倘起而立,纏倒腳根,蹭蹬蹭蹬。如不信,吾問諸吳道子,始信。雅俗且無論。呵呵,與居士來,我還有一啞謎,與善男子唔。真和假,笑倒了周軍悶。你若不知,叫一個打虎的,在元宵問。(《大慈贊·長衣觀音》,《徐文長遺稿》卷十七)

> 客話餘,煮茗罷,兩三聲,秋月下。(《徐文長佚稿》卷十八)

> 雄讀書,春花滿;散朱碧,點班管。胤讀書,夏風涼;苦無膏,螢聚囊。符讀書,秋月隨;新涼入,親燈火。康讀書,冬雪厚;就以映,字如畫。(《四時讀書樂題壁》,《徐文長遺稿》卷二十四)

> 父畫子不像,子畫父不真。自家骨肉尚如此,何況區區陌路人?(《戲題王雲山家慶圖,王父子俱能寫真》,《徐文長遺稿》卷二十四)

> 僕領賜至矣。晨雪,酒與裘,對症藥也。酒無破肚臟,罄當歸甕。羔半臂,非褐夫所常服,寒退擬曬以歸。西興腳子曰:"風在戴老爺家過夏,我家過冬。"一笑。(《答張太史,當大雪晨,惠羔羊半臂及菽酒》,《徐文長遺稿》卷二十一)

吾生而肥，弱冠而羸不勝衣，既立而復漸以肥，乃至於若斯圖之
癡癡也。蓋年以歷於知非，然則今日之癡癡，安知其不復羸羸，以庶
幾於山澤之癯耶？而人又安得執斯圖以刻舟而守株？噫，龍耶豬耶？
鶴耶鳧耶？蝶栩栩耶？周蘧蘧耶？疇知其初耶？（《自書小像》，《徐文
長三集》卷二十一）

如果我們將其與前後七子與唐宋派等主流文學的詩文對讀，就不難發
現徐渭是明代文學的一個"另類"。清代紀昀說：

其詩欲出入李白、李賀之間，而才高識僻，流為魔趣。選言失
雅，纖佻居多。譬之急管么弦，淒清幽渺，足以感傷心靈，而揆以中
聲，終為別調。……其詩遂為公安一派之先鞭，而其文亦為金人瑞等
濫觴之始。（《四庫全書總目》卷一百七十八《別集類存目五》）

這類"流為魔趣"的文字，才是徐渭才情之所寄。就是他撰寫的燈謎
和榜聯之類的"游戲之筆"，也別有一種情趣。它們有什麼思想意義？沒
有。就是好玩。我以為，這才是讓我們感受到藝術人生、詩意棲居的美文
學。讀這些有趣好玩的文字，不禁想見其為人：詼諧機智而率性任情。
但徐渭卻是一個悲劇人物。這並非指他科場失利、終老秀才而言，而
是指他精神分裂而言。徐渭從三十七歲即患精神病，時時發作，"或自持
斧擊破其頭，血流被面，頭骨皆折，揉之有聲；或槌其囊，或以利錐錐其
兩耳，深入寸許"。這種"自虐""自殘"，絕非論者以為的"佯狂"。他
的病既非嚇出來的也非裝出來的，而是由來已久的真狂。胡宗憲召他入幕
時，他曾致信說："渭犬馬賤生，夙有心疾，近者內外交攻，勢益轉劇。
心自揣量，理不久長，若欲療之，又非藥石所能遽去。"（《奉答少保公
書》，《徐文長三集》卷十六）又："謹奉召命，緣渭前疾稍增，夜中驚悸
自語，心係隱痛之外，加以四肢掌熱，氣常太息。"（同上）又："身熱骨
痛，重以舊患腦風，不可復知。"（同上）這說明他在胡宗憲入獄之前就已
經患病。他晚年自撰《畸譜》中，也提到四十一歲時，"祟漸赫赫，予奔

應不暇"。嘉靖四十四年,胡宗憲瘐死獄中,徐渭冤憤不已,也企圖自殺,並自撰《墓誌銘》:

> 至是,忽自覓死。人謂渭文士,且操潔,可無死。不知古文士以入幕操潔而死者眾矣,乃渭則自死,孰與人死之?渭為人度於義無所關時,輒疏縱不為儒縛,一涉義所否,干恥詬,介穢廉,雖斷頭不可奪。故其死也,親莫制,友莫解焉。(《徐文長三集》卷二十六《自為墓誌銘》)

這豈是貪生懼死之人所能為所敢道?胡宗憲入獄,徐渭肯定受到巨大刺激,病情加劇,因為他是發自內心感戴胡宗憲的,將其視為人生知己。以徐渭灑落而不失狷介的個性,他何以可能懼禍連己而裝瘋賣傻?這一點,甚至連生故友張元忭之子張汝霖也不理解,他在《刻徐文長佚書序》中說:"其後少保以緹騎收,文長恐連,遂佯狂,尋乃即真。"後來,袁宏道、陶望齡也沿襲此說。但他四十六歲又殺繼妻張氏,當時胡案已平,又怎能以"佯狂避禍"解釋?其實,徐渭生前好友梅禹金曾致信袁宏道:"文長吾老友,病奇於人,人奇於詩,詩奇於字,字奇于文,文奇於畫。"也許,徐渭的率性任情,視人生與藝術為游戲,就在於他看透世間的種種假像而不願也不能將自己戴上假面具,而古往今來真正面對人生的藝術家,都程度不同地是精神病患者,徐渭即其人焉。

中國古語云:"言不盡意。"徐渭的內心世界究竟是如何充滿矛盾?在他滑稽詼諧的背後究竟隱藏著何等的悲涼?他的精神病究竟是遺傳基因所定,還是後天的心理壓抑所致?這些似乎很難從文本分析中得到答案。我總覺得,古人所採用的文言體詩文形式,並非如現代盛行的語體小說、散文、日記等文體,能夠細緻入微地表現作者對人生、社會的認識和自己內心世界的種種矛盾。那是一種非常講究"節制"的表現形式,所謂"詩如其人""文如其人"云云,不過言其風格而已。徐渭的詩文並非其精神世界的全景再現,在他滑稽戲謔玩文學的背後,究竟隱藏著怎樣的大悲哀大寂寞或對人生的大徹大悟,以至於後半生為精神病折磨,做出殺妻自殘這樣驚心動魄的舉動來，並未在他的詩文創作中得到表現。這是千古之謎。只有一點是可以肯定的，就是他為了自己的愉悅而率性揮灑的詩文，雖然算不上什麼藝術精品，卻代表了一種新的藝術趣味與藝術精神，這就是他在明代文學史上的意義。

原載《四川大學學報》2002 年第 4 期

論明末文人阮大鋮的墮落

　　明崇禎二年，阮大鋮因党附宦官魏忠賢而名入"逆案"，論贖徒為民。這一年，阮氏四十二歲，正當盛年，自然很不甘心。當時正值滿洲鐵騎橫行關外，關內也是流賊蠭起，阮氏避居南京，"頗招納游俠為談兵說劍，覬以邊才召"（《明史·阮大鋮傳》）。這種事局外人也許無所謂，但局內人卻很有所謂。於是有顧杲、吳應箕、陳貞慧等復社名士共草《留都防亂揭》，要逐他出南京。簽名者竟多達一百四十餘人，其中包括後來成為著名思想家的黃宗羲。阮氏也曾試圖巴結復社名士，化解恩怨以求諒解，但復社名士不買他的賬，窮追猛打落水狗，弄得阮氏一時進退失據無計可施。幾十年後，江山易主，復社名士早已作鳥獸散，但詩文中追憶故國舊夢，仍引為生平快事。①

　　可以想象，阮氏彼時心境何等沮喪。清初戲曲家顧彩甚至認為，阮大鋮後來在南明弘光朝大搞打擊報復泄私憤，鬧得朝野烏煙瘴氣，是被復社名士的意氣所激。顧氏序《桃花扇》謂："清流諸君子持之過急，絕之過嚴，使之流芳路塞，遺臭心甘。"讀明末遺史，我也有此同感。明末士林多尚意氣之爭，嚴君子小人之辨，在野結社，在朝結黨，黨同伐異，互相攻訐，形同水火。萬曆後期，就已有齊、浙、楚三党與東林抗衡。各黨借京察、外計、會推等考察推選京官外官閣臣之機，排擠異己培植黨羽。東林黨人指點江山激揚文字，享有"清流"之譽，影響日盛，以至後來成為"閹党"首惡的崔呈秀也曾求入其黨，但東林壁壘森嚴涇渭分明，堅拒其

---

① 見黃宗羲《陈定生先生墓志铭》，《南雷文定·吾悔集》卷一；朱彝尊《話山集序》，《曝書亭集》卷三十八。

請（見《明史·崔呈秀传》）。各黨之間矛盾日深，有些矛盾分歧，也許乃君子小人是非邪正之爭，但更多的卻是意氣之爭，爭的是閒氣，無關宏旨。後來，甚至為宮廷內部的家務事，如所謂"梃擊""紅丸""移宮"三案，也聚訟紛紜，各執一詞，糾纏不已。而東林勢盛，"與東林忤者，眾目之為邪黨"（《明史·魏忠賢傳》）。天啟初年，東林黨獨大，"觝排東林者多屏廢"（《明史·魏大中傳》），而所謂"邪黨"更被一一排擠出局。阮大鋮原來並非"邪黨"中人，他與東林黨左光斗為同邑，左為都御史，曾推薦其為吏科都給事中，卻為執掌銓秉的東林黨趙南星、高攀龍所阻，欲用魏大中。魏大中雖為人剛正廉直，但因與高攀龍有師生之誼，難免不讓人懷疑高氏有偏心。在明末士林結黨成風的具體語境中，產生這種懷疑非常自然。阮大鋮是否作如是想象，文獻闕如，我們不好妄加推斷，但自此以後他與東林分道揚鑣，卻是史有明文（見《明史·阮大鋮傳》《明史·左光斗傳》）。阮氏後來夤緣宦官如願以償，遂投靠魏忠賢門下，與東林為敵。魏氏原來也是局外人，他與士林各黨皆無甚利害關係，也不偏袒任何一黨。三黨為傾東林，結成政治同盟，相率歸魏氏，並以"東林將害翁"為口實說動魏氏打擊東林黨。魏氏正是利用士林各黨的矛盾，不僅羅織罪名將東林黨一網打盡，也將三黨勢力控制在自己手中，最後滿朝文武皆供其奴僕驅使。所謂"鷸蚌相爭，漁翁得利"者也。

今人有一個誤區，論及明末士林結社與官場派系，多以"清流"之是非為是非，東林黨既有"清流"之譽，則反東林黨者非小人即奸臣。這顯然是非常幼稚的邏輯。事實上，東林黨人固然多君子，如顧憲成、趙南星、鄒元標、左光斗等領袖，文章氣節，足動一時，但反東林者非皆小人。黃宗羲《汰存錄》曾引夏允彝之言曰："東林中亦多敗類，攻東林者，亦間有清操獨立之人。"[①] 夏乃明末士林黨爭的局中人，言必有據，非想當然耳。然士林清流大多偏激浮躁，自居君子，而斥異己者為小人奸臣，且好為危言高論走極端，既不給別人留餘地，也不給自己留後路，缺乏雍容大雅的氣度與和衷共濟的精神。鄒元標曾試圖打破門戶之見，《明史》本

---

① 转引自谢国桢《明清之际党社运动考》。

傳謂："時朋黨方盛，元標心惡之，思矯其弊，故其所薦引不專一途。"但不能為同黨中人理解，至被譏為首鼠。東林黨人之高自標舉唯我獨尊，精神可嘉，但不能廣結善緣，結果是為林驅鳥、為淵驅魚，眾多不得志於東林者相率歸附宦官魏忠賢。即以阮大鋮而論，他阿附魏氏並非有意為惡，不過是出於個人政治利益考慮的機會主義。而且，走宦官路線是明代後期官場司空見慣的現象。萬曆朝的名相張居正就是與宦官馮保內外聯手，擊敗高拱並取而代之（見《明史·馮保傳》）。而東林黨排擠三黨，也曾借助宦官王安的一臂之力（見《明史·王安傳》）。這是眾所周知的事實。當然，這是官場上的政治策略，無可厚非，但何以阮氏走宦官路線即成不可原諒之罪惡？而且，阮氏既非魏氏死黨，也非"閹党"首惡，最多不過是同流合污的爪牙。事實上，此公深知官場之風雲變幻一朝天子一朝臣，所以在魏忠賢時代，表面上俯首帖耳曲意逢迎，心裏卻有自己的小算盤。據《明史》本傳，阮氏每謁魏忠賢，輒厚賂其門人，還其名刺。魏氏不過暫時得勢，他不能在一棵樹上吊死。而且，他兩度請假乞歸，在官日前後不足半年。如此首鼠兩端，無非是怕陷入太深，更怕趟"閹黨"的渾水，日後被東林黨人清算。值得一提的是，崇禎元年，宦官魏忠賢被誅，閹党領袖崔呈秀乞歸，時局尚不明朗，阮氏給京中同黨楊維垣寄去兩封奏疏，其一專劾崔、魏，另一同劾崔、魏與東林，謂："天啟四年以後，亂政者魏忠賢，而翼以崔呈秀；四年以前，亂政者王安，而翼以東林。"他傳語楊氏，若時局大變，上前疏，如未定，則上後疏（見《明史·阮大鋮傳》），這種官場心態，明末文人多有之，非阮氏一人而然。他們逢場作戲隨時俯仰曲學阿世，事後又作天真無辜狀，譴責奸臣當道一手遮天，而自己則是一時糊塗誤上賊船。或謂中國士林愚昧，其實這正是他們的世故。

阮大鋮深諳這種逢場作戲的官場世故。所以他在削職為民後創作的戲曲，幾乎皆是喜劇，場面熱鬧妙趣橫生，既無徐渭式的罵世主義，也無湯顯祖式的悲觀主義，而是所謂"錯誤的喜劇"。劇中充滿"誤會""巧合"，好像人生的種種矛盾種種衝突，皆由"誤會"而生。這是否為阮氏心跡的表白？東林黨與他的矛盾衝突乃一場誤會？不得而知。孔尚任《桃花扇》第七齣寫楊文驄為其游說復社名士侯方域曰："圓老當日曾游趙夢白之門，原是吾輩。後來結交魏黨，只為救護東林，不料魏黨一敗，東林反與之水火。近日復社諸生，倡論攻擊，大肆毆辱，豈非操同室之戈乎？"這種事後辯解，當然不能服人。阮氏之党附魏忠賢，為其爪牙，雖事出有因，但絕非為東林內援，則毫無疑問。這裏有明末士林黨爭的背景，也有人在官場不得已的苦衷，更有古今士林人皆難免而在明末惡性膨脹的根性。其實，包括有"清流"之譽的東林黨在名利場中，也出了不少翻雲覆雨的"偽君子"，這在阮氏看來，無異于五十步之笑百步。張岱曾謂："其所編諸劇，罵世十七，解嘲十三，多詆毀東林，辯宥魏黨，為士君子所唾棄。"（《陶庵夢憶》卷八）張氏乃當時見證人，所言自有道理。但我們今日讀阮氏的《春燈謎》（又名《十錯認》）、《牟尼合》（又名《摩尼珠》《雙金榜》《燕子箋》等四種曲，字裏行間，卻看不出他有為魏黨辯宥的意思。《牟尼合》第二十八齣《伶詗》，寫唐代宦官裴寂為蕭思遠昭雪冤案，也許可能有為魏忠賢歌功頌德之嫌，但另本"裴寂"卻作"鄂國公尉遲敬德"。須知當時"逆案"已成定讞，"閹黨"為士林民間唾棄，以阮大鋮之老於世故，他不可能為這位已被崇禎皇帝欽定的歷史罪人歌功頌德。這既不合時宜，也不符合阮大鋮的個性。即使他要為自己叫屈，也只可能以"誤上賊船"為借口，故作無辜狀，來贏得士林民間的同情。阮氏《春燈謎》也許就玩的這種伎倆。明末王思任《春燈謎序》謂："中有'十錯認'，自父子、兄弟、朋友、夫婦、朋友，以至上下倫物，無不認也，無不錯也。"清初顧彩序《桃花扇》曰："《春燈謎》一劇，尤致意於一錯二錯，至十錯而未已。蓋心有所歉，詞則因之。乃知此公未嘗不知其生平之謬誤，而欲改頭易面以示悔過。"近人吳梅也謂："《春燈謎》為悔過之書，所謂'十錯認'亦圓海平旦清明時為此由衷之言也。"（《中國戲曲概論》）但復社名士不能原諒他。

今人也許難以理解，以阮氏之雄厚家資，即使削職為民，他也完全可以過逍遙自在風流瀟灑的生活，而不必搖尾乞憐夤緣求官，自討沒趣自取其辱。以他的才氣，他可以選擇另一條成功之路，實現自己的價值，傳名後世。事實證明，阮大鋮在戲曲藝術上的才思，果真非同凡響。崇禎年間，著名小品文作家張岱與阮氏相交，曾應邀前往阮家，觀看主人自編自導自演的《春燈謎》《牟尼合》《燕子箋》三劇，讚美備至。他後來在《陶庵夢憶》中還回憶道：「阮圓海家優講關目，講情理，講筋節，與他班孟浪不同。然其所打院本，又皆主人自製，筆筆勾勒，苦心盡出，與他班鹵莽者又不同。故所搬演，本本出色，腳腳出色，齣齣出色，句句出色，字字出色。余在其家看《十錯認》《摩尼珠》《燕子箋》三劇，其串架鬥笋、插科打諢、意色眼目，主人細細與之講明。知其義味，知其指歸，故咬嚼吞吐，尋味不盡。至於《十錯認》之龍燈之紫姑，《摩尼珠》之走解之猴戲，《燕子箋》之飛燕之舞象之波斯進寶，紙剳裝束，無不盡情刻畫，故其出色也愈甚。」古典戲劇今日大多已不可能在舞臺上搬演，張岱的這種現場感受，我們無由獲得，但即使通過文本閱讀，也不難發現阮氏在戲劇創作上所展示的獨特藝術才華。前人謂其「深得玉茗之神」，是說阮劇之唱詞文情並茂神采飛揚，得湯顯祖之神韻；但其音律和諧語言本色，又兼得吳江派之精妙。阮氏自詡其略勝湯顯祖一籌者：「玉茗不能度曲，予薄能之。」而且對舞臺表演也別有慧心。阮氏並非某一派的嫡傳正宗，他是能博取諸家之長融會貫通而獨自一家別開生面的大手筆。

宋元以來的中國古典戲曲，多以抒情表演為當行本色，而疏於戲劇結構，故王國維論元雜劇曰：「元劇關目之拙，固不待言。此由當日未嘗重視此事，故往往互相蹈襲，或草草為之」，又曰：「然元劇最佳之處，不在其思想結構，而在其文章。其文章之妙，亦一言以蔽之曰：有意境而已矣。」（《宋元戲曲考》）明清戲曲，何嘗又不如此？中國古典戲曲乃抒情的文學，引人入勝之處多在唱詞之文情並茂音律和諧，輔之以舞臺表演的繪聲繪色曲盡其妙，便能博得滿場喝彩好評如潮，而戲劇衝突的安排與戲劇結構的佈置，非所關注非所長也。於是便有元雜劇在結構上之「四則」套式，明傳奇在劇情上之程式化。即使如關漢卿、湯顯祖這樣的大家，在此方面也未見精彩。而阮氏之嘎嘎獨造不同凡響，正表現在他對戲劇結構與戲劇衝突的高度重視與苦心經營。阮氏傳世的四種曲皆才子佳人戲，才子可能困頓一時，但最終總是科場中的成功人士；而佳人也總是豪門閨秀，而且才貌雙全。《燕子箋》也許是例外，次女角華行雲乃青樓女子，但卻是才子霍都梁的風塵知己，但他一劍雙花，同時還贏得出身名門的佳人酈飛雲的芳心。在一夫一妻多妾制的時代，兩位佳人創造了平起平坐不分嫡庶尊卑的奇跡，同為夫人。雖然曾為皇家封誥而鬥氣，最後也獲得圓滿解決皆大歡喜。這類故事，在古典戲曲小說中可謂司空見慣之老生常談，但經阮氏精心編排，卻能出奇制勝，化腐朽為神奇。考其能化腐朽為神奇的訣竅，除了他在曲文、賓白、音律、舞臺表演等方面本色當行如魚得水之外，更在於他精於戲劇結構的佈置與戲劇衝突上的安排。我讀阮劇，常歎其別具慧心機智過人。阮氏不愧是製造懸念的高手，劇中充滿誤會，險象環生好戲連臺，令觀者難以釋懷。可以說，阮氏不僅是抒情詠景的行家，也是敘述故事的高手。他是真得戲劇藝術之三昧，故能有意識地調動一切藝術手段以增強戲曲的"戲劇性"與觀賞性，這在古典作家中可謂鳳毛麟角。而且，與古典戲曲多敷演稗官野史者不同，阮劇多出自虛構，他自序《春燈謎》曰："其事臆也，於稗官野史無取焉，蓋稗野亦臆也，則吾寧吾臆之愈。"與其敷演稗官野史的虛構杜撰，不如馳騁自家想象，這大約也是阮劇能獨出機杼的奧秘所在。

　　這樣一位富有才氣富有創造性的藝術家，卻偏偏在官場游戲中喪失獨立人格，一誤再誤，不僅禍害士林，也禍害國家，最後徹底身敗名裂，被《明史》定為"奸臣"。"奸臣"惡謚，也許有些誇張，但阮大鋮乃墮落文人士林敗類，則毋庸置疑也不能置疑。我所感興趣的是，阮氏乃一聰明至極之人，何以自甘墮落？更引人深思的是，這種自甘墮落在明末士林乃一種群體現象。即以党附宦官魏忠賢而論，也非三兩個勢利小人的個人表演，而是士林的群體行為，可謂"集體墮落"。崇禎即位，斥逐魏氏，詔定逆案，曾憤然曰："忠賢不過一人耳，外臣諸臣附之，遂至於此！"（見《明史・閹黨列傳》）《明史・閹黨列傳》序也謂："明代閹宦之禍酷矣，然非諸黨人附麗之，羽翼之，張其勢而助之攻，虐焰不若是其烈也。"質言之，明末官場的腐朽黑暗，乃士林群體助紂為虐所促成，不能簡單歸罪某一宦官或奸臣。宦官專權把持朝政古已有之，巴結宦官也非明人獨有的惡習，漢唐盛世皆不能免，但為了剪滅異己，不惜趨附諂媚宦官，形成利益集團狼狽為奸，時人斥曰"閹黨"，卻是明末士林的創舉。故"二十五史"中唯《明史》於《宦官傳》之後另立有《閹黨傳》。點擊"二十五史"電子版,甚至"閹黨"一詞也僅見於《明史》。考明代宦官亂政始於英宗朝之王振,而為禍最烈者為明末魏忠賢,其黨羽遍及朝廷內外,有"五虎""五彪""十狗""十孩兒""四十孫"等名號,皆文武大臣,"自內閣、六部至四方總督、巡撫,遍置死黨"。所謂"閹黨",循名責實,也非崔、魏集團莫屬。鑒於宦官亂政的歷史教訓,明太祖開國之初曾立法:"內臣不得干預政事,預者斬。"並鐫鐵牌置於宮門。而且還規定:內臣不許讀書識字。在家天下的時代,祖宗遺訓是不可輕易更改的王法。何況宦官出身低賤,是民間百姓也不齒的廢人,他們不過是供皇帝驅使的家奴而已。但明成祖已開宦官預政的先例,遣太監鄭和率舟師下西洋,一則尋找建文帝的蹤跡,再則炫耀國威。宣宗時則設內書堂,選小內侍入讀。後來就有了司禮秉筆太監之設,儼然皇帝的私人秘書。但魏忠賢乃不識一字的潑皮無賴,被賭債所困走投無路,恚而自閹,萬曆年間入宮,後因諂媚熹宗乳母客氏而於天啟朝為司禮秉筆太監。文盲而為秉筆太監,對滿朝文武頤指氣使發號施令,這本來就是對士林的反諷,但士林的群體反應更讓人感到震驚。據《明史·閹黨傳》,天啟六年,浙江巡撫潘汝楨在西湖為魏忠賢建立生祠,其後全國各地官員爭相響應,紛紛為魏氏立祠。南北兩京也不甘落後,"都城數十里間,祠宇相望",而"上林一苑,至建四祠"。為宦官建生祠,而且形成全國運動集體獻媚,這可是空前絕後匪夷所思的壯舉。更有厚顏無恥之士監生陸萬齡竟上疏稱:"孔子作《春秋》,忠賢作《要典》。孔子誅少正卯,忠賢誅東林。宜建祠國學西,與先聖並尊。"這豈止是褻瀆聖賢,簡直是羞辱士林,斯文掃地廉恥道盡,莫此為甚。讀《閹黨傳》,我曾百思不得其解:中國讀書人自古以來便自詡社會精英,居於"四民"之首,而獲得國家功名的讀書人,更是精英中之精英,何以能被一文盲宦官玩于股掌之間?歷代儒家所宣揚而被程朱理學凸顯的人格氣節,所謂"富貴不能淫,威武不能屈,貧賤不能移"云云,在這裏不過成了士林掩飾孱弱的遮羞布。可以說,宦官不過是器官被閹,而明末士林則是精神被閹。當然,也有不甘同流合污者,但大多數人選擇了沉默,唯有東林黨楊漣、魏大中等二三卒孤軍作戰。天啟四年,左副都御史楊漣抗疏彈劾魏忠賢,歷數其"二十四大罪",其一即"毀人居屋,起建牌坊,鏤鳳雕龍，干雲插漢"，但這是鑒於魏氏"將羅織諸人"的被動反擊背水一戰，而且頃刻間便被魏氏勢力置於死地，"閹黨"遂橫行朝野，士林集體演出了空前絕後的滑稽醜劇。

我因此有感於明末士林之集體墮落。竊以為，此非一時一地之人心敗壞，而是明代士林被"體制化"的必然結果。這裏所謂"體制"，即以八股文取士的科舉制度。據《明史·選舉二》："科目者，沿唐宋之舊，而稍變其試士之法，專取四子書及《易》《書》《詩》《春秋》《禮記》五經命題試士。蓋太祖與劉基所定。其文略仿宋經義，然代古人語氣為之，體用俳偶，謂之八股，通謂之制義。"實際上是一種限定題目、文體、字數的標準化考試，從理論上說，這種標準化考試能最大程度地減少閱卷官由於主觀好惡而引起的偏差或誤差。至於考試內容，也是那個時代朝野普遍認同的最佳選擇。因為，五經乃華夏文化元典，而朱熹《四書章句集注》則代表著儒學的新思維新觀念，所謂"心性之學"，注重道德完善與人格培養。這無疑也是一種"制度創新"。但八股畢竟只是考試文體，既非學術的論衡，也非思想的闡揚，讀書人研習八股，不過為的是獲得皇帝即國家認可的功名。功名一旦僥倖獲得，便可躋身官場，享受權力帶來的榮華富貴。至於"顯親揚名"，更是題中應有之義。這結果當然非常誘人。要拒絕這樣的誘惑，很難。《儒林外史》開篇即感慨道："功名"二字，自古及今，哪一個是看得破的！其實以中國士林之世故，看破的不少，看淡的卻不多。明末士林集體墮落的主要原因也許就在這裏：明知八股之學是"偽學術"，而且流行二百餘年在明末已演變成純粹的文字游戲，但卻自欺欺人假戲真做，還煞有介事地組織各種文社，以文會友切磋時藝，社盟、社局動輒聚集千人，而且編選刊刻出《社稿房書課藝》《文選會議》之類的論文集，炒作得天下皆知。這當然不是研討什麼學術，更無思想的真知灼見，無非是文字游戲語言垃圾，黃宗羲就曾譏為"時文批尾之世界"，今謂之"偽學術"，但因其乃國家功名所繫個人名利所關，士林群體也就逢場作戲樂此不疲。

後人曾痛斥八股取士敗壞學術銷磨士氣，如顧炎武便謂："八股之害，等於焚書；而敗壞人才，有甚於咸陽之郊。"（《日知錄》卷十六）吳敬梓假託明代的紀實小說《儒林外史》更是入骨三分地刻畫了"體制"內外士林的種種醜態，作者假借元末明初的畫家詩人王冕之口說："這個法卻定的不好！將來讀書人既有此一條榮身之路，把那文行出處都看得輕了。"又預言道："貫索犯文昌，一代文人有厄！"但這是後話，而且是體制外的聲音。在明末的現實語境中，八股取士儘管已是弊端叢生、漏洞百出的體制，但除非心甘情願被淘汰出局或自我放逐成為體制之外的邊緣人，否則只有一種選擇：適應體制，自覺或不自覺地被體制同化。事實上，中國古今士林缺乏的就是超越精神，他們汲汲於國家功名，且美其名曰"入世精神"，而一旦國家功名的獲得成為一種"體制"，如明代的八股取士，即使精神飽受折磨人性備遭扭曲，他們選擇的不是抵制或反抗，促成體制的革新，而是盡可能適應體制，甚至無可奈何地被體制同化，泯滅個性喪失自我，也在所不惜。

晚明戲曲作家湯顯祖也是中過進士的，他的傑作《牡丹亭》雖未能突破"金榜題名洞房花燭"的俗套，但他已深切感受到士林這種生存狀態的荒謬，故後來又有《邯鄲記》與《南柯記》之作，視科第功名榮華富貴為夢幻泡影。這在當時可謂空谷足音。明人筆記多盛稱科第之事，如某科狀元某人三元會，某家三代奪魁，某家祖孫或兄弟同中進士等，是士林津津樂道的熱門話題。晚明公安派文人江盈科《諧史》記江西人羅念庵中狀元後，不覺常有喜色，語人曰："某十年胸中遣狀元二字不脫。"未免俗氣可笑，但卻是真情實語。故江氏謂："此見念庵不欺人處。而國家科名，即豪傑不能不嗜膻，亦可見矣。"明末士林之心態，由此可見一斑。八股之學不僅刺激了士林投機取巧的僥倖心理，而且孕育了假大空的學風與虛偽矯情的士風。人性固有的弱點，中國讀書人歷代相傳的劣根性，在這種"體制"的引誘鼓勵下，惡性膨脹。晚明思想家李贄力倡"童心"之說，直斥"六經《語》《孟》，乃道學家之口實，假人之淵藪"（《童心說》，《焚書》卷三），乃有感而發。但李贄為他的思想付出了慘重代價，連文壇上的前衛人士袁中道也聲稱，他雖仰慕李氏其人，但不能學也不願學也。（《李溫陵傳》，《珂雪齋集》卷十七）至於已被體制徹底同化喪失自我的士林中人，那就不僅成為假道學偽君子，而且是官場上的變色龍。士林的這種腐化蛻變歷代皆有，但在明末卻蔚然成風，飽讀《詩》《書》在科場上過關斬將脫穎而出的士林精英，居然集體墮落，俯首帖耳聽命于一文盲宦官。這與"體制化"所化成的一代士風，未始沒有因果關係。阮大鋮並非愚昧之徒平庸之輩，他在戲劇創作上所展示的才氣與機智，以及他在官場上的前後表演，都證明他是士林中之精英。他之夤緣阿附魏忠賢，心甘情願上賊船，非頭腦天真是非莫辨，而恰恰是出自中國讀書人的世故精明，一種試圖在體制內左右逢源的世故精明，這種世故精明，古今士林皆有，而在明末被發揮到極致。朱自清論傳統氣節，謂中國讀書人有節無氣，其實在明末，讀書人連所謂"節"也談不上，何論其"氣"？無所謂道義也無所謂原則，而唯利是圖、唯上是從，這就是八股取士"體制化"所造就的士林群體品格。阮大鋮的墮落乃一典型的案例。

明末士林的集體墮落，在八股取士文人政治的格局中，也就造成吏治腐敗官場黑暗賄賂公行。東林黨雖廉潔剛正號稱"清流"，也不幸被汙受其連累。據《明史》東林黨諸君子傳，魏忠賢加害東林黨所羅織之主要罪名，非政治的而是經濟的：受賄。據《明史·魏大中傳》，閹黨借汪文言之獄，將東林黨一網打盡，而楊漣、左光斗、魏大中、袁化中、周朝瑞、顧大章等皆被誣以受賄罪。《明史·楊漣傳》："（閹黨）許顯純誣以受楊鎬、熊廷弼賄，漣等初不承，已而恐以不承為酷刑所斃，冀下法司，得少緩死為後圖，諸人俱自誣服。"我相信東林諸君子的人格，絕不可能為中飽私囊而拿政治原則個人清譽作交易，但在明末士風墮落學術腐敗吏治腐化的大環境下，誰還相信你廉潔自律出淤泥而不染？魏忠賢這一招也真夠狠毒：貪官污吏人人憎恨，既加之罪，何患無辭？我想當年東林黨招權納賄的罪狀，以聖旨名義昭告天下時，不明真相的民間百姓也許還拍手稱快。否則魏忠賢何以因誅東林而得到民間士庶擁護？據《明史·閹黨傳》，浙撫潘汝楨之在西湖為魏氏首建生祠，乃"徇機戶請"。假民間百姓之名義，而行阿諛奉承之實，這本來就是文人政客慣用的伎倆。魏忠賢雖不幸而為文盲，但絕非弱智。集體獻媚的全國運動，是否真代表士林民間的心聲，我想魏氏一定心知肚明。他是真正看透並最大限度地利用了中國讀書人的劣根性。士林雖好讀書，但讀書不一定能增長智慧，何況是迎合"體制"的讀書？八股取士造就的讀書人，能如東林諸君子者本來就是鳳毛麟角，而東林又多意氣書生，宜乎其被一文盲宦官玩於股掌之間也。

原載《四川師範大學學報》2004 年第 6 期

復古與創新:尋找失落的"真詩"

有明三百年也許是中國詩歌史上最平庸的時代。無論是前人編選的《皇明詩選》（陳子龍、李雯）、《列朝詩集》（錢謙益）、《明詩綜》（朱彝尊）、《明詩別裁集》（沈德潛），還是今人編選的普及讀本《明詩三百首》（金性堯），都難以激起我們閱讀的快感和興趣。要想在篇什浩瀚的明詩中找到幾首令現代讀者興味盎然神思飛揚的絕妙之作，殊非易事。大學的中國古代文學課，最乏味的就是明詩。倡言"詩必盛唐之上"的前後七子不必說，即使標榜"獨抒性靈，不拘格套"的公安派或追尋"孤情單緒"的竟陵派，雖然在當時曾風行天下，家傳戶誦，但今日讀來，也不過爾爾。等而下之者，更不足道。並非明代文人移情別戀，事實上，他們對詩歌這一古典藝術形式依然是一往情深。袁宏道甚至曾宣稱"我輩不可無一日無詩"，這等癡迷執著，豈讓古人？可憐耗盡明代無數文人心智的詩歌創作，既無宋詩那樣的哲思和理趣，也無清詩那樣的淵雅和機智，更不用說唐詩那樣的氣象和神韻。一言以蔽之曰：平庸。

其實明詩的平庸，明人自知之。他們也曾進行過各種創作試驗，以革新詩風，再現輝煌。最早的努力就是前後七子發動的、前後影響近百年的文學復古運動，甚至到明末還餘波未息。活躍在明末詩壇的陳子龍、李雯等人就對李夢陽、何景明的開創振興之功猶三致意焉，比為"大禹決百川，周公驅猛獸"（《皇明詩選序》）前後七子的復古口號是"詩必盛唐之上"，具體而言，古體取法漢魏，近體取法盛唐。他們對漢魏盛唐的詩法、格調、境界等，都作過非常深入的探討，反復試驗，往復辯難，多有會心之語，非門外漢不能道。其詩也不乏近古風類唐音者，如李夢陽《秋望》

《林良畫兩角鷹歌》，何景明《明月篇》《秋江詞》等。李、何諸人的文學復古運動給明代詩壇帶來了一股新風，甚至連李贄、袁宏道這些目空一世、刻意求新的晚明前衛人士對這一點也不予否認。如李贄在《管登之書》中曾將李夢陽與王守仁並稱："一為道德，一為文章，千萬世後，兩先生精光俱在。"（見《焚書》）我們也許只有設身處地，才能有現場感，才能體會這場雖曰復古實為創新的詩歌運動在當日驚世駭俗、新人耳目的作用。正如我們今日讀胡適、沈尹默、周作人、劉大白等人的新詩，如果不重現當日的語境，怎能想象這些語言直白、思想膚淺、情感幼稚的白話詩居然在詩壇上刮起了一股旋風，令那麼多的後生如癡如醉，群起仿效？儘管如此，我們還是不得不承認，這場以"詩必盛唐以上"為口號的詩歌革新運動，並未從整體上改變明詩平庸的面貌。以上所舉李、何諸人的名篇，在浩瀚的明詩中不過是吉光片羽。明末清初的錢謙益曾貶斥前後七子"牽率模擬剽賊於聲句字之間，如嬰兒之學語，如桐子之洛誦"（錢謙益《列朝詩集小傳》丙集）。雖不無偏激，但明詩的平庸，卻是不可否認的事實。清人沈德潛曾說"宋詩近腐，元詩近纖，明詩其復古也"（《明詩別裁集序》）不過出自他個人的藝術趣味與藝術偏好。事實上，明詩復古只是一種對藝術境界的追求，而非明詩已經達到的藝術境界。

或曰：明詩之所以平庸，就在其斤斤於復古擬古，食古不化。學古人之語氣與體式，字模句擬，得其形似，而失其精神，畫虎不成反類犬。我認為，這是一種似是而非的批評。須知古典藝術如詩歌的寫作或創作，與現代詩歌創作大異其趣，古典詩歌講究形式和技法，講究由模擬而獨創，這與繪畫、書法等古典藝術有許多相通相同之處。任何一位古典詩人都有一個模擬古人、轉益多師的過程，最後由形似而神似而渾然自成一家。這是前人的成功經驗，明人豈能不知？何景明在與李夢陽討論"古法"時，就有"舍筏登岸"之說，主張通過學習模擬"古法"而進入獨創的藝術境界[1]，這與"詩體解放"以後的白話新詩創作路數大不相同，不能簡單地以白話新詩的藝術觀念去衡量品評古典詩歌的創作得失。聞一多提倡寫

---

[1] 《與李空同論詩書》，見《大復集》卷三十三。

"現代格律詩",還有"戴著鐐銬跳舞"的比喻,何況古人?既然是"戴著鐐銬跳舞",就得遵循一定的章法或規則,而這些章法或規則,在古典詩歌那裏,須經過模擬訓練才能掌握並運用自如。這樣看來,明詩之平庸,非復古擬古之病。值得注意的是,晚明公安派、竟陵派另闢蹊徑,走的是與復古派完全不同的路數,或強調"獨抒性靈",或尋覓"孤情單緒",總之是"不拘格套"。袁宏道在《與丘長孺》中說:"唐自有詩,不必選體也;初、盛、中、晚皆有詩,不必初、盛也;歐、蘇、陳、黃各有詩,不必唐也。"這顯然比復古派"詩必盛唐以上"的眼界開闊。又說:"詩何必唐,又何必初與盛?要以出自性靈者為真詩爾。"① 這種看似比復古派更能得藝術創作的真諦。但理論是一回事,創作可又是另一回事。儘管公安派的創作理論在"五四"新文學運動之後備受讚揚,甚至在各種文學史教科書上大書特書,但他們在詩歌創作上的成就卻相形見絀。平心而論,還不及前後七子。

縱觀有明三百年詩壇,缺少的不是詩學理論,也不是詩作,缺少的是"真詩"。這是當時人的同感。何謂"真詩"?袁宏道說得好:"出自性靈者為真詩。"他又說:"當代無文字,閭巷有真詩。"(《答李子髯》見《袁宏道集箋校》卷二)"閭巷"中人既非文人,也非學者,既不知古風唐韻,更不懂詩學理論,但他們性情天真,活得率真,相與詠歌,各言其情,即成"真詩"。袁宏道迷戀於《竹枝》《打草竿》《劈破玉》一類民歌時調,絕非僅出自文人的獵奇心理,他在給乃兄的信中說:"近來詩學大進,詩集大饒,詩腸大寬,詩眼大闊。世人以詩為詩,未免為詩苦。弟以《打草竿》《劈破玉》為詩,故足樂也。"(《伯修》,見《袁宏道集箋校》)這種見解和感受,並非袁宏道一人的獨家心得。李夢陽在《詩集自序》中就曾坦言:"予之詩非真也,王子所謂'文人學子韻言'耳。"(《詩集自序》,見《空同集》四十五)"王子"名叔武,乃一入不了《文苑傳》的無名小輩,詩壇領袖李夢陽竟以其"真詩乃在民間"一語,反躬自省,甚至教學詩者取法《鎖南枝》這樣的民歌(見李開先《詞謔》)。從民歌中尋找

---

① 《與丘長孺》,見錢伯城箋校《袁宏道集箋校》卷六。

"真詩"，這一曾被現代詩學理論家奉為法寶的口號，其實早就被李夢陽、袁宏道等人喊出。出自性靈者乃是"真詩"，悟出這個常識性的道理者，又豈止袁宏道一人？李夢陽也說過"詩者天地自然之音也"（《詩集自序》），只是表述方式不同罷了。應該說，明代的主流詩人已經非常準確地意識到明詩之所以平庸的根本原因，並找到了革新詩風的道路，或取法古人，或刻意創新，殊途同歸：尋找失落的"真詩"。但是，除了前後七子近乎古風唐音的詩作，公安派諸子的一些不失諧趣卻被後人譏為浮薄淺露的率性之作，以及竟陵派諸子"幽深孤峭"的"鬼趣"，我們從近三百年的明詩中幾乎感受不到令人激動的新氣象。

這真是一個有趣的現象：理論的進步，創作的滯後。事實上，由宋迄明，詩話著作層出不窮，詩歌流派此起彼伏，古典詩學的方方面面，風格、意象、聲律、技巧等，無一不被學者認真探討過。詩學理論愈來愈精深縝密，詩歌創作卻江河日下。難怪有人感歎："詩話出而詩亡。"揆之今日，我們難道沒有同感？中外大學的象牙之塔中，熱烈討論著各種詩學理論，這樣主義，那樣流派，古今比較，東西比較，建構或者解構，分析或者綜合，美學或者哲學，令人眼界開闊，思想深刻。如果說 20 世紀最後 30 年所創造的知識總量超過了前此人類所創造的知識總和，那麼此間中西大學教授所創造的詩學理論總量，無疑也超過了前此人類所創造的詩學理論總和，但近年詩壇的寂寞，也是空前的。我們由此可以推想宋以後理論與創作之間的巨大反差。儘管研究者可以找出各種理由來為宋以後的詩辯護，說這是繼唐詩之後另闢蹊徑，別開生面，但宋詩在明代沒有讀者市場，明詩在清代沒有讀者市場，清詩在現代沒有讀者市場，卻是不爭的事實。宋以後的詩，更多的是為學人所喜，尤其是宋詩，在清代為胸有萬卷書的學人津津樂道，至演為聲勢浩大的"宋詩派"。但宋以後的詩究竟能引起讀者多少的興趣，激起讀者多少美感，實在是令後代專家氣短的事情。其實，今日許多研究古典詩學話語的專家，研究的也多是形而上的理論，他們究竟對宋以後的詩有多大的閱讀興趣，我始終表示懷疑。在今天的圖書市場上，還是唐詩最有號召力。這樣看來，明代復古派對宋詩的否定，後七子領袖王世貞甚至放言"宋無詩"，而倡言"詩必盛唐以上"，並非幾個文人故作偏激狂妄之語以嘩眾取寵，而是對宋詩走入魔道的強烈反彈。遺憾的是，他們自己雖然有心，卻也無力挽狂瀾於既倒，令人有"無可奈何花落去"的感歎。

當然，我們也可以這樣理解：既然一代有一代之文學，一代也有一代之詩歌。先秦有先秦之詩，漢魏六朝有漢魏六朝之詩，唐宋有唐宋之詩，明清有明清之詩，現代有現代之詩，不應以唐詩為詩歌藝術的唯一標準。如錢鍾書論"詩分唐宋"："唐詩多以豐神情韻見長，宋詩多以筋骨思理見勝。"（《談藝錄》）儘管如此，我們還是不能否認唐詩的獨特魅力和唐以前詩的獨特韻味，是宋以後詩所缺乏的。而這魅力、這韻味，正是詩之所以為詩。南宋嚴羽在《滄浪詩話》中說："詩有別材，非關書也；詩有別趣，非關理也。"（見郭紹虞《滄浪詩話校釋》）可謂得詩藝三昧。宋以後詩人書非不多，理非不精，學非不厚，識非不廣，尤其是清人，主流詩人同時多為博雅的大學者，他們的詩確實別有一種情致，別有一種趣味，但可稱為"學人之詩"，難以稱為"詩人之詩"。要讀懂以至欣賞這些"學人之詩"，胸中非藏有萬卷書不可。平心而論，宋詩的哲思和理趣，清詩的淵雅和機智，雖無古詩那樣的氣韻和唐詩那樣的氣象，但在博雅君子文人學者圈子中，尚不乏知音。明人既無這種本錢，論哲理又論不過宋人，掉書袋掉不過清人，所以只有落得個平庸。

明代詩人的藝術追求是無可非議的，他們要追求漢魏古風、盛唐氣象，要向民歌中尋找"真詩"，要詩歌表現性靈，表現自我，見解不可謂不深刻。所以不能改變明詩平庸的面貌者，非不知也，非不為也，是不能也。為何不能？李贄一語道破天機：童心泯滅。宋以後的假人假語假詩文，固然失卻童心；即使真人真語真詩文，也未嘗不失卻童心。我這裏所謂童心，是指一種純真爛漫的心態，是理性尚未成熟之前人類心靈的自然狀態。這種心態或狀態的保持或改變，對一個民族或群體來說，是不以人的意志為轉移的文化現象。文化發展演進的規律，是從蒙昧趨向理性，也就是說，理性多一分，童心就少一分。事實上，自宋以降，中國文化就告別天真古樸的浪漫時代，走向成熟的理性時代。我們讀宋以後的文學史學哲學，就能強烈感受到這種成熟的理性，已經開始彌漫於整個中國文化。

宋詩正是中國文化理性成熟之後結出的花果。人類從蒙昧走向理性，人心由單純日趨複雜，這毫無疑問是文明的進步，但古典詩歌的黃金時代也隨之逐漸消逝。我始終認為，正如神話一樣，詩歌也是人類童年時代的藝術。當人類日漸告別童年時代，理性日漸張揚，是否還可能繼續保持天真浪漫的詩心？人心不古，這本來是道德家的老生常談，如果用來描述詩歌藝術的衰落，不是也可以表達人類對自己日漸喪失的童心的追懷和感慨嗎？當人類以日漸理性的眼光打量這個已經失去神秘感的世界和愈來愈世俗化的人生，用理性的頭腦去思考自然與人生的種種問題時，還能在心底激起多少詩情？當然，理性成熟的人類照樣可以用詩歌這種藝術形式去交流情感表現心靈，正如現代人也可以創造出科幻小說、科幻電影一類的"現代神話"，但那心靈、那想象，非復童心的自然流露，那是成年理性精神的故作天真。宋以後的詩人，詩心非不真也，詩藝非不精也，才氣非不足也，學養非不厚也，唯獨越來越失去古人的那份天真爛漫。文化日漸成熟，人心日漸世故，這是無可奈何的事。儘管後人追懷羨慕這種天真浪漫，也不乏超凡脫俗之輩力求掙脫理性的桎梏，返璞歸真，但大都是徒勞。即使有晚明徐渭、李贄、袁宏道那樣的性情率真之人，也不能再現盛唐以上的那種氣象，原因在此：童心既泯。這童心不是指某個人的性靈，而是指某一民族的文化心理狀態。這是可以從不同時代的詩中感受出來的。啟功先生曾有《論詩絕句》，其一曰："唐以前詩次第長，三唐氣壯脫口嚷。宋人句句出深思，元明以下全憑仿。"（見《啟功叢稿·詩詞卷》）筆者當年求學先生門下，曾聽先生說：唐以前的詩是唱出來的，唐詩是嚷出來的，宋詩是想出來的，宋以後的詩是仿出來的。這個見解，不是從某種詩學理論推衍出來的，而是啟功先生對古典詩歌含英咀華體悟出來的。當然，我們也可以舉出個別例外來加以反駁，但從中國古典詩歌的整個發展走向看，啟功先生的這種見解無疑是深刻的。

　　詩歌藝術隨著理性成熟而日漸退化，這是宋以後中國古典詩歌的宿命。魯迅說得好："一切好詩，到唐已被做完。"[①] 聞一多也說："詩的發展

---

① 《致楊霽雲》，見《魯迅全集》第12卷。

到北宋實際也就完了，南宋的詩已經是強弩之末……我們只覺得明清兩代關於詩的那許多運動和爭論，無非重新證實一遍掙扎的徒勞與無益而已。"① 儘管錢鍾書、金性堯、錢仲聯等一流學者別具慧眼沙裏淘金，千里挑一萬中取一，選編出《宋詩選注》《明詩三百首》《清詩精華錄》等，但這些宋明清詩選本的號召力可能還不如一個普通學者編選的唐詩選本。此無它，對中國普通讀者來說，唐詩的魅力是不可替代的。我並非唯唐詩主義者，只是想表明一個事實：古典詩歌的衰落，乃無可奈何之事。後代的學問勝過前人，後代的才識，勝過前人；後代的眼界勝過前人；後代的理論更勝過前人。他們可以在敘事藝術領域如散文小說創作中超越前人，更能創造出新的藝術形式如影視等，但在詩歌這樣的藝術領域，也許就難以再創昔日的輝煌。藝術的退化，並非詩歌一例。馬克思也曾經讚歎古希臘神話是後人不可能企及的高峰。現代人的想象也許超越古人，如科幻小說、科幻電影一類的"現代神話"，能與古希臘神話媲美嗎？文明進化並不意味著一切藝術形式生命常青。隨著中國文化理性成熟，世故愈深，作為人類童年心靈藝術的詩歌，自然漸漸變味，變為呈顯才學的宋詩，再變為掉書袋的清詩。明人深感詩歌藝術走入魔道，力倡"詩必盛唐以上"，或"獨抒性靈，不拘格套"，無論復古也罷，創新也罷，企圖都是要找回失落的"真詩"，無奈童心既泯，終歸徒勞。數量上遠遠超過唐詩的或摹古或創新的平庸詩作，就是他們失敗的記錄。最多，只留下了一大堆詩學理論或思想資料供後代文學批評史家津津有味地咀嚼。

原載《西南師範大學學報》2002 年第 6 期

---

① 《文學的歷史動向》，《聞一多全集》第 1 卷。

詞中故事：明末士風與清初科場案

康熙十五年（1676）冬雪之日，江南舉人顧貞觀在北京，寓居千佛寺中，想起遠戍甯古塔的一位文友，百感交集，揮毫寫下《金縷曲》二首。詞曰：

　　季子平安否？便歸來、平生萬事，那堪回首。行路悠悠誰慰藉，母老家貧子幼，記不起、從前杯酒。魑魅搏人應見慣，總輸他覆雨翻雲手。冰與雪，周旋久。淚痕莫滴牛衣透。數天涯、依然骨肉，幾家能夠？比似紅顏多薄命，更不如今還有。只絕塞、苦寒難受。廿載包胥承一諾，盼烏頭馬角終相救。置此劄，君懷袖。

　　我亦飄零久。十年來、深恩負盡，死生師友。宿昔齊名非忝竊，試看杜陵窮瘦，曾不減、夜郎僝愁。薄命長辭知己別，問人生到此淒涼否？千萬恨，從君剖。兄生辛未吾丁丑。共些時、冰霜摧折，早衰蒲柳。詞賦從今須少作，留取心魂相守。但願得、河清人壽。歸日急翻行戍稿，把空名料理傳身後。言不盡，觀頓首。

詞是書信體，上章慰友，當時作者喪妻，而朋友儘管流放苦寒之地，拋母別子，但畢竟有妻相伴，故云"比似紅顏多薄命，更不如今還有"，讓朋友感到自己並非世界上最不幸之人。"廿載包胥承一諾，盼烏頭馬角終相救"，借用申包胥哭秦救楚的故事，表達對落難朋友鼎力相救的誓願。

下章自慨，傾訴十多年來對朋友的思念，並以杜甫自比，而以流放夜郎的李白喻吳，故有"杜陵消瘦""夜郎僝愁"云云。末句"言不盡，觀頓首"原是書信結尾的套語，用在這裏反覺自然親切。並非苦心經營精雕細刻而成，也無名言警句，給人的感覺是平淡，如說家常話，但它卻感動了許多讀者，成為清詞中最為人傳誦的傑作之一，至有"千秋絕調"（陳廷焯語）之譽。作者"以詞代書"，寄贈的朋友姓吳，名兆騫，字漢槎，江南吳江人。我想吳兆騫在冰天雪窖中獲讀此詞，一定是熱淚縱橫情不能已。但這並不重要。因為，吳兆騫終於結束二十多年的流放生涯，並非他的眼淚感動了命運之神，而是顧貞觀的詞感動了一位貴人——納蘭性德，宰相明珠的公子。據作者附記云：

　　二詞容若見之，為泣下數行，曰："河梁生別之詩，山陽死友之傳，得此而三。此事三千六百日中，弟當以身任之，不俟兄再囑也。"余曰："人壽幾何，請以五載為期。"懇之太傅，亦蒙見許。而漢槎以辛酉入關矣。附書志感，兼志痛云。

按："河梁生別之詩"即《昭明文選》中托名李陵與蘇武的"別離詩"，"山陽死友之傳"則指《後漢書・獨行傳》中范式與張劭的故事。范式字巨卿，山陽金鄉人，少游太學，為諸生，與汝南張劭為友。後劭寢疾篤，同郡郅君章、殷子徵晨夜省視之。劭彌留之際，歎曰："恨不見我死友耳！"子徵曰："吾與君章盡心於子，是非死友，復欲誰求？"劭曰："若子者，吾生友耳；山陽范巨卿，所謂死友耳。"皆為古典詩文中抒寫生死友情的千古絕唱。顧貞觀《金縷曲》對友人之情真語切，絲毫不讓前賢。納蘭性德是性情中人，重然諾，他既被顧詞感動，便說動他父親明珠宰相，吳兆騫終於在五年之後生還回京。納蘭性德後來在《祭吳漢槎文》中說："《金縷》一章，聲與泣隨。我誓返子，實由此詞。"這樣一個動人的故事，後來有各種版本，其一曰顧貞觀設計營救吳兆騫，會明珠宴客，舉巨觥謂顧氏道："飲此杯，為救漢槎！"顧素不飲酒，至是一飲而盡。明珠笑曰："我這是玩笑。君即使不飲，我豈有不救漢槎的道理？"（見袁枚

《隨園詩話》卷三）又一曰吳兆騫還京後，因小故與顧貞觀鬧矛盾，顧亦不自辯。一日，明珠招兆騫小飲，入書房，見粉壁大書曰："顧某為吳漢槎屈膝處。"顧貞觀竟為救朋友而屈膝下跪，吳某不覺羞愧難當（見黃邛《錫金識小錄》卷六）。因有這些傳說，顧貞觀其人其詞，便成了有清一代士林津津樂道的一個話題。

這當然是關於友誼的話題。但我更感興趣的是詞中故事：吳兆騫何以被流放？據鄧之誠《清詩紀事初編》卷三，吳兆騫少有雋才，曾為大詩人吳梅村激賞，譽為"江左三鳳"之一。顧詞云："魑魅搏人應見慣，總輸他覆雨翻雲手。"顯見得吳兆騫是背後被人下了爛藥。聯想到清初的"文字獄"，我猜想他一定是因觸犯時諱，也就是涉及當時敏感的政治問題，被人告密，而罹此難。這在清初，乃司空見慣之事。但據孟森《心史叢刊》一集《科場案》所述，吳兆騫之遭人暗算，與所謂"時諱"無關，而是因為丁酉江南"科場案"。原來，吳兆騫于順治十四年（農曆丁酉）參加江南鄉試，一舉成功，但他萬沒想到一場大禍竟從天而降。有人向朝廷舉報，此次江南科考有黑幕，正副主考方猷、錢開宗等人涉嫌舞弊。世祖遂責成刑部嚴鞫之，並決定親自復試江南新科舉人，以定真贗。還有一種傳說：才子尤侗也參加了該科江南鄉試，但名落孫山，氣憤之餘，撰《鈞天樂》傳奇，揭露考場幕後的種種暗箱操作。此劇傳入禁中，驚動聖上，於是引發空前慘烈的丁酉科場大獄。也有記載說：江南鄉試放榜後，輿論譁然，有無名氏撰《萬金記》雜劇，以"方"字去一點為"萬"，"錢"字去"戔"為"金"，指二主考姓，備極行賄通賄狀，流布禁中，上震怒，遂有是獄。順治十五年三月十三日，北京尚春寒料峭，清世祖親臨西苑瀛台，以四書文二篇詩賦各一題復試江南新科舉子，結果大多數人順利過關，因文理不通革去舉人者僅十四人而已。以吳兆騫的才情，通過這樣的復試絕非難事，但他居然交了白卷！該年年底，丁酉科場案的處理結果出來了：正副主考"俱著正法"，十七名房考（閱卷官）除一人已死亡外，一律處絞，妻子家產藉沒入官。未完卷或交白卷的八人，責四十板，家產藉沒入官，充軍甯古塔。可憐的吳兆騫，就這樣與妻子一道，被流放到距京城有七八千里之遙的甯古塔。這一年，吳兆騫僅廿七歲。而康熙二十年他被赦還回京時，已年過半百。這位江南名士最美好的歲月，就這樣給磋跎了。

吳兆騫當然不是咎由自取罪有應得。他既不可能勾兌考官，也不可能尋找槍手。他之所以交白卷，是被當時考場的恐怖氣氛給嚇破了膽，查慎行所謂"書生膽小當前破"也。據李延年《鶴征錄》："復試之日，堂上命二書一賦一詩，堂下列武士，銀鐺而外，黃銅之夾棍，腰市之刀，悉森布焉。"又，王應奎《柳南隨筆》："是時每舉人一名，命護軍二員持刀夾兩旁，與試者悉惴惴其栗，幾不能下筆。"當然，在這樣戒備森嚴如臨大敵而且是"非我族類"的監控之下，也有臨危不亂處變不驚之人，例如後來成為名相的張玉書。但吳兆騫偏偏神經短路，自遺伊戚；也有人說他是氣憤不過，故意交了白卷。（劉禺生《世載堂雜憶》）但凡是瞭解他的人，無不為之惋惜。吳梅村曾有《悲歌贈吳季子》一詩，慨歎其遭遇：

> 人生千里與萬里，黯然消魂別而已。君獨何為至於此？山非山兮水非水，生非生兮死非死。十三學經並學史，生在江南長紈綺。詞賦翩翩眾莫比，白璧青蠅見排抵。一朝束縛去，上書難自理。絕塞千山斷行李，送吏淚不止，流人復何倚？彼尚愁不歸，我行定已矣。八月龍沙雪花起，橐駝垂腰馬沒耳。白骨皚皚經戰壘，黑河無船渡者幾？前憂猛虎後蒼兕，土穴偷生若螻蟻。大魚如山不見尾，張鬐為風沫為雨。日月倒行入海底，白晝相逢半人鬼。噫嘻乎悲哉！生男聰明慎勿喜，倉頡夜哭良有以。受患只從讀書始，君不見吳季子！

此詩流傳甚廣，與顧貞觀的《金縷曲》二首，前後呼應，竟使磋跎半生後來在文章功名上均無所成就的吳兆騫播在人口，成為丁酉科場案中最為人津津樂道的話題。但吳兆騫乃無辜罹難者，所以近人有以丁酉江南科場之獄為滿清統治者殘酷摧折漢族士林的罪證。或以為，當時滿洲初入關，立足未穩，東南沿海及雲貴川三省尚在忠於明朝的勢力的控制之中，而江南士林的反清情緒正在暗中醞釀，大有一觸即發之勢，故滿洲統治者要借此剪除異己。其實不然。以漢族士林之世故，有奶便是娘，又有幾人是忠於故國以身相許者？遺民顧炎武為之痛心疾首曰："士之無恥，是為國恥！"可見士林之改換門庭已無操守可言。這是可以理解的。豈不聞士乃附著於帝王這張皮上的毛，"皮之不存，毛將焉附？"我們何必以今日士林都未必能身體力行的道德去苛求明清易代之際處境尷尬的讀書人？吳兆騫既已參加鄉試，就表明他認同新朝，滿清統治者何苦要嚴厲懲治這樣一位江南名士？

竊以為，丁酉江南科場案不過是明末士風所釀成的惡果，所謂"冰凍三日，非一日之寒"也。眾所周知，科舉制度之設，原其初衷，本來就為的是改變人情關係網決定士品高下的局面，通過分科考試來為國選才，所謂"考試面前人人平等"。旅美華人學者鄧嗣禹曾在《哈佛亞洲研究學刊》第7卷第4期上發表《中國科舉制度西傳考》一文，旁徵博引數十種西文文獻，證明中國是最早發明考試的國家，而歐洲的文官考試制度乃受中國科舉考試影響的結果。故有國人盛稱科舉制考試乃中國的"第五大發明"。但我卻為之悲哀。因為，自從實行科舉取士以來，總有人不信邪，要走人情關係的後門，要用金錢賄賂考官，要以作弊的方式獵取功名。儘管唐宋時代已有種種防止作弊的規定如密封、謄錄、回避等，但中國人在作弊方面的想象力創造力實在是太豐富了，可謂是防不勝防。而人情觀念之濃，也足以消解國家科考取士的嚴肅性與公正性。我甚至認為，明太祖與劉基商定以八股取士的方式，也是給逼出來的。八股文考試不過是一種規定了文體、章法甚至字數的標準化考試，雖然禁錮思想，但卻能最大限度減少閱卷官的主觀好惡以及舞弊的可能性，以保證國家科舉取士的公正。但上有政策下有對策，即使你出偏題怪題，也被人情關係網一一化解。明代中後期，科場之黑暗，暗箱操作之盛行，皇帝也無可奈何。崇禎皇帝眼見大勢已去，痛心疾首悲歎："朕非亡國之君，而臣皆亡國之臣！"良有以也。這種風氣延續至清初，儘管江山易主，科場舞弊的風氣一如既往。據孟森《科場案》，就在丁酉江南科場案的同一年，北京、河南、山東、山西等地也同時驚曝出科場舞弊的黑幕。清朝統治者不下猛藥能治住漢族士林相沿已久習以為常的痼疾嗎？科舉乃國家大典，古人所謂"王法"，居然被視同兒戲，這讓尚未沾染漢族士林惡習的清朝統治者作何感想？所以我非常理解年輕的順治皇帝的嚴厲甚至是嚴酷。滿漢之仇已成歷史舊賬，我們今日何必要堅持狹隘的民族成見，為那些科場舞弊者鳴冤叫屈呢？吳兆騫不過是被殃及的"池魚"，他不得不吞下漢族士林自己種下的苦果。如是而已。

而且，吳兆騫悲劇的幕後還有故事。明末清初，文人為切磋八股，揣摩文風，紛紛結社，各立門戶，爭相標榜。據謝國楨《明清之際黨社運動考》，清初順治年間，吳中以慎交、同聲二社最有影響，而吳兆騫為慎交社之領袖。吳兆騫少年氣盛，曾語吳中名士汪琬曰："江東無我，卿當獨步。"可謂不可一世。又據鄧之誠《清詩紀事初編》卷三："吳兆騫，字漢槎，吳江人。少有儁才。……稍長，為慎交社眉目，與同聲社章在茲、王發爭操選政有隙。順治十四年，罹科場之獄，遣戍甯古塔，章、王所告發也。"也就是說，吳兆騫之罹難，除了復試交白卷外，還因同聲社的章在茲、王發下爛藥。章、王二人因與吳爭奪選刻評點八股文考卷之權，結下宿怨，於是趁人之危痛打落水狗。這就是顧詞"魑魅搏人應見慣，總輸他覆雨翻雲手"云云的注腳。拉幫結派，黨同伐異，鉤心鬥角，互相拆臺，這是明末清初文人結社的通病。其間無所謂正義非正義，無非是爭名奪利，至多不過是趣味相左意氣之爭而已。用時下的流行語說，叫作爭奪"話語霸權"。這種文人相輕結社為黨的惡習，又隨著他們科舉考試成功而帶進官場，進而左右士林，影響政壇。明末科場之黑暗政治之腐朽，與這種士風未始沒有關係。清朝統治者決心整肅士風，而嚴懲江南文社領袖吳兆騫，未始沒有"殺一儆百"的考慮。事實上，順治十七年，也就是丁酉科場案兩年之後，清廷便下令嚴禁士子立盟結社。江南名士吳兆騫可以說是撞到槍口上了。

讀顧貞觀《金縷曲》詞，既慨歎古人義氣之重，也為吳兆騫的無辜罹難蹉跎半生扼腕嘆惜。科場舞弊案歷代皆有，而懲罰之嚴酷，則前所未有。清朝統治者對漢族士林是否太嚴酷太狠毒？但聯想到明末清初的士風與科場風氣，又覺得不如此不足以震懾士林。縱觀古今歷史，竊以為，中國的讀書人，歷來是服打不抽的，文雅一些說：敬酒不吃吃罰酒。這話也許有些惡毒。但事實就是如此。記得明人陸容眼見士風日壞，曾感慨道："國初是國家對不起讀書人，而今是讀書人對不起國家。"（《菽園雜記》）明代後期士風之每況愈下，科場舞弊之日漸猖獗，積重難返，終於在清初引起總爆發，讓"非我族類"的統治者來算總賬，結果是玉石俱焚，殃及無辜。可歎也哉！可歎也哉！

原載《讀書》2003 年第 6 期

論"度柳翠"雜劇的兩個系統

徐渭《四聲猿》包括《狂鼓史》《玉禪師》《雌木蘭》《女狀元》四個雜劇，其中《玉禪師》（全名《玉禪師翠鄉一夢》）搬演南宋月明和尚點化妓女柳翠成佛的故事，與元人李壽卿《月明和尚度柳翠》（以下簡稱《度柳翠》）似有先後承繼關係。如董康《曲海總目提要》與胡士瑩《話本小說概論》便皆以為李壽卿的《度柳翠》取材於民間傳說，而徐渭的《玉禪師》又脫胎於李壽卿的《度柳翠》，兩個雜劇搬演的同一故事（見董康《曲海總目提要》卷一）。這一故事的共同來源即杭州民間流行的"度柳翠"傳說。後人遂以訛傳訛，幾成定讞。

同一故事或同一題材，被改編為不同的劇本或移植為不同的劇種，這在中國戲曲史上屢見不鮮。現代研究者就難免形成一種思維定式，凡題材相同者，便望文生義、鉤賾索玄，以證成其有同源或承繼關係。徐渭的《玉禪師》之於李壽卿《度柳翠》，便遭遇了這一命運。論者但以兩劇皆搬演"月明和尚度柳翠"的故事，並未細讀原作，就想當然地以為徐渭《玉禪師》乃舊曲翻新，與元人李壽卿《度柳翠》同出一源。其實，只要將兩劇對讀，便不難發現徐渭的《玉禪師》與李壽卿的《度柳翠》既非同出一源，也非舊曲翻新。其劇情、人物、命意，均各不相同；所同者，唯劇中人物"月明和尚"與"柳翠"之姓名耳。

李壽卿的《度柳翠》又名《月明和尚三度臨歧柳》，是一典型的"度脫"劇。該劇"楔子"中老旦扮觀音菩薩上場道：

> 我那淨瓶內楊柳枝葉上偶汙微塵，罰往人世，打一遭輪回，在杭

州抱鑒營街積妓牆下，化作風塵匪妓，名為柳翠。直等三十年之後，填滿宿債，那時著第十六尊羅漢月明尊者，直至人間點化柳翠，返本還元，同登佛會。

"柳翠"原是觀音菩薩淨瓶內的一枝楊柳，偶汙微塵，被罰往人世為妓。全劇便圍繞"月明尊者"下凡點化"柳翠"悟道成佛的過程展開。筆者認為《度柳翠》並非取材於"度柳翠"的民間傳說，而是"主題先行"，即將元代流行的"度脫"觀念具體化，而"月明"和"柳翠"之命名，則明顯具有象徵色彩。"月明"象徵佛法無所不照，"柳翠"象徵淪落凡塵的人類。如：

〔旦兒云〕你是什麼和尚？〔正末云〕我是月明和尚。〔旦兒云〕你是月明和尚，你是那個月？〔正末雲〕柳翠，我這個月單道著你身上哩。〔唱〕若不是月正明，柳也你有誰問？休看我似那陌上的這征塵。（第一折）

這月明曾碾破銀河萬里空，這和尚曾擊響金陵半夜鐘，端的個洗碧落露華濃。（楔子《仙呂賞花時》）

這的是蟾影光磨百煉銅，這月曾照興廢古今同。你則看那北邙山的故塚，都一般瀟灑月明中。（楔《幺篇》）

唱道是佛在西天，月臨上方，才得你一縷陰涼。（第四折《鴛鴦煞》）

這難道不令人聯想起禪宗"月映萬川"的著名比喻？"月明"難道不是從這一經典比喻中化出？而"柳"在古典的話語系統中則代指春色、美色乃至妓女等，可視為"類名"或"共名"，故月明和尚道："柳翠也，自古及今，你這柳身上罪業不輕哩。"（第二折）劇中唱段即借"柳"這一意象大做文章：

早是這光陰速，更那堪歲月緊，現如今章臺怕到春光盡。則這霸

陵又早秋霜近，直教楚腰傲殺東風困。有一朝花褪彩雲飛，那裏取四時柳色黃金嫩。(第一折《寄生草》)

你依仗著枝疏葉嫩當時候，不肯道跨天邊彩鳳，只待要聽枝上鳴鳩。你可也鎖不住心猿意馬，卻罩定野鷺沙鷗。你則戀著他那一時間翠嫩青柔，怎不想久以後綠慘紅愁。(第二折《梁州第七》)

畢罷了斜陽古道愁如織，飽覷著碧天邊蟾光似水，冰輪碾破玉塵飛，早則不倚禪床皺定雙眉。柳也，你見了些朱門日日臨官道，你見了些流水年年繞釣磯。則你那桃花臉休洗楊花淚，斷不了你那章臺上霜風淅淅，渭城邊煙雨霏霏。(第三折《耍孩兒》)

來了你呵，黃鶯也懶更啼，金蟬也無處棲。來了你呵，再不見那綠深處把青驄繫。來了你呵，再不見那舞春風楚宮別院纖細腰。來了你呵，再不見那綴曉露漢殿長門翠眉低。來了你呵，再不見那影翩躚比張緒多嬌媚。來了你呵，再不見那助清涼陶令宅兩行斜映，增殺氣亞夫營萬縷低垂。(第三折《三煞》)

柳也，這不是大樹大陰涼，我則怕甘做了老孤椿。柳也，早逢著玉殿騁鸞客，再休想那章臺走馬郎，度你到西方，飽看月明風清況。(第四折《得勝令》)

作者在這裏並非掉書袋以顯示自己博學多聞，而是通過"柳"以及相關的意象來表達"諸行無常"與超脫塵世的禪理。與馬致遠的《馬丹陽三度任風子》、楊景賢的《馬丹陽度脫劉行首》、谷子敬的《呂洞賓三度城南柳》等"神仙道化"劇一樣，李壽卿的《度柳翠》也是風格嚴肅的"正劇"，絕無滑稽諧謔的意味。

再看田汝成的《西湖游覽志》記載的民間傳說：

普濟巷樂通普濟橋，又東為柳翠井，在宋為抱劍營地。相傳紹興間柳宣教者，尹臨安，履任之日，水月寺僧玉通不赴庭參，宣教憾之，計遣妓女吳紅蓮，詭以迷道，詣寺投宿，誘之淫媾。玉通修行五十二年矣，戒律凝重，初甚拒之，乃至夜分，不勝駘蕩，遂與通焉。

已而詢知京尹所賺也，慚恚而死，恚曰："吾必壞汝門風。"宣教尋亡，而遺腹產柳翠，坐蓐之夕，母夢一僧入戶，曰："我玉通也。"既而家事零落，流寓臨安，居抱劍營。柳翠色藝絕倫，遂隸樂籍，然好佛法，喜施與，造橋萬松嶺下，名柳翠橋，鑿井營中，名柳翠井。久之，皋亭山顯孝寺僧清了，謂淨慈寺僧如晦曰："老通墮落風塵久矣，盍往度之。"如晦乃以化緣詣柳翠，為陳因果事，柳翠幡然萌出家之想，如晦乃引見清了，清了為說佛法奧旨及本來面目，末且厲聲曰："二十八年煙花業障，尚爾耽迷耶？"柳翠言下大悟，歸即謝鉛華，絕賓客，沐浴而端化。歸骨皋亭山，從所度也。（《西湖游覽志》卷十三）

這是一個非常世俗化的故事：一個"修行五十二年""戒律凝重"的高僧，抵擋不住美色的誘惑而破了戒體。有趣的是，玉通和尚的墮落並非故意，也非情願，而是誤中臨安府尹柳宣教故意設下的報復性的"美人計"。後來玉通投胎為柳宣教的女兒，淪落為妓，以敗柳家門風，也很符合中國人冤冤相報的傳統心理。這裏的一切好像都非常符合人情之常，柳宣教的報復，玉通的墮落與反報復，柳翠的淪落以及悟道，很容易引起聽眾或讀者"同情的理解"，而不是憎惡或反感。這顯然不是一個單純的"度脫"故事，其意蘊要比李壽卿的《度柳翠》豐富得多。至少這裏隱含著一種中國固有價值觀念與佛教教義的衝突：人而無欲是否可能？《禮記·禮運》說："飲食男女，人之大欲存焉。"儒家經典的這種男女觀念是被中國人普遍認同的。明清通俗小說戲曲中描寫和尚尼姑偷情的作品之多，就可以見出中國民間對佛教戒淫說的調侃態度。但"度柳翠"傳說中的玉通，不是"花和尚"也不是"酒肉和尚"，他是一位"戒律凝重"的高僧，他可以藐視世俗的權威（柳宣教），但卻不能拒絕美色的誘惑，這是佛門的悲劇，卻是中國民間的喜劇。田汝成的《西湖游覽志》記載杭州民間風俗：

杭州男女瞽者，多學瑟琶，唱古今小說、平話，以覓衣食，謂之陶真。大抵說宋時事，蓋汴京遺俗也。瞿宗吉過汴梁詩云（略），其俗殆與杭無異，若《紅蓮》《柳翠》《濟顛》《雷峰塔》《雙魚扇墜》等記，皆杭州異事，或近世所擬作者也。（《西湖游覽志》卷二十）

與李壽卿《度柳翠》大異其趣的"度柳翠"傳說，居然成了民間喜聞樂道的保留節目。而據清人陸次雲《湖壖雜記》："今俗傳月明和尚馱柳翠，燈月之夜，跳舞宣淫，大為不雅。"類似"豬八戒背媳婦"的滑稽劇，難怪清人翟灝的《通俗編》說："今所演，蓋《武林舊事》所載元夕舞隊之《耍和尚》也。"杭州民間傳說以及據此搬演的"度柳翠"，是否即《耍和尚》，姑且不論，但民間以戲謔滑稽的風格表演玉通和尚誤中美人計，卻是不爭的事實。

也就是說，"月明和尚度柳翠"的本事顯然有兩個系統：一是元人李壽卿《度柳翠》雜劇，一是杭州民間傳說。前者是正劇，後者是喜劇，至少在民間演繹成喜劇。筆者認為，李壽卿的《度柳翠》無論從情節、人物、命意等方面而言，都不可能取材於民間傳說，而是佛教"度脫"觀念的演繹，而"度柳翠"的傳說則不過是中國民間藝人對這一觀念的解讀。考《西湖游覽志》所載傳說，其真實性是很值得懷疑的。通檢宋末潛說友著《咸淳臨安志》卷四十八詳載兩宋杭州府尹，並無柳宣教其人；卷三十七《井》，也不見有所謂"柳翠井"。疑是元末明初民間說書藝人撮合道聽途說、張冠李戴，甚至是憑空虛構，借"月明和尚度柳翠"的話題杜撰出來的故事。"度柳翠"（"柳翠"應視為"類名"）本來是嚴肅正經的主題，而中國民間自古就有"解構"或"消解"嚴肅正經的傳統，解構帝王，解構聖賢，解構神仙，解構英雄，消解一切嚴肅正經的話題，這是民間通俗文學的熱點。和尚好色，尼姑偷情，正是民間藝人借題發揮消解正經的絕好題目。

徐渭的《玉禪師》從情節、人物，正是搬演的"度柳翠"民間傳說，而非李壽卿《度柳翠》雜劇的舊曲翻新。徐渭的《玉禪師》雖然採用北曲，但與元雜劇的"一人獨唱"不同，是生旦皆唱，此姑不論。徐渭並非充滿批判精神或道義感的思想家，雖然其"胸中又一段不可磨滅之氣，英雄失路托足無門之悲"（袁宏道《徐文長傳》），但他其實只是一滑稽多智、游戲人生的浪漫才子。他創作《四聲猿》《歌代嘯》雜劇，戲謔調侃，無非是消解正統，化嚴肅為笑談，令觀眾或讀者在一笑之餘，體悟到人生社會的荒誕。其《玉禪師》雖然也有月明和尚"點化"柳翠的情節，但並非嚴格的"度脫"劇，而是充滿滑稽戲謔的"諧劇"，劇情：柳宣教——紅蓮——玉通——柳翠——月明，我甚至覺得，徐渭也無意於諷刺或嘲笑，而是以一種游戲的態度來搬演佛門故事。第一出玉通和尚出場道：

> 俺想起俺家法門中這個修持，像什麼？好像如今宰官們的階級，從八九品巴到一二，不知有幾多樣的賢否升沉；又像俺們寶塔上的階梯，從一二層爬將八九，不知有幾多般的跌磕蹭蹬。假饒想多情少，止不過忽剌剌兩腳立追上能飛能舉的紫霄宮十八位絕頂天仙；若是想少情多呵，不好了，少不得撲一交跌在那無岸無邊的黑鄷都十八層阿鼻地獄。那個絕頂天仙，也不是極頭地位，還要一交一跌，不知跌在甚惡塹深坑。若到阿鼻地獄，卻就是沒眼針尖，由你會打會撈，管取撈不出長江大海。有一輩使拳頭喝神罵鬼，和那等盤踝膝閉眼低眉，說頓的，說漸的，似狂蜂爭二蜜，各逞兩下酸甜；帶儒的，帶道的，如跛象扯雙車，總沒一邊安穩。謗達摩單傳沒文字，又面壁九年，卻不是死林侵盲修瞎煉，不到落葉歸根；笑惠可一味求心，又談經萬眾，卻不是生胡突鬥嘴撩牙，惹得天花亂墜。真消息香噴噴止聽梅花，假慈悲哭啼啼瞞過老鼠。言下大悟，才顯得千尋海底潑剌剌透網金鱗；話裏略粘，便不是百尺竿頭滴溜溜騰空鐵漢。

與李壽卿的《度柳翠》觀音菩薩的開場白對讀，就不難發現兩者大異其趣。李壽卿在佈道，徐渭在搞笑，這是他的拿手好戲。他曾道："無所不可，道在戲謔。"又道："天下事那一件不可笑者？"玉通和尚的這段開場獨白，就令人觀眾絕倒。最令人叫絕的是，紅蓮勾引玉通的情節，在

《西湖游覽記》中不過"妓女吳紅蓮,詭以迷道,詣寺投宿,誘之淫媾"寥寥數語,而在徐渭的《玉禪師》中則擴展為一出(全劇兩出),於是,別出心裁的場面出現了:

(紅做肚疼漸甚欲死介)

玉通:懶道人,快燒些薑湯與這小娘子吃,想是受寒了。

道人:薑這裏沒有。要便到大殿上去討。半夜三更黑漆漆,著舍要緊。

(紅做疼死復活介)

玉通:小娘子,你這病是如今新感的,還是舊有的?

紅蓮:是舊有的。

玉通:既是舊有的,那每常發的時節,卻怎麼醫才醫得好?

紅蓮:不瞞老師父說,舊時我病發時,百般醫也醫不好。我說出來也羞人,只是我丈夫解開那熱肚子,貼在我肚子上揉就揉好。

玉通:看起來,百藥的氣味,還不如人身上的氣味更覺靈驗。

坐懷亂與不亂,這就是中國民間判別道行高下的試金石。後來,《古今小說》卷二十九《月明和尚度柳翠》將吳紅蓮的這一段演繹為:"妾丈夫在日,有此肚疼之病,我夫脫衣將妾摟於懷內,將熱肚皮貼於妾冷肚皮,便不疼了。"這真是將問題逼到了極端。《楞嚴經》卷一載佛弟子阿難,被摩登伽女淫咒所惑,情難自禁,將破戒體,幸有如來佛遣文殊師利以咒解之。這當然是一個佛教寓言。在徐渭的《玉禪師》中,玉通和尚也想到了這一經典的"度脫"個案:

玉通:當時西天那摩登伽女,是個有神通的娼婦,用一個淫咒把阿難菩薩霎時間攝去,幾乎兒壞了他的戒體,虧了世尊如來才救得他回。那阿難是個菩薩,尚且如此,何況於我?

紅蓮:師父,我還笑這個摩登沒手段,若遇我紅蓮呵,由他鐵阿難也弄個殘。

這真有"呵佛罵祖"的味道。但更有趣味的是,高僧玉通與妓女紅蓮的對唱對白:

玉通:我在竹林峰坐了二十年,欲河堤不通一線。雖然是活在世,似死了不曾然。這等樣牢堅,這等樣牢堅,被一個小螻蟻穿漏了黃河塹。

紅蓮:師父,吃螻蟻兒鑽得漏的黃河塹,可也不見牢。師父,你何不做個鑽不漏的黃河塹?

玉通:我且問你,你敢是那個營娼慣撒奸的紅蓮麼?

紅蓮:我便是。待怎麼?

玉通:你這紅蓮,敢就是綠柳使你來的麼?

紅蓮:也就是。又怎麼?師父,你怎麼這等明白?

玉通:我眉毛底下嵌著雙閃電一般的慧眼,怕不知道。

紅蓮:慧眼慧眼,剛才漏了幾點。

玉通:我想起潑紅蓮這個賊。

紅蓮:師父,少罵些,也要認自家一半不是。

玉通:我與你何愁怨,梨花寒食天,裝做個祭掃歸來風雨投僧院。

紅蓮:不是這等,怎麼圈套得你上。

玉通:又喬裝病症,急切待要赴黃泉,繞禪床只叫行方便。

紅蓮:師父,你由我叫,則不理,我也沒法兒。誰叫你真個與我行方便?

徐渭以一種滑稽諧謔的風格,將中國固有文化中的"色欲"觀念與佛教戒律的衝突凸現出來。而玉通投胎柳家淪落為妓,月明和尚點化其證悟前身,與其說是"度脫",不如說是逢場作戲逗人一笑。第二出外扮月明和尚道:

俺也不曉得脫離五濁,丟開最上一乘,刹那屁的三生,瞎帳他娘四大。一花五葉,總犯虛脾;百媚千嬌,無非法本。攬長河一搭裏酥酪醍醐,論大環跳不出瓦查尿溺。只要一棒打殺如來,料與狗吃;笑倒只鞋頂將出去,救了貓兒。所以上我這黃淡飯,窩出來臭刺刺的東西,也都化獅子糞,倒做了清辣香材;狗肉團魚,嘔出來糜糟糟的涓滴,便都是風磨銅,好裝成紫金佛面。才見得鉗錘爐火,總翻騰臭腐神奇。不會得的一程分作兩程行,會得的呵踢殺猢猻弄殺鬼。會得的似輪刀上陣,亦得見之;會不得的似對鏡回頭,當面錯過。咳!鴛鴦繡出從君看,莫把金針度與人。

這與李壽卿的《度柳翠》中月明和尚滿嘴嚴肅正經的佈道判若兩人。《度柳翠》中的柳翠是被禪理感化,其間還有閻王以地獄相脅（見第二折）,最後才"參透禪關,了達身命,出離塵世"（見第三折《醉春風》）。而《玉禪師》中的柳翠是在月明和尚以"啞謎相參,禪鋒敵對"的啟迪下,省悟種種前因,最後皈依佛道。其間僧妓兩人的對唱對白,幽默機智,令人神往。想當年該劇在舞臺上演出時,一定別有一番情趣。

徐渭的《玉禪師》的命意,似乎並不在揭露佛教的虛偽。徐渭曾拜王畿、季本等王學傳人為師,受到陸王心學影響,同時也研讀佛經,著有《首楞嚴經解》（今佚）、《金剛經序》（見《徐文長佚草》卷一《金剛經跋》《徐文長佚草》卷二）等。雖然並非虔誠的信徒,但對佛教卻有一種迷戀。他在《金剛經跋》中說:"佛說是真實語,的的不誑。"佛所說,乃大徹大悟的真言;而和尚所行,多為矯情。而追求真性情,正是王學影響下的晚明文壇的一種風氣。調侃和尚而尊佛,看似悖論,實則相通。因為在徐渭看來,佛與和尚是有區別的,故他信佛而不信和尚。事實上,在調侃世俗和尚的背後,隱藏著徐渭對佛教真如境界的傾心嚮往。《玉禪師》以及後來的《歌代嘯》雜劇,皆可作如是觀。這是可以在徐渭詩文中得到印證的。又,據近人董康《曲海總目提要》:

相傳渭為總督胡宗憲記室,寵異特甚。渭嘗出游杭州某寺,僧徒不禮焉,銜之。夜宿妓家,竊其睡鞋一,袖之入幕,詭言於少保:

得之某寺僧房。少保怒，不復詳，執其寺僧二三輩斬之轅門。渭為人猜而妒，妻死後再娶，輒以嫌棄。續又娶小婦，有殊色，一日，渭方自外歸，忽戶內歡笑作聲，隔窗斜視，見一俊僧，年二十餘，擁其婦於膝。渭怒，取刀趨擊之，已不見，問婦，婦不知也。後旬日復自外歸，見前僧與婦並枕臥。渭不勝忿怒，便取鐵燈檠刺之，中婦頂門死。渭坐法繫獄，賴援者獲免。一日閒居，忽悟僧報，婦死非罪，賦《述夢詩》二章云（中略），自是絕不復娶。此劇之作，殆藉以自喻也。

此說雖有趣，但乃無稽之詞，不足取信。據王驥德的《曲律》：

徐天池先生《四聲猿》，故是天地間一種奇絕文字。（略）先生居與与余僅隔一垣，作時每了一劇，輒呼過齋頭，朗歌一遍，津津自得。余拈所警絕以復，則舉大白以酹，賞為知音。中《月明度柳翠》一劇，系先生早年之筆。

王乃徐弟子，親見徐渭作《四聲猿》，其說當可信。今人徐俞根據徐詩內證推定《四聲猿》完成於徐入胡幕之前（據徐渭自著《畸譜》，他37歲應胡宗憲召入幕），而《玉禪師》則是其"早年之筆"，大約成於徐渭32歲之時。又據徐渭自作《畸譜》，他31歲時曾寓居杭州瑪瑙寺，而田汝成的《西湖游覽志》刊刻於五年之前即嘉靖二十六年，也就是說，徐渭有可能是在寓居杭州期間耳聞"度柳翠"的民間傳說或讀到田書的記載，覺得有趣好玩，於是創作了《玉禪師》雜劇。其間既無深刻的寓意，更無複雜的背景，不過是游戲人生而已，如徐渭自云："無所不可，道在戲謔。"（《徐文長三集》卷二十一）

馮夢龍所編《古今小說》中有一篇《月明和尚度柳翠》，其人物、情節與命意與徐渭的《玉禪師》基本相同。尤其是其中某些精彩的細節，更是如出一轍。這裏不可避免就有一個誰脫胎於誰的問題。我的看法是，馮夢龍小說脫胎於徐渭雜劇的可能性更大一些。因為，《古今小說》刊刻於明末天啟年間，後徐渭創作《玉禪師》近 80 年。徐渭不可能看到馮夢龍小說，而馮夢龍則肯定看過徐渭的雜劇。徐渭死後，由於袁宏道、陶望齡等人的推崇，聲譽鵲起，至有推《四聲猿》為"明曲之第一""有明絕奇文字之第一"者。眾所周知，《古今小說》所收雖多為宋元舊本，也有馮氏或其他明人改作的故事新編，《月明和尚度柳翠》一篇究系宋元舊本還系馮氏故事新編，文獻闕如，難下定讞。今人胡士瑩《話本小說概論》以小說篇末有"至今皋亭山下有個柳翠墓古跡"，判定其為元明之間的作品，證據似嫌不足。

徐渭的《玉禪師》上演後，又有好事者撰《紅蓮案》，將徐渭引入劇中。近人蔣瑞藻的《小說考證》引《閒居雜鈔》：

> 徐文長《四聲猿·玉禪師翠鄉一夢》用宋月明和尚度柳翠故事，臨川吳士科撰《紅蓮案》，則借文長殺紅蓮，以了前案。吳之意，殆以紅蓮無著落，玉通之恨，終未盡銷邪？玉通、文長，相隔數百年，而合為一時，文人好奇，正復何所不至。（蔣瑞藻《小說考證卷七》）

又述此續貂之作的劇情梗概：

> 徐渭與玉通、月明二師，相好也。杭州太守柳宣教用妓紅蓮計，致玉通化去，渭聞而惡之。渭嘗建書院於西湖，與越王孫等會文其中。其鄰即紅蓮所居，曰紅蓮院，渭誓不一往。諸生人甫寸者，小人也，為紅蓮謀，欲占書院而有之，訟之泉唐令匡羅輸。宣教以紅蓮故，使人說匡，匡亦嘗狎紅蓮者，竟奪書院與之。渭適又疑殺繼妻，令遂錮之獄中，將加刑焉。時胡宗憲總督閩浙，侍郎諸南明、太史張元忭，交薦渭於宗憲，聘入幕府，訪柳、匡劣跡，下獄抵罪。宣教女柳翠，至流落為娼，賣身紅蓮院中。宗憲既討倭有功，軍中又屢致白鹿，皆屬渭作表，世宗嘉之，賜金帛無算。宗憲旋上疏乞休，薦渭才可大任，即以為閩浙總督，乃擒紅蓮並人甫寸諸人，盡殺之。見柳

翠，若舊相識者，因釋不問。翠見月明，頓悟宿因，遂從月明為尼。渭訪玉通舊居與竹林寺，月明、柳翠亦至，暨開玉通之塔，翠忽化為通，與月明相攜化去云。

將徐渭的悲劇人生演繹為這樣的戲說，豈真知徐渭者哉！

原載《清華大學學報》2002 年第 5 期

小說文本:中國文化的另一種解讀

馮夢龍所編《古今小說》第一篇,名曰《蔣興哥重會珍珠衫》(以下簡稱《珍珠衫》)。每當閱讀現代學者引經據典闡釋中國傳統文化的學術論著時,我就要想到這篇堪稱經典的明代擬話本小說。

小說講述了一個明版的"婚外戀"故事:湖廣襄陽棗縣人蔣興哥繼承父業走廣東做買賣,因病滯留異鄉。年輕漂亮的媳婦三巧兒守不住寂寞,與外地客商陳大郎鬧起婚外戀。不料三巧兒竟動了真情,要與陳大郎做長久夫妻,大郎應允先回徽州老家安排妥貼,明年再來帶她遠走高飛。臨別之時,三巧兒取出蔣家的祖傳寶物"珍珠衫"送與情郎。世界上的事情總是冤家路窄,蔣興哥竟然與陳大郎邂逅相遇並成為知交,一日飲酒之間,無意中發現陳大郎身上的"珍珠衫"。他心中一驚,表面卻不動聲色,問起"珍珠衫"的來歷,陳大郎眉飛色舞講述了自己的風流豔遇。蔣興哥強忍悲痛,回到家中,便一紙休書將三巧兒送回了娘家。三巧兒羞愧交加,欲死未能,嫁給南京進士吳傑為妾,隨夫前往廣東潮陽知縣任上。陳大郎未忘舊約,前來棗陽重續前緣,不期路遇強賊,人財兩空。陳妻平氏聞訊,前來接亡夫靈柩回鄉,不料陷入絕境,衣食無著,經人撮合,和蔣興哥結為夫妻,"珍珠衫"失而復歸。後來,蔣興哥又往廣東販珠,在合浦縣遇上人命官司,知縣正是三巧兒的後夫吳傑。三巧兒無意中得知此事,不忘舊日恩情,詭稱蔣興哥是自己出嗣母舅家的親哥,懇求丈夫從中周全。吳知縣審明此案純屬冤案,依法了結,並請蔣興哥來家中與三巧兒相見。兩人相見,情不能禁,相擁而哭。吳知縣問明原由,也感動不已,遂讓這對往日夫妻破鏡重圓。

小說作者想要表達的無非是"果報不爽"的老生常談，正如"入話"中的四句詩所云："人心或可昧，天道不差移。我不淫人婦，人不淫我妻。"與"三言"中的同類小說一樣，名為"喻世""警世""醒世"，但小說中繪聲繪色津津樂道的卻是三巧兒與陳大郎偷情的細節。大概當日的讀者或聽眾最感興趣的就是偷情的故事，這與今日讀者喜歡讀"婚外戀"小說的心理完全相同，人同此心，心同此理。名義上的道德說教或道德批判不過是作者躲避封殺甚至迫害的保護傘。這也正如《金瓶梅》《肉蒲團》等"誨淫"小說一樣，明明是投讀者色情心理之所好，卻要祭出"勸善懲惡"的法寶，真個是"掛羊頭賣狗肉"。但《金瓶梅》一類的小說，卻是解讀人類性意識的經典文本。我曾在哈佛燕京圖書館見一 1930 年代倫敦版的《金瓶梅》英文譯本（依據的自然是"潔本"）譯者 Clement Egerton 聲稱他是因研究弗洛伊德心理分析而注意上這部中國 16 世紀的小說的，並認為這是心理和文化研究的寶藏。經過譯者的生花妙筆，這部俗不可耐的明代市井小說，讀起來居然如左拉的作品（譯序中也確曾將其與左拉和易卜生的作品相提並論）其實，這類赤裸裸表現人類性意識性行為的小說，在明末清初還有很多，只不過大多語言粗俗，手法拙劣，難登大雅之堂，入不了現代學者的法眼。《珍珠衫》還算上乘之作。但這篇明版"婚外戀"小說的技巧也並不高明，採用的是話本和擬話本小說千篇一律的"三段式"結構："入話"——"正話"——"後話"。這類故事，如果由現代作家來敘述，一定是撲朔迷離，搖曳生姿，波瀾起伏；如果是大手筆，還會將人性的弱點寫得很深刻，令讀者對人類情感的複雜性感慨不已，如英國現代作家毛姆的《萬事通》或譯《無所不知先生》。那真是一篇藝術精品，一個普通的偷情故事，居然從一個旅游者的視角，被敘述得那麼引人入勝，妙趣橫生，幽默而又機智，而文筆卻何等乾淨，何等雍容！比較起來，《珍珠衫》的平鋪直敘真是毫無藝術性可言。不過，我們應該理解，"勾欄瓦肆"中的說書人和聽眾，最關注的是故事的內容本身，而不是敘事的藝術——這也正是中國古代小說的共同特點。難怪它們很難再吊起閱讀趣味已經洋化的現代讀者的胃口。

我之所以對這樣一篇小說產生興趣，並產生解讀它的衝動，自然不是被它的故事所感動,也不是為它的藝術而傾倒。我是從這篇平鋪直敘的通俗小說中讀到了古代生活的另一面,與我從經史子集中獲得的中國文化印象大異其趣。我覺得,如果將它視作一個社會生活和文化心理的文本,那麼解讀這樣一個文本,無疑將會使我們看到古代社會和傳統文化的另一面,甚至是更真實的一面,進而質疑:當今學者引經據典所作的種種歷史描述和文化闡釋果真符合當時中國人社會生活的實際嗎?

《珍珠衫》涉及的是文學中的永恆主題:男女問題。按照我們的歷史學家或文化史學家的描述,在傳統社會中,由於受儒家道德的影響,男女之間築起了一道高牆,講究男女之大防,男女授受不親,當然夫妻之間例外。尤其是宋代程朱理學宣揚"餓死事小,失節事大",女性的貞操被視為比生命還要重要。歐陽修在《新五代史・馮道傳》開篇就講述了一位貞婦的故事:王凝妻李氏,因夫病卒於官,攜幼子回鄉,束過開封,欲投宿一旅店。旅店老闆見其獨攜幼子,心生疑惑(懷疑她是人販子)不許她投宿。李氏見天已暮,不願離去,老闆便"牽其臂而出之"。李氏仰天長慟曰:"我為婦人,不能守節,而此手為人執邪?不可以一手並汙吾身。"即引斧自斷其臂。歐陽修一本正經講述這個令我們現代讀者毛骨悚然的故事,自然是別有用意,那就是羞辱於臣節有虧的馮道及其同類,但其對貞婦的讚美也是不言而喻的。毫無疑問,歐陽修的這種男女觀念在那個時代是非常有代表性的,甚至可以說是主流社會的道德準則。唐代張建封死後,其愛妾關盼盼獨居彭城故燕子樓十餘年,大詩人白居易為張生前好友,儘管自己很風流,卻贈詩關盼盼諷其死(見《全唐詩》第十一函《關盼盼小見傳》)。朱熹對漢末蔡文姬的再嫁不但沒有同情的理解,還要嚴加斥責(見《楚辭集注》)。可見,主流人士文化精英的性道德是何等森嚴,對女性的貞操是何等注重,簡直沒有商榷的餘地。不僅如此,在男權至上的傳統社會中,表彰女性貞節是形成制度的,有章可循,有法可依。上至朝廷,下至州縣,都要為李氏這樣的節婦烈女立"貞節牌坊",其中最優秀者還要載入正史的《列女傳》。但是,我們是否就可以據此斷言:普天下中國男女都認同並實踐著這樣的道德準則?《珍珠衫》就提供了一個有力的反證。不僅三巧兒、平氏這樣的女性不拒絕一嫁再嫁,蔣興哥也並不忌諱再娶已婚女人為正妻。平氏再嫁蔣興哥前也有一番顧慮："他既是富家，怕不要二婚的。"媒婆張七嫂說："他也是續弦了，原對老身說：不拘頭婚二婚，只要人才出眾。"這與現代的婚姻觀念有何不同？進士吳知縣娶三巧兒為妾，後又讓蔣氏夫妻破鏡重圓，幾時在計較什麼貞節觀念？三巧兒紅杏出牆，也並非喜新厭舊，或風流成性，而是夫妻長久分居之後精神空虛性欲難熬的古今人情之常。東窗事發之後，她無顏面對丈夫，無顏面對父母，也不是出於貞節觀念，而是自覺對不起丈夫待她的一片真情。尤其是蔣興哥和她離婚時的君子風度，更令她追悔不已。這裏根本不涉及所謂儒家的道德觀念。如果說《金瓶梅》中的西門慶好色縱欲，奪人妻妾，不在乎已婚未婚，不在乎什麼性道德，是任何社會都可能出現的土豪惡霸，不足以證明儒家性道德與古代中國人實際生活的距離，那《珍珠衫》中的蔣興哥可是知禮守法的善良百姓，吳知縣可是飽讀聖賢書的士君子（在那個時代，屬於精英階層）他們尚且不十分在乎女性的貞節，何況經濟地位遠不如他們的數量更眾的廣大百姓？可見儒家尤其是程朱理學宣揚的那一套道德準則並非放之天下而皆准。至少，儒家道德準則與古人實際生活之間存在相當的距離，是不爭的事實。

事實上，統治者推行的禮教或精英人士宣揚的道德觀念是一回事，普通百姓的實際生活又是另一回事，兩者之間不能簡單地畫上等號。朝廷表彰，正史記載，道德家宣揚，正說明在現實生活中，貞婦烈女並不多見，所以才被捧到這等地步。物以稀為貴，這是眾所周知的常識。儘管宋代以後，程朱理學成為官方欽定的主流話語，士君子也不乏身體力行者，民間社會不可能不受其影響，但我們卻不能說廣大中國人的社會生活尤其是男女生活是完全按照這種道德模式建構起來的。我們讀宋元以來的通俗小說，就明顯感到民間社會的生活極富人情味，男女之間，夫妻之間，並非如道學家一廂情願要求的那麼循規蹈矩，那麼道貌岸然。《珍珠衫》不過是其中一例。也許，有人會說，小說家言出於道聽途說，甚至是向壁虛構，其真實性值得懷疑。其實，凡治中國小說史者，大概都有這樣的同感，中國古代小說家缺乏的恰恰就是虛構能力。他們不善虛構，或不喜虛構，內容大都取材於生活中的真人真事或前人記載，他們不過在此基礎上添枝加葉，鋪張渲染，以動人耳目。換言之，中國古代小說大都是現實生活或歷史的"通俗演義"。這大概也算是"源於生活，高於生活"的注腳吧。不僅"三言二拍"如此，《金瓶梅》《醒世姻緣傳》《紅樓夢》《儒林外史》《品花寶鑒》《九尾龜》《海上花列傳》《官場現形記》《二十年目睹之怪現狀》《老殘游記》等描寫社會生活的長篇巨制也莫不如此。所以，考證古代小說的本事，將小說還原為歷史，成了古今小說研究專家的一大嗜好。中國古代小說這種寫實的特點，也許是中國史文化傳統在文學上的反映，在今天演變為所謂的"紀實文學"。某些文學批評家不解，既然是"紀實"，怎能叫"文學"？好像"文學"都非出自虛構不可。他們昧於中國古代小說甚至詩文的紀實傳統，不知中國文學自古注重"觀風俗，知薄厚"的認識功能。孔子尚且說"詩可以觀"，況通俗小說乎？小說亦可以觀，觀世態，知人情。竊以為，在認識社會生活世態人情這一點上，通俗小說的價值也許遠遠超過精英文化所創造的各種文本。即以宋以後的中國文化為例，理學家的語錄、黃宗羲所編的《明儒學案》、全祖望所編《宋元學案》，無非是宋元迄明的學術思想史料；《宋史》《元史》《明史》等高文典冊，無非是主流社會的"宏大敘事"，宋元以來的集部，無非是精英階層的生活寫照或情感表現。如果我們據此來解讀中國民間社會的文化心理，或據此重構中國古代社會的全景，雖然方便省事，但無疑也是很危險的。

關鍵問題是，我們今天所讀到的有關中國文化的權威闡釋和歷史描述，大多都是對精英文化的闡釋和對主流社會的描述。即使是所謂的實證性研究，也習慣於引經據典，從主流傳統中去尋找中國傳統文化種種劣根性或優越性的證據，好像幾位聖賢的語錄、朝廷的制度或正史上的幾個事例，就是中國文化的傳統。這就難免失真，進而誤導後學以及廣大普通讀者。法國18世紀啟蒙思想家伏爾泰、狄德羅、霍爾巴赫等人對中國文化情有獨鍾，在他們的想象中，中國人都以孔子的教導為具體行為的準則，過著理性道德的生活。德國哲學家萊布尼茲也對儒家道德政治讚譽有加。這些讚譽，即使在我們中國人自己看來，也有"盛名之下，其實難副"的感覺。伏爾泰這些第一流的歐洲學者"不識廬山真面目"，並非"只緣身在此山中"。他們誤讀中國文化的原因，與今天中國學者誤解老祖宗的原因幾乎一樣，那就是眼睛只盯在精英文化上，忽視甚至無視非精英非主流文化。伏爾泰等人並非想當"中國通"，無非是想從東方文化中尋找精神資源，以批判歐洲當時的封建專制，正如現代某些中國學者引進西學旨在消解"大一統"的主流話語一樣，"郢書燕說"在所難免，情有可原。彼之所謂"中國文化"或此之所謂"西方文化"，大都是憑藉此邦或彼邦精英人士的某些文本加上自己一廂情願的想象建構起來的海市蜃樓般的"空中世界"，在現實生活中並不存在，至少與現實生活存在相當距離。如果據此來尋找"廬山真面目"，那無疑會誤入歧途。曾有學者聲稱21世紀是中國文化的世紀，列舉中國文化的種種優點，諸如"自強不息""天人合一""內在超越"等；也有學者對傳統文化痛心疾首，道是中國傳統文化扼殺人性，例證就是程頤說的"餓死事小，失節事大"，朱熹說的"存天理，滅人欲"，就是歷代王朝宣揚的綱常倫理，以及魯迅在《狂人日記》中揭露的"吃人的禮教"。見仁見智，不一而足。雙方的證據自然都是十分有力的，但他們忽略了一個事實，還有許多在主流社會之外的中國人，他們並不是都過著聖賢或士君子那樣的生活，如在家庭婚姻性生活方面，就不是儒家道德程朱理學的一統天下。這就形成了另外一種中國文化。宋元以來的通俗小說如《珍珠衫》等，就展示了這種生活這種文化的一個片斷。即使知書識禮的士君子們，其生活態度道德實踐果真就那麼符合綱常倫理嗎？以今推古，我始終表示懷疑。我們由此可以推知，古代中國普通百姓包括不少士君子的性道德性觀念，其實並不如我們想象的那樣封閉，那樣保守。中國人憎惡道貌岸然的偽君子，並非始自現代。須知古今中外的人性如"食色"，是沒有什麼本質差異的。如果說有什麼不同，那就是我們從西方引進一夫一妻制後，傳統的一夫一妻多妾制被理所當然宣佈為非法，從制度上給男女平等的婚姻提供了法律保證。至於性意識，我以為，並無本質的變化。讀明清通俗小說，不難得到印證。

20世紀80年代學界"文化熱"時，曾在《讀書》上見一篇文章，說中國文化是"吃文化"，西方文化是"性文化"。作者旁徵博引各種文獻證明中國傳統道德在男女之事上的禁欲主義和保守主義，而在吃喝方面卻堪稱世界之最，上至皇帝，下至百姓，請客吃飯蔚然成風。吃得花樣百出，吃得稀奇古怪，形成獨步世界的飲食文化。官場商場，軍界學界，應酬交際，婚喪嫁娶，逢年過節，無不以"吃"為主題。老子曰"民以食為天"，民諺曰"飽暖思淫欲"，都以"吃"為人生首要大事。相比之下，西人吃得簡單，吃得單調，他們的心思和興趣都用在了男女問題上。證據就是西方愛情詩愛情小說黃色影像遠遠超過中國。中國多饕餮之徒，西方多好色之士。我曾以此請教一位外教，外教莫名其妙："如果說中國是'吃文化'，那中國這麼多人口，世界第一，又是怎麼來的？"事實上，中國人從來都是食色並重，《禮記·禮運》就說："飲食男女，人之大欲存焉。"孔夫子也曾感慨："吾未見好德如好色者。"禁欲或清心寡欲，無非是少數聖賢的道德說教或某些宗教（例如佛教）的人生取向，不能等同於普通百姓甚至士君子的人生追求道德實踐。明清小說戲曲，例如《月明和尚度柳翠》（《古今小說》）、《聞人生野戰翠浮庵》（《拍案驚奇》）、《僧尼共犯》（馮惟敏雜劇）等，不是就嘲笑了宗教禁欲主義的虛偽，表現了男女情欲的難以遏制嗎？如果我們將這些小說與薄伽丘的《十日談》對讀，就不難發現，古代中國人與西方人對男女性愛的認識，幾乎同樣開放，同樣富有人情味。只有在"文革"十年，中國男女青年的性封閉、性神秘才達到荒謬絕倫曠古未聞的程度。但這是所謂"制度創新"的產物，不能簡單地歸咎於中國固有的文化傳統。

　　文化傳統是多元的，是有層次的結構。哲學史或學術思想史，展示的是精英階層的精神世界，是傳統士大夫的"精神現象學"，既非現實世界的翻版，也非中國文化的全部。僅憑思想或觀念來描述豐富多彩的文化傳統，就如同後人僅以幾個榜樣、幾項法令、幾篇社論或我們今天在書齋裏創造的各種學術思潮來解讀當代中國人的精神生活和現實生活，那無疑是非常可笑的。當然，《珍珠衫》一類的小說戲曲，反映的也只是古代中國人生活的一個側面，並非全貌。但有一點是可以肯定的，當我們論及或比較任何文化傳統時，應該謹慎一些，不要簡單化。

原載《四川大學學報》2001 年第 6 期

白蛇傳：民間傳說的三教演繹

據說，"白蛇傳"是中國古代"四大民間傳說"之一。現代各種形式的演繹很多，而且深受廣大觀眾喜愛。"白素貞"這個芳名聽來也許有些道學氣，不如"白娘子"那樣富有人情味，但這位由蛇修煉成仙幻化為人的美女，不僅令戲中的許仙神魂顛倒，更令戲外的觀眾如癡如醉。這是一種很有趣也很奇怪的審美現象。因為，蛇之為物，尖頭細腦，蟠繞蠕動，這樣的形象在平常人的平常心中，似很難激起生理上的快感與心理上的美感。事實上，在古今人的心目中，蛇幾乎都是邪惡的象徵，即使幻化為美女，也不會改變其邪惡的本性。我們這一代人從小就被諄諄告誡：要警惕"美女蛇"。這個形象生動的比喻，曾被官方和民間輿論廣泛應用，成為革命時代的經典話語之一。白娘子不就是"美女蛇"嗎？它何以能引起現代廣大觀眾"同情的理解"甚至熱烈的共鳴呢？

通常的解釋是，這個傳說以及根據這個傳說演繹的戲曲影視，表現了古代青年男女追求戀愛自由、婚姻自主的渴望，因而具有反封建的精神。我認為這樣的解釋很牽強。因為，自從西漢司馬相如與卓文君兩情相許私訂終身以來，有情人不顧"父母之命、媒妁之言"的婚姻習俗而自由戀愛的佳話，就在後代層出不窮，被書會才人浪漫文人編為小說與戲曲，廣為傳播，如元雜劇《西廂記》《牆頭馬上》，明傳奇《牡丹亭》《燕子箋》等，作者中不乏阮大鋮這樣的無行文人。無論以舊道德還是新倫理來評判，阮大鋮都絕非善類，更不可能封他為"反封建"先驅。動輒給"才子佳人"貼上"反封建"的標籤，曾是現代很流行的批評模式，古人的情感世界與藝術世界就這樣不分青紅皂白被納入教條主義的闡釋框架之中，可謂化神奇為腐朽。一言以蔽之曰：煞風景。例如《牡丹亭》，杜麗娘由夢生情，由情成病，由病而殞，這樣一個古今中外人生皆無法回避而又非常尷尬的青春心理與生理的問題，怎能簡單地以"反封建禮教"的批評模式闡釋之？排開先入之見，細讀原作，我們就會發現，湯顯祖的深刻之處，就在於他超越道德倫理的立場，非常真實地表現了少女青春覺醒後的鬱悶與衝動，可以說是以藝術的形式，提出了一個弗洛伊德式的心理分析個案。杜麗娘式的春夢，難道不是弗洛伊德《詩人與白日夢》的注腳？杜麗娘的父母也絕非通常意義上的所謂"封建家長"。杜寶夫婦對女兒的憐愛與擔心，與現代父母的心情沒有什麼兩樣，正所謂"可憐天下父母心"。

"白蛇傳"這個傳說也許很另類，首先它不是流行的才子佳人模式，而是人蛇之戀，許仙乃杭州生藥鋪一打工仔，要地位沒地位，要金錢沒金錢，天上突然掉下這個白娘子。而白娘子聰明美麗，一往情深，法海禪師從中作梗，使自由戀愛的有情人成不了眷屬。這難道表現的不是反封建思想？關鍵問題是，法海並非"封建家長"，不過一和尚一高僧而已，他有什麼權力什麼理由去干涉破壞世俗男女的戀愛婚姻？這與佛法與人情都說不過去。其實，歷史上也沒有這樣多管閒事的和尚與高僧。法海之所以拆散這一對鴛鴦，是出於救人於厄的慈悲，因為白娘子原來是一條蛇，修煉成仙幻化成人，所謂"美女蛇"，而許仙被其迷惑被其纏繞。這顯然是一個宗教隱喻，卻被今人作了奇特解會。白娘子這個美麗多情敢愛敢恨、富有犧牲精神與擔當精神的現代形象，其實就是很多中國男性的夢中情人，不過出身可疑而已。但在科學昌明的現代，白娘子的出身乃一偽問題。誰真相信蛇能幻化為人？但在現實生活中，"出身"的確曾是糾纏現代中國人的一個惡夢。舊時代的門第出身觀念且不說，"文革"中的"牛鬼蛇神"就是出身可疑之人，而"蛇女"或"鬼男"的生死戀，也多是由"出身"引發出來的悲劇。這種情結在"文革"後的舊戲新編中，不可能沒有反映。如袁多壽"文革"結束後的1979年改編的秦腔《白蛇傳》，當許仙得知白娘子（芳名"白雲仙"）是蛇身後，不但沒有恐懼感、厭惡感，反而宣稱："你縱是妖，我就愛妖；你縱是蛇，我就愛蛇！"① 也許只有"文革"過來人，才能深切體會這份愛情宣言的歷史沉重感與滄桑感。可以說，白娘子這個形象之所以能引起現代觀眾的"同情的理解"與熱烈共鳴，首先因為蛇的隱喻義已脫胎換骨，象徵一種現代自由精神，其次是這種演繹藝術地再現了很多現代中國男性的白日夢。

這顯然不是古代民間傳說"白蛇傳"的原旨。西湖白蛇的民間傳說，其實很簡單。據明人田汝成《西湖游覽志》卷三："雷峰塔……吳越王妃於此建塔，始以千尺十三層為率，尋以力未充，姑建七級，後復以風水家言，止存五級，俗稱王妃塔。以地產黃皮木，遂訛黃皮塔。俗傳湖中有白蛇、青魚兩怪，鎮壓塔下。"② 明人朱國禎《湧幢小品》卷三十二："雷峰塔相傳鎮青魚、白蛇之妖。嘉靖時，塔煙搏羊角而上，謂兩妖吐毒，迫視之，聚虻耳。"③ 所記西湖之怪還有三尾龜、三足蟾。"俗傳""相傳"云云，表明此乃西湖民間傳言。白蛇與青魚兩怪何以被鎮壓雷峰塔下，則語焉不詳。很多民間傳說原來並沒有首尾貫穿的完整故事，可能是一個簡單的情節片段，甚至也可能就是一種說法而已，如雷峰塔鎮白蛇、青魚之妖一類。而且，即使是如此簡單的傳言，最早的文字記載也僅始見於明代後期。我通過電腦搜尋《四部叢刊》《四庫全書》等大型叢書，可以確鑿無誤地證實這一點。據田氏《西湖游覽志》卷二十："杭州男女瞽者，多學琵琶，唱古今小說、平話，以覓衣食，謂之陶真。大抵說宋時事，蓋汴京遺俗也。……若紅蓮、柳翠、濟顛、雷峰塔、雙魚扇墜等記，皆杭州異事，或近世所擬作者也。"④ 這個雷峰塔鎮白蛇、青魚之妖的簡單傳說，經過明代杭州說書藝人之口，如何演繹為曲折離奇、內涵豐富的蛇妖迷人的故事，則無從得知。

古人是相信蛇或其他動物幻化為人這一類故事的。如果說上古傳說中的伏羲"人面蛇身"源於原始圖騰信仰，那麼秦漢以後的蛇變人的傳說，

---

① 袁多壽改編：《白蛇傳》，陝西人民出版社 1979 年版。
② 田汝成：《西湖游覽志》，上海古籍出版社 1980 年版。
③ 朱國禎：《湧幢小品》，中華書局 1958 年版。
④ 田汝成：《西湖游覽志》，上海古籍出版社 1980 年版。

就源自一種普遍的迷信。如《太平廣記》四百五十六引《瀟湘錄》記華陰縣令王真妻被一少年誘姦，引《集異記》記鄧家女被一白衣少年幻惑，引《廣古今五行記》記會稽郡吏薛重妻與一醉漢同眠，其誘姦幻惑者皆蛇所變。① 古人志怪小說，非同後代小說純出自虛構，多是見聞的實錄。我們今人視之為迷信，古人卻信以為真。清人錢泳《履園叢話》卷十六："世傳盲詞有《白蛇傳》，雖婦人女子皆知之，能津津樂道者，而不知此種事世間竟有之。"② 他舉以為證的，是乾隆年間其幕友某君嫁女時所遇鱉精蝦精奪女事，言之鑿鑿。同卷記某賣碗者娶蛇妻事，同樣言之鑿鑿。由此可見，蛇能變人，在古人那裏，並非妄言；但在唐宋以來的觀念中，非妖即邪，遇之不祥。《太平廣記》卷七百五十八引《博異志》記唐隴西人李黃於長安東市邂逅一白衣佳麗，為色所迷，隨至其宅，求與尋歡，三日歸臥，但覺被底身漸消盡，其妻揭被而視，空注水而已，唯有頭存。家人尋白衣佳麗宅所，乃空園，有一皂角樹，彼處人云：往往有巨白蛇在樹下。這一傳說，還有不同版本，為色所迷而喪命者為金吾參軍李琯。這個故事《古今說海》引作《白蛇記》，被許多現代學者視為民間傳說《白蛇傳》的最早版本或最早來源，顯然很牽強。第一，蛇變人是歷代皆有、各地皆有的迷信，明代出現的白蛇傳說不一定是從唐代筆記小說演化而來，這裏沒有可資尋繹的痕跡，我們沒有必要捕風捉影把兩者生拉硬扯在一起；第二，唐代小說中為蛇妖所迷者，李黃為鹽鐵使李遜之猶子，李琯為鳳翔節度使之侄，記錄者也為文人士夫，而非所謂"民間"。如果考慮到筆記小說實錄的特點，我們更不能將其與"民間傳說"等量齊觀。然而，有一點是共同的，無論蛇變男還是變女，皆為妖為邪。《聖經·舊約》謂蛇引誘夏娃偷吃知善惡果，而人類終於失去樂園，這當然是一個隱喻。但在猶太教、基督教世界中，蛇作為象徵，肯定不是善類，與中國古人觀念不約而同。真是人同此心，心同此理。

明人洪楩所編《清平山堂話本》中有《西湖三塔記》一篇，可能要算是西湖白蛇故事最早的版本。這篇小說文字粗疏，但已有比較完整的故事

---

① 李昉等：《太平廣記》，中華書局 1961 年版。
② 錢泳：《履園叢話》，中華書局 1961 年版。

情節：宋孝宗淳熙年間，臨安湧金門有一人，姓奚名宣贊，年方二十餘，已婚，一生不好酒色，只喜閑耍。清明節到西湖觀玩，救一迷路女孩卯奴。卯奴婆婆尋來，感謝宣贊，邀至其家。見一如花似玉的白衣娘子，不覺心神蕩漾。但此白衣娘子乃一吃人心肝的妖怪，覓得新歡後，便要殺舊人。幸得卯奴相救，宣贊兩次逃離。宣贊有一叔叔奚真人，在龍虎山學道，望見城西有黑氣，特來降妖，妖怪現形：卯奴是烏雞，婆子是個獺，白衣娘子是條白蛇。奚真人化緣，造三座石塔，鎮三怪於湖內。[1] 這很顯然是道教徒或信仰道教的說書藝人對民間迷信傳說的一種演繹。也是較淺薄的演繹。奚宣贊與白衣娘子（白蛇）之間沒有後來那麼多曲折離奇、引人入勝的故事，白蛇儘管如花似玉，不好酒色的奚宣贊也一見傾心想入非非，但她不掩飾自己的窮凶極惡，當著新歡的面把舊人開膛破肚取出心肝，用以侑酒。這種令人毛骨悚然的恐怖描寫，正是民間百姓對妖魔鬼怪的想象與理解。這裏不涉及後來被突顯的色欲或兩性感情問題，無非借著西湖三怪的由頭，又把道教老掉牙的降魔伏妖神話再重復一遍。不過民間百姓是相信這個世界上有妖魔鬼怪的，所以這種了無新義但卻具體到西湖的故事，由說書藝人在杭州現場說法，還是能引起聽眾的興味。

馮夢龍所編《警世通言》中有《白娘子永鎮雷峰塔》。雖係晚出，但卻應該是後來各種"白蛇傳"的藍本。這篇小說是馮氏搜集他人之作，還是自出機杼，不得而知，但很顯然是從佛教立場來演繹西湖白蛇傳說的。小說的敘事技巧比《西湖三塔記》高明得多，寓意也比後者深刻得多豐富得多。佛道二教都曾借用通俗文學如戲曲小說的形式，來演繹其教義。如元代盛行"神仙道化劇"，臧懋循《元曲選序》引朱有燉《涵虛子》謂"雜劇十科"，第一即"神仙道化"，皆以道教神仙點化度脫凡人為主題。從文學表現的藝術看，道教徒比佛教徒要遜色許多，根本不在同一水平線上。我想大概因為，佛教有一種悲憫情懷，對人性的弱點有深刻的感悟與理解，故能直指人心。如這篇小說，它當然是在闡釋佛教教義，後話中法

---

[1] 洪楩：《清平山堂話本》，上海古籍出版社1984年版。

海題詩:"奉勸世人休愛色,愛色之人被色迷。心正自然邪不擾,身端怎有惡來欺?但看許宣因愛色,帶累官司惹是非。不是老僧來救護,白蛇吞了不留些。"許宣坐化前留詩:"祖師度我出紅塵,鐵樹開花始見春。化化輪回重化化,生生轉變再生生。欲知有色還無色,須識無形卻有形。色即是空空即色,空空色色要分明。"這皆是老生常談式的說教,要在看完這篇小說後才能有所思有所悟。儘管小說市井生活味很濃,對市民社會人情世故的表現很細膩很到位,但我覺得這篇小說整個就是一種隱喻,或者說是象徵小說。許宣是凡人,年二十二,自幼父母雙亡,未婚,在姐夫李仁的生藥鋪做主管,但也有七情六欲,也有愛美之心。因清明前到保俶塔寺燒香追薦祖宗,雨中與白娘子邂逅同船。小說寫道:"許宣平生是個老實之人,見了此等如花似玉的美婦人,傍邊又有個俊俏美女樣的丫鬟,也不免動心"。這寫得非常入情入理。經過系列曲折,許宣由杭州而蘇州而鎮江,誤會解除,有情人終於成了眷屬。婚後生活幸福無比,小說寫道:"白娘子放出迷人聲態,顛鸞倒鳳,百媚千嬌,喜得許宣如遇神仙,只恨相見之晚";"夫妻二人如魚似水,終日在王主人家快樂昏迷纏定"。這可能就是凡人追求的幸福生活。但小說作者埋下了一條伏線,許宣的幸福是必須付出代價的,因為白娘子是蛇,邪惡的象徵。許宣一次次陷入困境,但又一次次執迷不誤,直至鎮江金山寺遇上法海禪師。法海乃唐代高僧,我游鎮江金山寺,曾在法海洞前徘徊久之,想象當年小說作者要把這位唐代高僧拉到明代小說中來的苦心。人生在世,為欲所苦,而諸欲之中,色欲第一。俗言曰:"萬惡淫為首。"又曰:"紅顏禍水。"人為色所迷為色所苦。這裏當然有傳統的男性單邊主義,將責任推在女性身上;也有現實人生的感悟。事實上,古往今來,許多人生悲劇的確是因沉湎美色、縱欲無度所釀成的。但人常為物欲所驅使,執迷不悟。如何超脫世俗之苦,也正是佛千言萬語要開解的人生之謎。如是我聞,我聞如是,佛苦口婆心千言萬語,其實都是在譬喻。這篇小說也是譬喻,是勸世文學,"警世"是也。當然,這個以佛家視角演繹的話本小說也非原生態的民間傳說,它是對西湖民間迷信傳說的升華,也是佛道二教互爭高下的一種反映。小說中的終南山道士看見許宣頭上一道黑氣,知道是有妖怪纏他,但最後不但未能救得許宣，自己還當衆出醜，被白娘子戲弄一番。這顯然是對道教演繹的"白蛇傳"的解構。因為佛家的演繹更富人情味與市井味，所以在清代廣泛流傳，成為各種民間說唱文學、地方戲曲所祖的藍本。據傅惜華先生所編《白蛇傳集》，有馬頭調、八角曲、鼓子曲、寶卷、子弟書、南詞、灘簧、傳奇等。通讀這些作品，儘管比小說《白娘子永鎮雷峰塔》增加了一些情節，如盜靈芝、水漫金山、哭塔、祭塔等，尤其是強化了白蛇對許宣的情感，甚至兩人還生下兒子許錫麟（或名許蛟龍、許猩猩等），後中狀元，要前往西湖拆塔救母。與許宣皈依佛教不同，許錫麟因有殺母之仇，痛恨法海，不共戴天。但這裏表現的也非所謂"反封建"，而是孝道。皇帝恩准其前往祭母，但不許拆塔。這些作品仍舊保留了小說的基本主題，並未將白娘子塑造為善類，更未將許宣塑造為情色在所不惜的鬥士。而是在佛教勸世的主題下，加入了儒教倫理的演繹，也加入了中國民間的世俗趣味，諸如"水漫金山"等情節，舞臺一定非常熱鬧。而且，許宣原是如來佛的捧缽侍者，白娘子原是峨嵋山白蛇，在西王母蟠桃園潛修千年，因慕紅塵勝境錦繡繁華，不禁動了欲念。法海乃奉佛命下凡拯救許宣。值得一提的是乾隆年間方成培改編的傳奇《雷峰塔》，據方氏序，適逢"璿閨之慶"，淮商得以共襄盛典，大學士高某令商人於祝嘏新劇外，開演斯劇。《清稗類鈔》記演出實況："高宗南巡時，須演新劇，乃延名流數十輩，使撰《雷峰塔》傳奇。然又恐伶人之不習也，即用舊曲腔拍，以取唱衍之便利。若歌者偶忘曲文，亦可因依舊曲，含混歌之，不致與笛板相迕。當御舟開行時，二舟前導，戲臺即架於二舟之上，向御舟演唱。高宗輒顧而樂之。"① 這說明"白蛇傳"不僅流行於市井民間，而且也獲得了士大夫階層甚至皇家的認同。原因很簡單，明清人演繹的"白蛇傳"，儘管情節有出入，語言有雅俗，但皆以法海超度許宣為主題，法海收服白蛇，情節曲折，場面熱鬧，才可能在慶典上演。方氏有感於舊劇"辭鄙調訛"，乃"重為更定，遣詞命意，頗極經營，務使有俾世道，以歸於雅正"。②

---

① 轉引自蔣瑞藻《小說考證》續編卷五，上海古籍出版社1984年版。
② 轉引自傅惜華編《白蛇傳集》，上海古籍出版社1987年版。

第一出《開宗》釋迦牟尼文佛的開場白即明確交代了此劇的主題：
"空即是色，色即是空。要知非色非空，須觀第一義諦。誰識無文無字，
是為不二法門。吾乃釋迦牟尼文佛是也。于毗嵐後，現清淨身；自無始
來，出廣長舌。揚法舸，救迷津，騰漢廷而皎夢；持慧燈，燦長夜，照東
域以流慈。珠纓大士，常登護法之筵；金杵神王，每夾降魔之座。今日慧
眼照得震旦峨嵋山，有一白蛇，向在西池王母蟠桃園中，潛身修煉，被他
竊食蟠桃，遂悟苦修，迄今千載。不意這妖孽，不肯皈依清淨，翻自墮落
輪迴，與臨安許宣，締成婚媾。那許宣原系我座前一捧缽侍者，因與此妖
舊有宿緣，致令增此一番孽案。但恐他逗入迷途，忘卻本來面目。吾當命
法海下凡，委曲收服妖邪，永鎮雷峰寶塔，接引許宣，同歸極樂。"與黃
圖珌前此所作同名傳奇比較，方氏《雷峰塔》更加儒教倫理化，如白娘子
盜銀，許宣姐夫並未勸許宣自首，而是讓許宣出門避禍，自己前往衙門
舉報。白娘子赴嵩山南極仙翁處求（非盜）昏昏九死還魂仙草，與白鶴
童子、鹿仙翁、東方仙翁等神仙相戰，後被葉仙翁所擒，白娘子求情，
道出欲救丈夫性命的苦衷，仙翁命鶴童取仙草與她，並放歸還。眾仙不
解："此妖既已被擒，為何反放了他去？"葉仙翁道："他丈夫許宣乃世
尊座前一捧缽侍者，與此妖原有宿緣，故降生臨安，了其孽案。今被他
驚死，看世尊之面，理應救之。這妖以後自有法海禪師收取。"第二十五
出《水鬥》，法海祭起寶缽，欲收白蛇，忽被文曲星托住，許宣問："可
曾收取那妖孽？"法海道："這孽畜腹中懷孕，不能收取。"在佛教的基
礎上，加入了儒家觀念。第二十六出《斷橋》表現的也非夫妻情深，而
是白娘子怨恨，許宣恐懼，而後與其周旋。全劇的看點，正如《開宗》
所總結："覓配偶的白雲姑多情吃苦，了宿緣的許晉賢薄倖拋家，施法力
的海禪師風雷煉塔，感孝行的慈悲佛懺度妖蛇。"已遠離西湖民間迷信傳
說的原意。

　　總之，"白蛇傳"原是西湖民間迷信傳說，經過道、佛、儒三教的演
繹，在清代最後成為以拯救、超度為主題的宗教倫理勸世劇。至於它的推
陳出新，以自由戀愛、婚姻自主為主題，則是現代觀念的演繹，與古代民
間白蛇傳說大異其趣。我這裏並非認為現代藝術演繹一定要忠實古代民間

傳說原型，而是認為兩者之間有明顯的不同，不應該混為一談，否則就是一種觀念上的誤導。而這種以今律古、以今釋古的誤導，在古代民間傳說的現代演繹與古典文學的現代闡釋中，比比皆是，導致現代中國人對傳統文化極大的誤解。

原載中華書局《項楚先生欣開八秩頌壽文集》

朱熹與嚴蕊：從南宋流言到晚明小說

程朱理學雖在明代被朝廷定為官學，但自明代中期王守仁心學流行以來，就不斷受到質疑和挑戰，不過因朝廷功令所在，才得以繼續維持其官學的正宗地位。《明史·儒林傳序》云："宗守仁者曰姚江之學，別立宗旨，顯與朱子背馳，門徒遍天下，流傳逾百年，其教大行，其弊滋甚。嘉、隆而後，篤信程朱，不遷異說者，無復幾人矣。"（卷二百八十二《儒林一》）但這主要是士大夫精英階層的學術思潮，是儒學內部的學理之爭，不是儒學基本價值的解構與顛覆，對民間文化心理的影響並不大。以白話通俗小說為例，我們從中雖然可以偶爾讀到對假道學的譏諷，但更多的還是對儒學基本價值的肯定與褒揚。理學與心學之間的緊張，"性即理"還是"心即理"，"存天理"還是"致良知"，諸如此類的思想交鋒學術爭論，不是通俗小說家感興趣的話題。唯一例外，晚明凌濛初寫過一篇解構道學家朱熹的小說，因而格外引人注目，今日文學史論及凌濛初"二拍"，都要提及，以突顯其對程朱理學假道學的批判精神。

凌濛初這篇小說，乃根據宋人筆記敷演成文，名《硬勘案大儒爭閒氣，甘受刑俠女著芳名》（《二刻拍案驚奇》），話頭是"世事莫有成心"："道學的正派，莫如朱文公晦翁，讀書的人那一個不尊奉他？豈不是個大賢？只為成心上邊，也曾斷錯了事。"但在凌濛初筆下，朱熹不僅是因有"成心"而斷錯事，簡直就是個心胸狹隘、心狠手毒的卑鄙小人。被小說譽為"俠女"的嚴蕊，台州官妓，色藝俱佳，"琴棋書畫，歌舞管弦之類，無所不通"，而且"行事最有義氣，待人常是真心"。台州太守唐仲友，"少年高才，風流文采"，見嚴蕊"如此十全可喜，盡有眷顧之意"。良辰佳節公私應酬之際，召其來"侑酒"，陪酒助興，"卻是與他謔浪狎昵，也算不得許多清處"。朱熹時任提舉浙東常平倉，聽說唐仲友譏諷他"尚不識字，如何做得監司"，很憤憤然，便借口"台州刑政有枉"，要親往巡視，實際上是找唐的茬子。事出突然，唐迎接不及，朱熹竟惱怒道："果然如此輕薄，不把我放在心上。"當即追取了唐的太守印信，上本參奏："唐某不伏講學，罔知聖賢道理，卻詆臣為不識字；居官不存政體，褻昵娼流。鞫得姦情，再行復奏。"將嚴蕊收監，嚴刑逼供，追勘其與太守通姦情狀。唐不服，也上奏自辨："朱某不遵法制，一方再按，突然而來，因失迎候，酷逼娼流，妄汙職官。力不能使賤婦誣服，尚辱瀆奏，明見欺妄。"宋孝宗問宰相王淮："二人是非，卿意如何？"王淮是唐同鄉友人，以"此乃秀才爭閒氣"為答，將朱、唐兩人各自平調，了結了這樁公案。

小說的濃筆重彩是寫妓女嚴蕊，一個風塵中弱女子，受盡嚴刑拷打，也只說："循分供唱，吟詩侑酒是有的，曾無一毫他事。"朱熹將她發往紹興，異地監禁，繼續追勘。獄官出於同情之心，勸她及早招認。嚴蕊卻說："身為賤伎，縱是與太守有奸，料然不到得死罪，招認了有何大害？但天下事真則是真，假則是假，豈可自惜微軀，信口妄言，以汙士大夫？今日寧可置我死地，要我誣人，斷然不成！"嚴蕊"聲價騰湧"，輿論至比為"古來義俠之倫"。小說結尾道："後人評論這個嚴蕊，乃是真正講得道學的。"並引七言古風譏諷朱熹："君侯能講毋自欺，乃遣女子誣人為！雖在縲絏非其罪，尼父之語胡忘之？"云云。

朱熹為泄一己之私憤，竟依仗權勢，對一無辜妓女大搞刑訊逼供，以羅織罪名，誣人清白；而妓女不畏強權，寧死不屈，義干雲天。凌濛初雖然解構的是朱熹這個人，口頭上大講誠心正意毋自欺，實際上卻反其道而行之，貌似君子，實則小人，典型的假道學。但潛臺詞：程朱理學是人格分裂的偽學術。可以想象，在程朱理學還被朝廷尊為孔孟正傳聖賢嫡派的時代，這篇以世俗心理解構道學家朱熹的小說，在普通市民讀者心中，比士大夫精英的學術解構更具顛覆性。關鍵問題是，凌氏所依據的宋人筆記，也是道聽途說，而非信史。據南宋洪邁《夷堅志》云：

朱熹與嚴蕊:從南宋流言到晚明小說 | 195

台州官奴嚴蕊,尤有才思而通書,究達古今。唐與正為守,頗矚目。朱元晦提舉浙東,按部發其事,捕蕊下獄,杖其背,猶以為伍伯行杖輕,復押至會稽,再論決。蕊墮酷刑,而繫樂籍如故。岳商卿霖提點刑獄,因疏決至台,蕊陳狀乞自便。岳令作詞,應聲口占云:"不是愛風塵,似被前身誤。花落花開自有時,總是東君主。去也終須去,住也如何住?若得山花插滿頭,莫問奴歸處!"岳即判從良。(《夷堅志庚》卷十"嚴蕊")

洪邁與朱熹為同時人,是除朱熹之外,最早提及嚴蕊的人,所記卻很簡略。至宋末元初周密《齊東野語》,才繪聲繪色起來:

天台營妓嚴蕊字幼芳,善琴弈、歌舞、絲竹、書畫,色藝冠一時。間作詩詞,有新語。頗通古今,善逢迎。四方聞其名者,有不遠千里而登門者。……其後朱晦庵以使節行部至台,欲摭與正之罪,遂指其嘗與蕊為濫,繫獄月餘。蕊雖備受箠楚,而一語不及唐,然猶不免受杖。移籍紹興,且復就越置獄鞫之,久不得其情。獄吏因好言誘之曰:"汝何不早認,亦不過杖罪?況已經斷,罪不重科,何為受此辛苦邪?"蕊答云:"身為賤妓,縱是與太守有濫,科亦不至死罪。然是非真偽,豈可妄言,以汙士大夫?雖死,不可汙也!"其辭既堅,於是再痛杖之,仍繫於獄。兩月之間,一再受杖,委頓幾死。然聲價愈騰,至徹阜陵之聽。未幾,朱公改除,而岳霖商卿為憲,因賀朔之際,憐其病瘁,命之作詞自陳。蕊略不構思,即口占《卜算子》云……即日判令從良。繼而宗室近屬,納為小婦以終身焉。(《齊東野語》卷二十"台妓嚴蕊")

淩濛初小說中的嚴蕊故事,即取材於此。但《齊東野語》成書,距朱、唐交惡已七八十年。其末云:"《夷堅志》亦嘗略載其事而不能詳,余蓋得之天台故家云。"也是道聽塗說來的,傳信傳疑而已。據朱熹《按知台州唐仲友第四狀》,大略云:

今據通判申，于黃岩縣鄭丙家追到嚴蕊，據供：每遇仲友筵會，嚴蕊進入宅堂，因此密熟，出入無間，上下合幹人並無阻節。今年二月二十六日宴會夜深，仲友因與嚴蕊逾濫，欲行落籍，遣歸婺州永康親戚家，說與嚴蕊："如在彼處不好，卻來投奔我。"至五月十六日筵會，仲友親戚高宣教撰曲一首，名《卜算子》，後一段云："去又如何去，住又如何住？但得山花插滿頭，莫問奴歸處！"五月十七日，仲友賀轉官燕會，用弟子祗應，仲友復與嚴蕊逾濫。仲友令嚴蕊："逐便且歸黃岩住，下來投奔我。"（《朱文公文集》卷十九）

可見嚴蕊並非如《齊東野語》所說，俠義風骨，而是在收監後，就招供了她與唐仲友之間"逾濫"等事實。"逾濫"即過度，違背朝廷法度。值得一提的是，後來廣為流傳播在人口的《卜算子》一詞，如上引朱熹奏狀，也非嚴蕊所作，而是唐仲友的表弟高宣教所撰。

朱熹在浙東提舉任上，上章彈劾的地方官員，不止唐仲友一人，但彈劾唐仲友卻引起了軒然大波，台州官妓嚴蕊也因此而成為南宋筆記小說中被津津樂道的人物，蓋因故事之後還有故事。據《宋史》朱熹本傳：

會浙東大饑，宰相王淮奏改熹提舉浙東常平茶鹽公事，即日單車就道……知台州唐仲友與王淮同里為姻家，吏部尚書鄭丙、侍御史張大經交薦之，遷江西提刑，未行。熹行部至台，訟仲友者紛然，按得其實，章三上，淮匿不以聞。熹論愈力，仲友亦自辨，淮乃以熹章進呈，上令宰屬看詳。都司陳庸等乞令浙西提刑委清強官究實，仍令熹速往旱傷州郡相視。熹時留台未行，既奉詔，益上章，論前後六上。淮不得已，奪仲友江西新命以授熹，辭不拜，遂歸，且乞奉祠。（《宋史》卷四百二十七《道學三》）

朱熹前往浙東地區考察災情，以實地考察為根據，與耳聞目睹之所及，連續上章彈劾不恤民情弄虛作假的地方官吏。（見《朱文公文集》卷十六《奏紹興府指使密克勤偷盜官米狀》,卷十七《奏衢州守臣李嶧不留意荒政狀》《奏張大聲孫孜檢放旱傷不實狀》《奏知甯海縣王辟剛不職狀》)而非專門去找台州太守唐仲友的不是。據朱熹自述,他於淳熙九年秋七月十六日,"起離紹興府白塔院,道間遇見台州流民兩輩,通計四十七人。扶老攜幼,狼狽道途"(卷十八《按知台州唐仲友第一狀》)。詢問其故,皆云:"本州旱傷至重,官司催稅緊急,不免拋棄鄉里,前去逐食。"(同上)這引起了朱熹的關注。經過親自詢訪,不僅證明台州流民所言屬實,而且發現唐仲友"多有不法不公事件","眾口譁嘩,殊駭聞聽"。(同上)朱熹於是親往台州,果然查出唐仲友貪贓枉法諸多情節,包括其與嚴蕊、沈芳、王靜、張嬋、朱妙等官妓"逾濫"的作風問題。據《朱文公文集》所載彈劾唐仲友六狀,既有人證也有物證,有些證據甚至很瑣細,不可能是想當然的憑空虛構。用他自己的話說:"其官屬所言,士民所訴,與臣前後所聞大略不異。雖其曲折未必盡如所陳,然萬口一詞,此其中必有可信者。"(同上,第三狀)

此時唐仲友已遷江西提刑,本來可以順利交接去赴新命,卻被朱熹彈劾。雖有王淮在朝中斡旋迴護,但在朱熹的堅持下,終被罷官。王淮是宰相,與唐仲友同里姻親,如果朱熹純屬挾私報復,憑空誣陷,不可能出現這樣的結局。但朝廷卻將原已任命唐的江西提刑一職轉授朱熹。這給人造成一種假象,朱熹彈劾唐仲友,好像是為了取而代之。朱熹拒絕了這一任命,朝廷又讓他與江東提刑梁總互換,朱熹以"臣祖鄉徽州婺源縣正隸江東",理應迴避為由堅辭。(同上,卷二十二《辭免江東提刑奏狀一》)這背後當然是王淮在起作用。事實上,朱熹彈劾唐仲友,不僅得罪宰相王淮一人,而且觸動了官場龐大的關係網。朱熹心知肚明,所以他在辭狀中說:

> 伏念臣所劾贓吏黨羽眾多,棋布星羅,並當要路。自其事覺以來,大者宰製斡旋於上,小者馳騖經營於下,其所以蔽日月之明而損雷霆之威者,臣不敢論。若其加害於臣不遺餘力,則遠而至於師友淵源之所自,亦復無故橫肆觝排。向非陛下聖明,洞見底蘊,力賜主

張，則不惟不肖之身久為魚肉，而其變亂白黑註誤聖朝，又有不可勝言者。然陛下憐臣愈厚，則此輩之疾臣愈深。是以為臣今日之計，惟有乞身就閒，或可少紓患害。若更貪戀恩榮，冒當一道刺舉之責，則其速怨召禍必有甚於前日者。陛下雖欲始終保全，亦恐有所不能及矣。（卷二十二《辭免江東提刑奏狀三》）

朱熹的擔憂並非多餘，因為唐仲友雖罷官，但並未被追究，而押解紹興府根勘的關連人犯，也得朝旨釋放。（同上，卷二十二《辭免進職奏狀二》）這令朱熹很失望，因而乞請奉祠，去做宮觀官這樣的閒差。朱熹就這樣被王淮排擠出局。六年之後，即淳熙十四年，楊萬里還上疏朝廷，為朱熹鳴不平：

臣竊見浙東監司朱熹以言台州守臣唐仲友而畀祠祿，至今六年。朝廷藐然不省，亦廢然不用，天下屈之。或曰熹之經學上祖孔孟，下師程顥程頤，舉而用之，必有可觀，臣未論也。或曰熹之才氣，大用則應變，小用則撥煩，置之散地，深可惜也，臣亦未論也。臣獨怪熹以監司而劾郡守，郡守廢而不用，監司亦廢而不用。以郡守為是乎，尤當伸監司以養其直也，不當廢監司也；以監司為是乎，則當廢郡守矣。今也熹與仲友兩廢而兩不用，臣不知此為賞耶為罰耶？使仲友而無罪，仲友何不請詣廷尉以辨之？使熹而舉按之不實，朝廷何不聲熹之罪以罰之？何直為此憒憒也。（《誠齋集》卷六十二《旱暵應詔上疏》）

朱熹與唐仲友之間，必然有個是非曲直，或朱是而唐非，或唐是而朱非，為何最後出現"兩廢兩不用"的"憒憒"之局，而且得到對朱熹印象頗佳的宋孝宗的認可？南宋史學家李心傳云：

王丞相淮當國，不善晦翁，鄭尚書丙始創為"道學"之目，王丞相又擢太府寺丞陳賈為監察御史，俾上疏言："近日搢紳所謂道學者，大率假其名以濟其僞，願明詔中外，痛革此習，每於除授聽納之際，考察其人，擯斥勿用。"（《建炎以來朝野雜記》甲集卷六《道學興廢》）

會先生劾唐守不法，王丞相庇之，章十上，始罷而去。除先生江西提刑，又易江東。又以救荒功，例權直徽猷閣。江西乃填台守之闕，江東則墳墓在焉。時九年秋也。先生引嫌求免，未報。吏部尚書鄭丙與台守善，首以道學詆先生，監察御史陳賈因論："近日搢紳有所謂'道學'者，大率假其名以濟其僞。願考察其人，擯斥勿用。"蓋附時宰意，專指先生也。（同上，乙集卷九《晦庵先生非素隱》）

也就是說，王淮等人有意回避朱熹彈劾唐仲友的是非，而創爲"道學"之名以攻朱熹，將官場是非之爭變爲學術之爭，而歷來學術之爭，見仁見智，各有是非。葉紹翁《四朝聞見記》云：

淳熙間，考亭以行部劾台守唐氏，上將置唐于理。王與唐爲姻，乃以唐自辨疏與考亭章俱取旨。未知其孰是，王但微笑。上固問之，乃以"朱，程學；唐，蘇學"爲對。上笑而緩唐罪。時上方崇勵蘇氏，未遑表章程氏也，故王探上之意以爲解。考亭上書力辨，以謂至以臣得力于師友之學以中傷。不報。故終王之居相位，屢召不拜。（乙集"洛學"）

唐仲友雖非不學無術之輩，但與所謂"蘇學"也扯不上淵源，何況朱熹彈劾唐仲友亦非學術之爭，而是監司糾舉地方不法官員，在朱熹職權範圍之內，也是他的職責所在。事情本來很簡單，但王淮"探上之意"，將其引到"程學"與"蘇學"的學術之爭上來，巧妙地轉化了朱、唐問題的性質。這種解釋，局外人很難辨其真僞。時過境遷，更容易被後人採信，如宋末元初周密《齊東野語》云：

朱晦庵按唐仲友事，或云呂伯恭嘗與仲友同書會，有隙，朱主呂，故抑唐，是不然也。蓋唐平時恃才輕晦庵，而陳同父頗為朱所進，與唐每不相下。同父游台，嘗狎籍妓，囑唐為脫籍，許之，偶郡集，唐與妓云："汝果欲從陳官人邪？"妓謝。唐云："汝須能忍饑受凍乃可。"妓聞，大恚。自是陳至妓家，無復前之奉承矣。陳知為唐所賣，亟往見朱。朱問："近日小唐云何？"答曰："唐謂公尚不識字，如何作監司？"朱銜之。遂以郡內有冤獄，乞再巡按。既至台，適唐出迎少稽，朱益以陳言為信，立索郡印，付以次官。乃摭唐罪具奏。而唐亦作奏馳上。時唐鄉相王淮當軸，既進呈，上問王，王奏："此秀才爭閒氣耳。"遂兩平其事。（卷十七《朱唐交奏本末》）

朱彈劾唐，皆因文人相輕，個人恩怨，不過一場"秀才爭閒氣"的鬧劇。凌濛初小說所敘朱、唐交惡始末，即本於此。事實上，南宋學術興盛，學派林立，旨趣不同，見解各異，如朱熹與陸九淵、葉適、陳亮等，學術皆不同，且時有爭論，但並未妨礙他們之間的交誼。朱熹因唐仲友譏其"尚不識字"一語，而且還只是傳聞，竟惱羞成怒，不惜依仗權勢誣陷他人，把無辜的妓女也牽涉進來，嚴刑逼供，結果自己反倒落下話柄，被人恥笑。朱熹沒這麼愚蠢。

但朱熹卻因此被捲進了官場黨爭的巨大旋渦之中。王淮等朝廷官僚以朱熹為突破口，以反"道學"為口實，而實為排斥異己的官場鬥爭愈演愈烈，終於在宋寧宗慶元二年韓侂胄執政時，醞釀成"慶元黨禁"，宣佈道學為"偽學"，全面清洗在朝的異己分子。葉適論學與朱熹不同，但因曾為朱熹辯護，居然也名列"偽學之籍"而被貶斥。這一切皆溯源於朱熹彈劾唐仲友事件。據《宋史·王淮傳》：

初，朱熹為浙東提舉，劾知台州唐仲友，淮素善仲友，不喜熹，乃擢陳賈為監察御史，俾上疏言近日道學假名濟偽之弊，請詔痛革之。鄭丙為吏部尚書，相與葉力攻道學，熹由此得祠。其後慶元偽學之禁始於此。（卷三百九十六）

如果說王淮等人還是以學術之名來轉移朱唐交惡的是非，那麼至"慶元黨禁"時，便墮落為赤裸裸的人身攻擊。據葉氏《四朝聞見錄》載監察御史胡紘奏稱朱熹："資本回邪，加以忮忍，初事豪俠，務為武斷，自知盛世此術難售，尋變所習，剽張載、程頤之餘論，寓以吃菜事魔之妖術，以簧鼓後近，張浮駕誕，私立品題，收招四方無行義之徒以益其黨伍，相與餐粗食淡，衣褒帶博，或會於鵝湖之寺，或呈身於長沙敬簡之堂，潛形匿影，如鬼如魅。"（《四朝聞見錄》丁集"慶元黨"）劾奏朱熹"不孝於親""不敬於君"等六大罪外，竟然攻訐道：

又誘引尼姑二人以為寵妾，每之官則與之偕行，謂其能修身，可乎？塚婦不夫而自孕，諸子盜牛而宰殺，謂其能齊家，可乎？

這樣的人身攻擊，太離譜了，近乎市井無賴的謾罵，可見南宋"慶元黨禁"中之攻"偽學"者，罔顧事實，無中生有，惡意中傷，無所不用其極。

我們就不難理解，宋人筆記中的嚴蕊故事是怎樣編排出來的。朱熹是朝廷命官，而嚴蕊風塵弱女子，利用人皆有之的同情弱者的心理，打妓女嚴蕊這張牌，殺傷力可能更大。道學家之於妓女，即使是捕風捉影的流言，也會被很多人津津樂道，廣為傳播。於是朱熹彈劾不法官員的事件，一變而成爭閑氣泄私憤的報復行為，再變而成妓女嚴蕊的俠義傳奇。流言雖然可畏，但程朱理學還處於在野狀態，任人評說，茶餘飯後的談資而已。

但在程朱理學被官方尊為金科玉律的時代，流言的意義就大不相同了。朱熹是宋代新儒學的集大成者，思想博大深邃，但正如任何學術思想一樣，在野時勃勃有生機，一旦被朝廷尊為官學，就逐漸異化為僵死的教條，越是博大深邃，越能折磨人的神經。民間普通百姓無所謂，受折磨的是渴望通過科舉博取功名躋身主流社會的讀書人。尤其是科場失意的讀書人，飽受折磨卻名落孫山，對程朱理學產生不同程度的反感，也是人情之常。淩濛初終其身，廩膳生員，秀才而已。他對程朱理學的習得，可能跟明朝大多數普通士人一樣，僅限於朝廷功令所規定的內容，科舉考試的敲門磚而已。被科舉體制異化的官方儒學，也就是程朱理學，批量生產了很多口是心非的假道學，而這些人往往科場得意，官場風光，躋身主流社會。在以科舉入仕為正途的時代，作為通俗小說家的凌濛初，屬於主流社會之外的邊緣文人，心中難免糾結著不平之氣。如果說他對假道學的厭惡來自日常人生經驗，那麼他對道學家朱熹的解構，則主要來自科場失意士人對官方儒學與主流社會的逆反心理。這種逆反心理，讓他從一個極端走向另一個極端，把流言當事實，以世俗趣味來戲說朱熹。與其說是批判精神，不如說是惡搞。

　　按照一般通俗小說家的眼光看，朱熹可能屬於最沒故事的人。他的一生，不是從政為官，就是著書講學，既沒有跌宕起伏的人生傳奇，也沒有滑稽詼諧的趣事，更沒有詩酒風流的豔聞。但凌濛初卻從很常見的宋人筆記中，發現了這個很能吸引市民讀者眼球的題目：道學家朱熹與妓女嚴蕊。凌濛初借題發揮，把對官方儒學的反感甚至厭惡，都發洩在朱熹身上。朱熹不僅氣量狹小，而且心理陰暗，如把妓女嚴蕊收監後，朱熹道是：「仲友風流，必然有染；況且婦女柔脆，吃不得刑拷，不論有無，自然招承，便好參奏他罪名了。」而寫到嚴蕊出獄後，「卻是門前車馬比前更甚。只因死不肯招唐仲友一事，四方之人重他義氣。那些少年尚氣節的朋友，一發道是堪比古來義俠之倫……一班風月場中人，自然與道學不對，但是來看嚴蕊的，沒一個不罵朱晦庵兩句」。這些都很投合市民讀者的世俗趣味。小說中借陳亮之口批道學：「而今的世界，只管講那道學、說正心誠意的，多是一班害了風痺病、不知痛癢之人。君父大仇全然不理，方且揚眉袖手，高談性命，不知性命是什麼東西？」在宋人筆記中，陳亮才是個因私洩憤挑撥離間的小人，朱、唐之間的是非就是他挑起來的。但凌濛初貶朱的傾向性很明顯，在他筆下，唐仲友跟官妓嚴蕊的「謔浪狎昵」，雖然「算不得許多清處」，不過是才子風流；陳亮的撥弄口舌，也不過是因唐仲友壞了他跟妓女的好事，「一時心中憤氣」，把事情鬧這麼大，原非其本意，都情有可原。只有朱熹才是最令人厭惡的角色，他就是假道學的總代表。宋明道學家都強調做人的道德，凌濛初講的恰恰就是朱熹的為人，而不是他的學術，在盛產假道學的晚明，這無疑很容易激起普通市民讀者的共鳴。凌濛初深諳通俗小說之道，追求的是可讀性，拍案驚奇，傳信傳疑，誰會去追究這個朱熹的真偽呢？

原載《四川師範大學學報》2013 年第 5 期

吳敬梓等人修復先賢祠質疑

吳敬梓等人修先賢祠一事，最早的記載見於金和同治八年（1869）撰寫的《儒林外史跋》：

先生（指吳敬梓）又鳩同志諸君，築先賢祠于雨花山之麓，祀泰伯以下名賢凡二百三十餘人。宇宙極閎麗，工費甚鉅，先生售所居屋成之。

其後，光緒九年（1883），顧雲的《盋山志》也作了如下記載：

江寧雨花臺，明所建先賢祠在焉，祀泰伯以下五百餘人。歲久，圮，吳征君與同志議復其舊，資弗繼，則獨鬻全椒老屋成之。（《盋山志》卷四）

此二說雖然不盡相同，當都認為吳敬梓曾與同志捐資修築或修復先賢祠於南京雨花，祀泰伯以下名賢凡二百三十餘人或五百餘人。所謂"同志"，據研究者考證，主要有程廷祚、樊明征等人。

我們並不知道金和、顧雲二人此說有何證據，是否可信，但卻被後代人不斷援引，愈說愈真。沿襲金說的有平步青《霞外攟屑》與錢靜方《小說叢考》的有關詞條，魯迅《中國小說史略》也直接引用了金說。沿襲顧說的有民國初年張其浚等人纂修的《全椒縣誌》（見該志卷十《人物志》吳敬梓傳）。胡適寫《吳敬梓年譜》，則引用了《全椒縣誌》的說法，並根據志中"四十二產盡"一語，推定吳敬梓等人修先賢祠一事當在乾隆五年（1740），即在吳敬梓四十歲左右（見《胡適文存》二集）。前幾年出版的孟醒仁先生著《吳敬梓年譜》也基本沿襲了胡適《年譜》的說法，同時舉出吳敬梓之子吳烺《過惠山寺憩聽松庵同蒙泉、愛棠作》一詩中"千秋讓德仰姬宗"句作為旁證。至於其他人重復的引述，此處從略。吳敬梓等人修先賢祠一說似乎已成定論，不可移易。尤其是首倡此說的金和乃吳敬梓從兄吳檠（《儒林外史》中杜慎卿的原型）外孫女之子，更增加了此說的權威性。

問題在於，金和距吳敬梓上下一百餘年，不過耳聞先輩傳說，難免有失真失實、誇大溢美之詞，如其謂吳敬梓為"東南詩壇盟主"，就是不符合歷史事實的誇張之詞。我們只要稍加稽考，就會發現吳敬梓等人修先賢祠一事，也很可疑。

嘉慶年間，呂燕昭、姚鼐等人纂修的《江寧府志》有如下記載：

> 先賢祠在溪之東。宋開慶元年，制使馬光祖建。所祀先賢四十一人，各有記贊，曰："至德遜王吳泰伯……"皆生長江寧與游宦往來於斯地者。……後祠毀。明焦竑言于學士李廷機、葉向高，屬祠郎葛寅亮於普德寺後山建祠設位，補入蘇公。國初，總督范承勳改建於府學之西。（卷十三《祠廟》）

據此可知：其一，先賢祠初建于宋理宗開慶年間；其二，明後期又重建於普德寺後山，即雨花山麓或雨花臺鄰近（參葛寅亮《金陵梵剎志》卷三十八）；其三，康熙二十三年，清開國元勳范文程之子范承勳出任兩江總督（《清史稿》卷二百三十二），即遷修先賢祠于江寧府學之西，其地理位置與明先賢祠遺址各在南北一方。按照金和、顧雲的說法，吳敬梓等人修復的是雨花臺明先賢祠。既然范承勳已將先賢祠遷修於他處，吳敬梓等人何必又要在同一個城市再建一座先賢祠與之遙遙相對呢？我們可以舉出四個方面的反證，對此事加以質疑。

第一，《江寧府志》不載此事。該志主修人姚鼐也是安徽人，與吳敬梓為同省老鄉。乾隆三十五年（1770）以前，他與吳敬梓之子吳烺相識，並為其《杉亭集》作序（見《惜抱軒文集》卷四），可見他與吳烺不是點頭之交。既然《江寧府志》中對先賢祠的歷史敘述得如此詳盡，一直提本朝遷修之事，為什麼對自己朋友父親同樣的壯舉隻字不提？於慣例於情理似乎都說不過去。也就是說，如果吳敬梓等人真有修復先賢祠一事，必定會見諸《江寧府志》無疑。

第二，吳敬梓生前友人有關吳敬梓的詩文未提到此事。乾隆五年，也即胡適《年譜》推定的修復先賢祠之時，《文木山房集》付梓，唐時琳、程廷祚分別為之序，但均無一語涉及先賢祠（見《文木山房集》卷首諸序）。乾隆六年，吳敬梓與程晉芳相識（見《勉行堂文集》卷二《嚴冬有詩序》），而且成為知交。吳去世後，程為之作傳，對亡友的生平事蹟作了詳細敘述（見《勉行堂文集》卷六）。應該說，這篇《文木老人傳》是吳敬梓生平最可信的資料，但不僅此傳，而且作者其他提到吳敬梓的文字（如《勉行堂文集》卷五《寄懷嚴冬有》、卷二《懷人詩》及《勉行堂詩集》卷九《哭吳敏軒》等），竟然也無一語涉及先賢祠。另外，首次刊刻《儒林外史》的吳友人金兆燕、對吳仰慕之至的王又曾，他們在有關詩文中（見金兆燕《棕亭詩鈔》卷三《寄吳文木先生》《甲戌仲冬送吳文木先生旅櫬于揚州城外登舟歸金陵》及王又曾《丁辛老屋集》卷十二《書吳征君敏軒先生〈文木山房詩集〉後有序》），也均未提及此事。也就是說，如果吳敬梓等人真有修復先賢祠一事，他的友人是不可能使其湮沒無聞的，必定會載於文字之間。

第三，所謂"同志諸君"的資料不載此事。據研究者考證，參與修復先賢祠的主要人物還有吳友人樊明征（即《儒林外史》中的遲衡山）、程廷祚（即小說中莊征君）。《續纂句容縣誌》卷九樊明征傳說："其為學，博而能精，恥為空言炫世，於古人車服禮樂皆考核而制其器，有受教者，則舉器以示之。"《江寧府志》卷四十《文苑》樊明征傳也說他"不徒為空言"。他與詩人袁枚也有交往，袁枚說他"博學好古"，他死後，袁枚為題挽聯："地下又添高士伴，生前原當古人看。"（《隨園詩話》卷一）而修先賢祠一事應是樊明征"博學好古""不徒為空言"的最有力的例證，為何不見之於記載？程廷祚是吳敬梓的師輩，對吳敬梓的思想影響很大。程廷祚是當時南京的儒學名流，與袁枚也是忘年交（見《小倉山房文集》卷四《征士程綿莊先生墓誌銘》），是程晉芳的長輩與至友。但袁、程二人分別為程廷祚撰寫的墓誌銘及其有關詩文中卻隻字未提修先賢祠一事。又，程廷祚在《先考祓齋府君行狀》中曾引其父《金陵祀典議》："以謂金陵，東南大都會，江海會流，禹跡所至。泰伯竄居荊蠻，為天之極之君，此邦亦在封內。七十子衍聖人之傳者唯子游為吳人。二聖一賢宜於會城崇其廟宇，重其禋祀，以補數千載之闕失。"（《清溪集》卷十二）如果程廷祚果真參與修復先賢祠，以償其父之遺願，該是怎樣一樁得意之舉，為何對此事避而不談？

第四，現有吳敬梓本人的詩文不載此事。《移家賦》吳敬梓自注："按族譜，高祖為仲雍九十九孫。"（《文木山房集》卷一）研究者多引此條證成吳敬梓等人修先賢祠一事。但事實上，二者沒有必然的因果關係，最多不過是一條無足輕重的旁證而已。至於引吳烺"千秋讓德仰姬宗"作證，更屬捕風捉影，牽強附會。吳烺在無錫惠山寺泰伯祠（今存）作詩，言及泰伯"讓德"，與吳敬梓等人在南京雨花臺修先賢祠有什麼直接或間接的關係呢？又，解放後發現的吳敬梓《金陵詠物圖詩》中有一首《雨花臺》，詩前小序說："聚寶山之巔為雨花臺……山麓為梅岡，晉豫章內史梅賾家於岡上，或云營於岡下。山，聚寶門二里外，直造其巔，上有方正學、景忠介二先生祠……近年岡下倉頡廟，郡中士大夫以牲牷酒醴致祭廟中，奏古樂，用佾舞，每傾城往觀，此殊有三代報賽風。"文中對雨花臺名勝古跡一一道來，梅岡、方景二先生祠、倉頡廟等，甚至對郡中士大夫以古禮古樂致祭倉頡也津津樂道，而對本人參與修復的先賢祠卻略而不提，真叫人百思不得其解。

至此，我們可以大膽推定，明代先賢祠至清初已由范承勳遷往江寧府學之西，雨花臺遺址至吳敬梓時已毀棄不存，而吳敬梓等人本無修復先賢祠一事。

既然如此，金和、顧雲二人之說又從何而來？我們認為，如果不是金和顧雲，也是前人附會《儒林外史》第三十三、三十六、三十七回中有關泰伯祠的情節而成的。歷史上，這種以訛傳訛的事例比比皆是。何況《儒林外史》中的人與事大都有據可尋，更增加了猜測、附會、傳誤的可能性。但《儒林外史》畢竟是小說，不是歷史，書中所寫怎可能一一坐實？筆者不揣冒昧，敢以此質疑於諸研究者，望賜教。

原載《南京師範大學學報》1986 年第 3 期

吳敬梓"不赴廷試"辨析

《儒林外史》的作者吳敬梓與同時代的曹雪芹一樣，生前冷落，身後熱鬧。正因為如此，凡是涉及這位小說家生平線索的材料，哪怕是隻言片語，在現代研究家看來，都如同至寶，彌足珍貴。遺憾的是，這些材料有些也是"小說家言"，並非信史，但今人多據此來分析小說家本人的什麼思想，就難免有"捕風捉影""郢書燕說"之嫌。[①] 即使實有其事的一些情節，在後人的傳聞中，也不無誇張的色彩，如吳敬梓拒絕參加清廷的博學鴻詞試，就是一例。

吳敬梓生平事蹟中，最為現代研究家津津樂道的，就是此事。據說，這不但表現了吳敬梓輕視功名的超凡脫俗之心，而且還表現了這位小說家拒絕與封建統治者合作的政治態度，正因為如此，他才能寫出偉大的諷刺小說《儒林外史》云云。

所謂"博學鴻詞"，是中國古代由皇帝親自主持開考的制科之一，始創於唐開元年間，目的是在常科之外選擇特異之才。這在清代算得上是"曠世盛典"。據《清史稿·選舉三》，清代博學鴻詞只開科兩次，第一次在康熙朝，先由在京三品以上及科道官，在外督、撫、布、按分別推薦，在143名被薦者中，經過御試，取中者僅50人；第二次在乾隆朝，雍正十一年下詔舉行博學鴻詞試，但一年之後，"僅河東督臣舉一人，直隸督臣舉二人，他省未有應者，詔責諸臣觀望"。原來，京官及外省封疆大吏"以事關曠典，相顧遲回"，唯恐舉非其人而受到朝廷處罰。翌年，雍正駕

[①] 參見拙作《吳敬梓等人修先賢祠質疑》，《南京師範大學學報》1986 年第 3 期。

崩，乾隆即位，再次下詔督促，各地才推薦176人，經過御試，取中者15人，第二年補試，又取4人，共19人。這就是吳敬梓拒絕應試的那一次，當時，吳敬梓35歲左右，尚未移居南京。

可以想像，能有資格參加這種最高規格的考試，在當時是何等風光。據程晉芳《文木先生傳》："安徽巡撫趙公國麟聞其名，招之試，才之，以博學鴻詞薦，竟不赴廷試；亦自此不應鄉舉，而家益貧。"（《勉行堂文集》卷六）由此看來，吳敬梓是故意"不赴廷試"，也就是拒絕參加博學鴻詞試。程晉芳是吳敬梓的朋友，又是當時有名的文人（後來曾任《四庫全書》編修，《清史稿·文苑》有傳），"桐城派"就是因他的一句戲言而得名的。（見姚鼐《劉海峰先生八十序》）程晉芳既有如此地位和身份，按照通常慣例，他的說法當然具有權威性，不容置疑。於是在後來關於吳敬梓的文字中，此事即成定案，而且越傳越神，如金和《〈儒林外史〉跋》："雍正乙卯，再舉博學鴻詞，當事人以先生及先生從兄青然先生應詔書，先生堅臥不起，竟棄諸生籍。"顧雲《吳敬梓傳》就說得更詳細："乾隆間，再以博學鴻詞薦，有司奉所下檄，朝夕造請，堅以疾篤辭。或咎之，曰：'吾既生值明盛，即出，其有補斯世耶，否耶？與徒持辭賦博一官，雖若枚馬，曷足貴耶？'卒弗就。且脫諸生籍，去居江寧。"（《盋山志》卷四）值得注意的是，這篇《吳敬梓傳》首次提到吳敬梓是"托病"推辭博學鴻詞，而且有吳敬梓自己的解釋。金和與顧雲都是晚清人，距吳敬梓時代已有一百餘年，此時《儒林外史》流傳已廣，顧雲的傳文就與《儒林外史》中杜少卿托病推辭征辟的情節非常類似。胡適在寫《吳敬梓年譜》時，對此事當然有所考證，但依據就是程晉芳、金和等人的傳文和序文。從此，吳敬梓拒絕參加清廷博學鴻詞試便成定案，成為分析吳敬梓思想及《儒林外史》創作動機的重要根據。

吳敬梓曾被安徽巡撫推薦，而吳敬梓並未參加在北京舉行的廷試，根據現在已經發現的材料分析，確有其事。關鍵在於，吳敬梓沒有參加廷試出於何種原因，是否如人們盛稱的那樣是出於"清高"或"拒絕與統治者合作"。我們的看法是否定的。在吳敬梓的生前好友中，提及此事的，除程晉芳外，還有程廷祚、唐時琳等人。據《文木山房集》程廷祚序："曾與薦鴻博，以病未赴，論者惜之。"（《文木山房集》卷首）這位程廷祚也是吳敬梓的朋友，是清代顏李學派的傳人，在當時已經非常有名氣，《清史稿‧儒林》有傳，附《顏元傳》後。有趣的是，在這次博學鴻詞的預選中，程廷祚也被當地舉薦，他並沒有拒絕，到北京參加了御試，但是最後由於拒絕巴結某要人而"報罷"（見《清史稿》本傳）。此事在《儒林外史》第 35 回《聖天子求賢問道，莊徵君辭爵還家》中有詳細描述。小說中的莊徵君的原型就是程廷祚。程廷祚是程晉芳的長輩，比吳敬梓年長十歲，與吳敬梓的關係更密切。據胡適《吳敬梓年譜》考證，《文木山房集》刻於吳敬梓 40 歲前，此時距博學鴻詞還不到 5 年，程廷祚在序中說他"以病未赴，論者惜之"，應該是有根據的。按，程晉芳比吳敬梓小 17 歲，當吳敬梓被薦博學鴻詞時，他才 18 歲，關於吳敬梓"不赴廷試"一事，他最多只是聽說而已。因此，程廷祚與程晉芳的異辭，應該是"親見之"與"傳聞之"的不同，即使從通常的慣例來說，程廷祚的說法也更具有權威性。

最有力的證據是當事人唐時琳的證詞。唐時琳是為《文木山房集》作序的人之一，他的序不長，專說博學鴻詞一事，全文照錄如下：

朝廷法古制科取士，自世廟時，詔在廷諸臣及各省大吏，採訪博學鴻詞之彥，余司訓江寧三年，無以應也。今天子即位之元年，相國泰安趙公方巡撫安徽，考取全椒諸生吳敬梓敏軒，侍讀錢塘鄭公督學於上江，交口稱不置。既檄行全椒，取具結狀，將論薦焉，而敏軒病不能就道。兩月後病癒，至余齋，蓋敏軒之得受知於二公者，則又余之薦也。余察其容憔悴，非托為病辭者，因告之曰："子休矣！當子膺薦舉時，余為子筮之，得井之三爻，其辭曰：'井渫不食，為我心惻。王明並受其福。'今子學優才贍，躬膺盛典，遇而不遇，豈非行道之人皆為心惻者乎？雖然，古人不得志於今，必有所傳於後。吾子研究六籍之文，發為光怪，俾後人收而寶之，又奚讓乎歷金門、上玉堂者哉！且士得與於甲乙之科，沾沾得意以終其身者，徒以文章一日之知耳；子之文受知於當代巨公大儒，雖久困草茅，竊恐廟堂珥筆之君子，有不及子之著名者矣。由此言之，未可謂之不遇也。

原來，吳敬梓被安徽巡撫趙國麟所知，最早還是出自唐時琳的推薦，是唐時琳和吳敬梓之間有"知遇之恩"。他在此序中稱"敏軒病不能就道"，而且說明是真病，"非托為病辭者"，連以病為托詞的事都給否定了。還有一點值得一提，根據此序，吳敬梓只是安徽巡撫預備舉薦的人選之一，序中稱"檄行全椒，取具結狀，將論薦焉"。這篇序與程廷祚的序作於同時，都是經過吳敬梓過目的，所言不至於太離譜。

論者或許會說：吳敬梓"托為病辭"，是為了避免朝廷的迫害。這完全是想當然之辭。在中國歷史上，除了明太祖朱元璋外，帝王對於拒絕徵聘的文人都是相當寬容的，甚至從士林輿論來說，拒絕帝王徵聘本身就是一種殊榮。李白讚揚孟浩然："紅顏棄軒冕，白首臥松雲。醉月頻中聖，迷花不事君。"杜甫讚揚李白："李白一斗詩百篇，長安市上酒家眠，天子呼來不上船，自稱臣是酒中仙。"這都是歷來為傳統文人津津樂道的佳話。在清王朝，只要不觸犯時諱，不涉及滿漢民族之間的敏感問題，最高統治者對漢族文人還是以禮相待的，至少比漢族皇帝如朱元璋等要客氣得多。對於拒絕徵聘的文人，也並沒有朱元璋"寰中士夫不為君用者，罪至抄劄"那樣的威逼。康熙對待黃宗羲等人拒絕徵聘的寬容態度，就是證明。雍正乾隆兩朝也沒有文人因拒絕徵聘而被迫害的記載。何況吳敬梓當時還只是安徽巡撫趙國麟擬定推薦應試的人選之一，還談不上帝王徵聘，更談不上避免朝廷迫害。現代有些研究家甚至把《儒林外史》假托明朝也說成是作者為了"避禍"，這更是想當然之詞。至少從明末清初開始，就有人對"八股取士"公開持否定態度，如顧炎武就說："八股取士，甚於焚書。"而朝臣非議"八股取士"者也大有人在（詳見《清史稿・選舉三》）。正因為"八股取士"的局限，朝廷才在常科外設博學鴻詞等制科，以網羅遺才。總之，吳敬梓如果真要拒絕參加博學鴻詞試，即使以"托病"為詞，也不存在"避禍"的原因。

而且，從吳敬梓的家世及其交往來說，也找不到他拒絕與統治者合作的根據。他不是清初遺民那樣的民族主義者，也不是民族主義者的後裔。

他的祖先就是由科第起家的，全椒吳氏曾有過 50 年"家門鼎盛"的時期（吳敬梓《移家賦》），"全椒吳氏，百年以來稱極盛"（《文木山房集序言》）。其子吳烺的朋友王又曾有詩贊曰："國初以來重科第，鼎盛最數全椒吳。"（《丁辛老屋集》卷十二《書吳徵君敏軒先生文木山房詩集後，有序》）也就是說，他的家族是清王朝的既得利益者，這也是他引以為自豪的。他周圍的朋友，如顏李學派的傳人程廷祚，無論就年齡、學識、地位，都在他之上，是他非常尊敬的長輩，對他的思想及人生態度都曾經有很大影響，這在《儒林外史》一書中是有反映的。程晉芳《文木先生傳》也說："與余族祖綿莊（程廷祚）為至契。綿莊好治經，先生晚年亦好治經。"但這位程廷祚不但接受了正式推薦，而且前往北京參加了廷試，據《清史稿》本傳，他甚至在乾隆十六年（當時吳敬梓 52 歲）還接受江蘇巡撫的推薦，再次前往北京參加了皇帝親自主持的"經明行修"試（制科之一）。吳敬梓雖然並非一定要亦步亦趨，但至少不存在拒絕與統治者合作的動機。據前引程晉芳的《文木先生傳》，吳敬梓"生平見才士，汲引如不及；獨嫉時文之士如仇，其尤工者，則尤嫉之"。有趣的是，程晉芳本人就是靠"時文"（八股文）獲取了進士頭銜的。這且不論。清廷舉行博學鴻詞試，從當時的角度來說，就是為了彌補常科以八股取士之不足，據《清史稿·選舉四》，雍正十一年詔曰："博學鴻詞之科，所以待卓越淹博之士。"御史吳元安建言："薦博學鴻詞原期得湛深經術、敦崇實學之儒，詩賦雖取兼長，經史尤為根柢。若徒駢綴驪偶，推敲聲律，縱有文藻可觀，終覺名實未稱。"根據這種精神，廷試分兩場，首場詩賦論各一篇，二場制策兩篇。這顯然是特為不喜八股而具有真才實學（當時的標準）之士設計的。吳敬梓痛恨八股，並不能解釋他為什麼要托病推辭與"八股取士"完全不同的博學鴻詞試。

根據以上分析，我們至少可以得出這樣的結論：吳敬梓未參加博學鴻詞的廷試，其中並不存在拒絕與統治者合作的動機。

吳敬梓自己又是怎麼解釋的呢？在《儒林外史》的第 33 回，有巡撫舉薦天長縣儒學生員杜儀的情節，這位巡撫是杜儀先祖的門生，所以杜儀這樣答道："大人垂愛，小侄豈不知？但小侄麋鹿之性，草野慣了，大人誤采虛名，近又多病，還求大人另訪。"在同一回中：

> 遲衡山閒話說起："而今讀書的朋友，只不過講個舉業，若會做兩句詩賦，就算雅極的了，放著經史上禮、樂、兵、書、農的事，全然不問！我本朝太祖定了天下，大功不差似湯、武，卻全然不曾製作禮樂。少卿兄，你此番徵辟了去，替朝廷做些正經事，方不愧我輩所學。"杜少卿道："這徵辟的事，小弟已是辭了。正為走出去做不出什麼事業，徒惹高人一笑，所以寧可不出去好。"

這位杜儀字少卿的原型就是吳敬梓。杜少卿拒絕應徵的原因，一是"草野慣了"，再是"走出去做不出什麼事業"。這一解釋當然不一定是歷史上的吳敬梓拒絕參加博學鴻詞的真正原因，但至少可以看出，這是出於"瀟灑任性"，他追求的是"逍遙自在"，並沒有諸位論者標榜的"拒絕與封建統治者合作"的深意。這在古代，是並不稀奇的。《儒林外史》中稱杜少卿"托病"推辭巡撫舉薦，其中也許具有一定的真實性。根據小說中的描寫，杜少卿乃一慷慨仗義、任性豪爽的世家子弟，書中借"現任翰林院侍讀"高某的口，評價杜少卿說："這兒子就更胡說，混穿混吃，和尚、道士、工匠、花子，都拉著相與，卻不肯相與一個正經人！不到十年內，把六七萬銀子弄得精光。天長縣站不住，搬在南京城裏，日日攜著乃眷上酒館吃酒，手裏拿著一個銅盞子，就像討飯的一般。不想他家竟出了這樣子弟。學生在家裏，往常教子姪們讀書，就以他為戒。每人讀書的桌子上寫著一紙條貼著，上面寫道：'不可學天長杜儀'！"與吳敬梓自作《減字木蘭花》"田廬盡賣，鄉里傳為子弟戒"相印證。（《文木山房集》卷四）高翰林當然是以非常世俗的眼光來看"奇人"杜少卿的，但由此可以看出，吳敬梓科場不遇也罷，還是"托病"不赴博學鴻詞廷試也罷，都與他這種人生態度有關。

還有一層原因，這是吳敬梓自己最清楚的，就是他對自己學識的估價。按照現代的標準，他當然是第一流的文學家，用胡適在《吳敬梓年譜》開篇說的：我們安徽的大文人不是方苞，不是姚鼐，而是吳敬梓。但在吳敬梓時代,"稗官小說"是不登大雅之堂的,八股文可以博取功名,經史或詩文也可以博取功名。八股文非吳敬梓所長,經史和詩文也非其所長(這要以當時的標準來衡量)。儘管程晉芳稱"其學尤精《文選》,詩賦援筆立成,夙構者莫之為勝"(《勉行堂文集》卷六),但須知古人在為人作傳時,多為溢美之詞,不能作為客觀的評價。這有吳敬梓現存的詩文作證。吳敬梓生前已有《文木山房集》行世,收入其所作詩文辭賦,儘管作序諸公讚美備至,如方嶟《序》稱其"能以詩賦力追漢唐作者",黃河《序》稱"其詩如出水芙蕖,娟秀欲滴,論者稱其直逼溫、李,而清永潤潔,又出於李頎、常建之間;至辭學婉而多風,亦庶幾白石、玉田之流亞"等(《文木山房集》卷首),都是客套話。古今為朋友文集作序的,或出於友情,或出於禮節禮貌,都要說好話,我們切不可當真。他的詩文作品,除了朋友,知之者甚少。其生前好友程晉芳曾在《懷人詩》中感歎:"《外史》記儒林,刻畫何工妍。吾為斯人悲,竟以稗說傳。"(《勉行堂詩集》卷二)這位後來名列《清史稿·文苑傳》的正統文人做夢也沒有想到,不但吳敬梓本人因"稗說"而名垂不朽,就連他也是沾了吳敬梓的光,到現在還被學者偶爾提起。

吳敬梓的詩才平平,這有《文木山房集》中的詩賦作證。如果以詩才來論吳敬梓的話,那他只能算是一個不入流的詩人。《文木山房集》在當時及後來沒有任何反響,清人或近人編的較著名的清詩選本,都沒有選取哪怕一兩首短章。這不是因為編者有什麼偏見,或者是詩人的創作不被人理解,原因只有一個:吳敬梓的詩寫得太平常。這部凝結著作者心血的詩文集,除了幾位朋友,幾乎無人知曉,名副其實是"孤芳自賞"。吳敬梓的才氣在於小說創作,在於以"婉而多諷,戚而能諧"的工筆刻畫世態人情,而這在吳敬梓那個時代是不登大雅之堂的,既不能博取功名,也不能換稿費。因此,儘管他生前《儒林外史》已經問世,而且"人爭傳寫之"(《勉行堂文集》卷六),但卻窮困潦倒,甚至到了"灶冷囊無錢"的地步。

當時南京郊外小倉山下有一座豪華的隨園,主人是當時有"詩壇盟主"之稱的袁枚。袁枚比吳敬梓小15歲,23歲中進士,先入翰林,後出為地方官，做過六年知縣，乾隆十三年辭官，居於南京小倉山下的隨園，其詩文集就以小倉山為名。當時吳敬梓48歲左右。我曾對吳袁兩人的關係非常感興趣，通檢《小倉山房文集》《小倉山房詩集》與《隨園詩話》等，結果大為失望。儘管袁枚在《隨園詩話》中提到了許多無名之輩，卻沒有一字提及吳敬梓。有趣的是，吳敬梓的朋友，如程廷祚、程晉芳、樊明征等，卻是袁枚隨園的座上客，這是有袁枚的詩文作證的。程廷祚是當時南京的儒學名流，曾經為《文木山房集》作序；程晉芳也是有名的文人，曾經為吳敬梓作傳。程廷祚和程晉芳在《清史稿》中都有傳，分別在《儒林》和《文苑》。吳敬梓詩文如果在當時很有影響的話，又有這樣的朋友從中介紹，按常理來說，他不可能與袁枚沒有交往。但事實上，吳敬梓沒有進入"詩壇盟主"袁枚的圈子。

因此，吳敬梓推辭或謝絕博學鴻詞試，應該說是有"自知之明"的。博學鴻詞是皇帝親自主持的制舉，今天可以不屑一提，但在吳敬梓時代，卻是曠世盛典。儘管吳敬梓在一地出類拔萃，甚至受到地方大吏的欣賞，定為推薦人選，但放在全國範圍來看，恐怕就是另一回事了。乾隆元年博學鴻詞試的結果，在被舉薦的176人中，僅有19人取中。如果吳敬梓應試，以他的學術、詩才與文筆，將名落孫山無疑。這一點，吳敬梓本人肯定比現代研究者更加清楚。

但是，不管什麼原因，吳敬梓未赴廷試的舉動卻被朋友傳為佳話，並以"征君"或"聘君"稱之，如郭肇《贈吳聘君敬梓》《答吳聘君敬梓》（《佛香閣詩存》），黃河序《文木山房集》稱"吳聘君敏軒"，金兆燕《寄吳文木先生》："昔年鶴版下綸扉，嚴徐車馬紛飆馳。蒲輪覓徑過蓬戶，鑿壞而遁人不知。"其身後更被其子吳烺的朋友尊為"征君"，如沈大成《全椒吳征君詩集序》稱"故征君全椒吳敏軒先生"（《學福齋集》卷五），王又曾《書吳征君敏軒先生文木山房詩集後有序》稱："杜老惟耽舊草堂，征書一任鶴銜將。閒居日對鐘山坐，贏得《儒林外史》詳。"顧雲《盋山志》卷四："吳征君敬梓。"他辭去的名譽竟成了他的頭銜。這是中國古代特有的現象。一個人被帝王徵召，即使未成現實，也是一種殊榮；如果拒絕帝王的徵召，則更受人尊敬。

總之，吳敬梓沒有參加清廷的博學鴻詞試，可能有兩個原因，一是因病（據程廷祚、唐時琳等人說），一是托病（據《儒林外史》情節）。但不管何種原因，都不存在他拒不與清朝統治者合作的跡象，都不能證明《儒林外史》的作者有什麼"反骨"。

原載《四川大學學報》1997 年第 2 期

"典型共名":革命"紅學"的一場筆墨官司

　　半個世紀前,也就是1954年9月,山東大學《文史哲》上發表了一篇紅學論文,題曰:《關於〈紅樓夢簡論〉及其他》。署名:李希凡、藍翎。名不見經傳的"小人物",批評的卻是新紅學"權威作家"俞平伯。這篇論文引起了毛澤東主席的關注,隨後,御筆親書的一封密函,在中共中央政治局以及主管意識形態的高層官員中傳閱,很快即在"思想文化戰線"上引發空前強烈的地震。這就是那場席捲全國震動海外的批判胡適資產階級唯心主義的運動。"小人物"李希凡從此脫穎而出,風雲際會激揚文字,甚至在"文革"百花凋零萬木蕭疏之際,也自傲霜鬥雪一枝獨秀。後來有人調侃曰:"文革"革了文化的命,全中國文藝界就只剩下八個樣板戲,一個作家,一個詩人,一個評論家。碩果僅存的這"一個評論家",就是李希凡。

　　我這裏絲毫沒有譏諷李氏之意。在紅學乃至整個人文學科已被徹底邊緣化的今天,混跡學界而又不甘寂寞的我,常有"余生也晚"的遺憾。李氏初出茅廬,即能以一篇紅學論文"聲動帝聽",進而在全中國掀起驚天巨浪,吾心竊慕之。今人或斥"左派紅人"為"御用文人"或政治野心家,在下甚不以為然。眾所周知,在李氏稱雄的那個年代,學界能堅守所謂"獨立之精神自由之思想"如陳寅恪、顧准者,乃鳳毛麟角;以中國士林之老於世故,大率皆和光同塵隨波逐流,甚至不惜洗心革面曲學阿世以博"紅色專家"之名。一位我所敬重的老前輩,直至"文革"結束後十年,每遇演講輒津津樂道者,乃是他繼李氏紅學論文之後所寫《水滸與農民革命》一文，也曾為老人家激賞，並因此而獲得國慶日登上天安門右側觀禮台的殊榮。他的學問比李希凡大得多，博覽群籍貫通古今，人稱"國學大師"，大師毫不客氣曰："海外的評價比這還要高。"恃才傲物如此公，尚不能免俗，何況等而下之者？我這不是苛求前賢，作為"文革"中過來之人，對於當代士林的這種生存狀態，完全有"同情的理解"：此乃不得已也。古今人性的弱點也罷，中國讀書人的世故也罷，或為保全自我生存計，或為不辜負此生所學計，大家彼此彼此。事後反唇相譏，毋乃孟子所謂"五十步之笑百步"乎？何況李氏當年之所為，並非不得已，而是出於自覺的革命精神。他乃一介青年書生，既無特殊背景，更無揣摩聖意的投機心理，不過是初習馬克思主義理論，憑著青年人的敏銳與勇氣，要用"階級分析"的觀念去批評俞平伯先生的"情場懺悔"說。正如今日之新潮後生，以西學為時髦，開口海德格爾，閉口德里達，而斥古今之學為狗屁學問。須知馬克思主義在新中國成立初期的青年學子心中，也是新人耳目啟人心智的"西學"。李氏以"階級分析"來切入《紅樓夢》，無非是得風氣之先，因為，這一據說是馬克思主義的批評模式，彼時正在人文學界尤其是青年學子中走紅。當今後生也許不知，此情此境，曾令許多學貫古今滿腹經綸的老先生進退失據、尷尬萬分，因為他們的思維模式與知識結構已經定型，還來不及盡棄所學以適應這一套革命的"話語系統"，就被當作了學校或學界大批判的"活靶子"。俞平伯先生不幸而成為首當其衝者。李氏這一代年輕後生，學養不厚成見不深，所以很迅速就掌握了新時代的"革命話語"，儘管是臨陣磨槍倉促上陣，也能縱橫馳騁殺得老先生落花流水。但以一篇批評文章脫穎而出成為學界新星，卻是他做夢也不曾想到的。他後來回憶說，他這篇幼稚的批評文章竟然引起偉大領袖的關注以及由此產生的連鎖反應，為他"始料所不及"。他是在"文革"風暴席捲全國"兩報一刊"公開發表毛主席的"光輝信件"後，才得知當年那場席捲全國的批判胡適、俞平伯資產階級唯心主義運動的來龍去脈。[①] 我完全相信李氏的說法。據歐陽健等人編著的《紅學百年風雲錄》，毛澤東

---

① 見《紅樓夢評論集·三版後記》，人民文學出版社1973年版，第304頁。

主席御筆欽定的閱讀者，不足三十人，主要是中央政治局委員與主管意識形態的官員諸如周揚、林默涵、沈雁冰、馮雪峰、丁玲等，最後即何其芳，中國科學院文學研究所所長。① 當事人李希凡並不在其中。

說何其芳是意識形態官員，這好像有些滑稽，但事實上他就是。無論在北大也好，後來在中國科學院也好，文學研究所都是有官品的"衙門"，至少是官方"思想文化戰線"上的前沿陣地，而非民間的純學術機構。但何其芳畢竟是詩人，而且我覺得，曾是唯美主義的詩人，他早年的詩集《預言》與散文集《畫夢錄》中的淒迷柔美的意境，曾令少年時代的我一往情深意醉神迷，至今猶能記誦："南方的愛情是沉沉地睡著的，它醒來的撲翅聲也催人入夢；北方的愛情是警醒者的，而且帶著輕趑殘忍的腳步……"（《預言·愛情》）"馬蹄聲，孤獨又憂鬱地自遠至近，灑落在沉默的街上如白色的小花朵……"（《畫夢錄·黃昏》）諸如此類的"小資情調"，讓我在工農兵民歌體與賀敬之"放聲歌唱"式流行的時代，得以感受到真正屬於藝術的詩美。儘管後來何氏拋棄了這一詩風，甚至不再寫詩，改而從事古典文學研究與文學評論，但詩人氣質依然故我。毛澤東曾謂其有"書生氣"，我想大約就是指這種詩人氣質。孫紹振《北大名師片斷》回憶50年代北大往事，說何氏講《紅樓夢》，講到有一男孩被《紅樓夢》所迷，魂不守舍，家裏人便將他手抄的《紅樓夢》燒了，這男孩得知後大哭曰："奈何燒殺我寶玉！"何氏一副癡迷神態，好像要哭的不是那個男孩，而是他自己。孫氏回憶說，何氏同時又先後出任文學研究所"肅反領導小組""反右領導小組"組長，曾見一通知曰："有什麼歷史問題，可向何其芳同志交代。"孫氏說，他當年無論如何也無法想象，講臺上書生意氣的詩人何其芳，與坐在辦公室聽取教授屈辱交代歷史的官員何其芳，會是同一個人。②

但我能想象。兩面人格甚至多重人格，是個人面對社會的本能反應，否則他不被逼成精神分裂，就可能為這個社會所不容。我很信奉榮格人格心理學的這種解釋：一個人要在社會中做一個表裏如一的"真我"，絕不

---

① 歐陽健等編著：《紅學百年風雲錄》，浙江古籍出版社1999年版，第143頁。
② 《北大往事》，青島出版社1998年版。

可能。何況何其芳那一代充滿革命理想革命激情的人文知識分子，古人所謂"士"，是自覺地壓抑甚至拋棄小我，來投入新世界的開創與建設，為了這種信仰不惜背井離鄉甚至拋頭顱灑熱血。何氏參加過著名的延安文藝座談會，後來又參與了40年代的文藝論戰，曾不遺餘力闡釋宣揚馬克思主義文藝理論與毛澤東文藝思想。我認為，他是比李希凡這樣的後學更自覺更堅定的革命的階級論者。因為，在何氏的青年時代，主義氾濫信仰多元，他是有選擇自由的，而他選擇了延安選擇了革命，並且當革命需要與個人理想發生衝突時，義無反顧地拋棄了個人理想，儘管後來曾不無遺憾地說他還是最適合文學創作。所以新中國成立之初，李希凡才初露鋒芒，何氏便以其革命資歷與馬列主義的理論素養，儼然而為"思想文化戰線"上的主將之一。

曾是唯美主義詩人而今是意識形態官員的何其芳，預聞了當年"思想文化戰線"的重大機密。他是知情人而且是前沿指揮。毛澤東關於《紅樓夢》的"光輝信件"雖未解密，甚至連當事人李希凡都還蒙在鼓裏，何氏卻已經得到"尚方寶劍"，奉命為其前驅。他同年11月20日發表於《人民日報》的《沒有批評就不能前進》一文，開篇即謂："李希凡同志等對於俞平伯先生的《紅樓夢簡論》和《紅樓夢研究》的批評，是對三十多年來在《紅樓夢》研究上佔了絕對統治地位的胡適派資產階級唯心主義的第一次認真的批判。"不就是毛氏"這是三十多年以來向所謂《紅樓夢》研究權威作家的錯誤觀點的第一次認真的開火"，以及"這個反對在古典文學領域毒害青年三十餘年的胡適派資產階級唯心論的鬥爭"云云的綜合發揮嗎？毛信寫於10月16日，考慮到何氏閱讀此信領會精神尚須時日，那麼我們可以肯定，何氏是以最快的速度來回應"最高指示"的。這當然不是政治投機。我能理解何氏這一代人文學者的心情，他們真誠地信仰並崇拜革命領袖。直至今日我也認為，在中共領袖中，毛氏的個人魅力與文化魅力迄今也無人能超越。儘管他不會侃洋涇浜鳥語，更不會"花拳繡腿"式的作秀，但他融貫古今出神入化的思想智慧，龍飛鳳舞驚天地泣鬼神的書法，以及吞吐宇宙而又不乏柔情的詩詞，乃至一席旁徵博引妙語連珠的談話，就足以折服自許精英自命清高的中國新老知識分子。何氏尋尋覓覓冷冷清清淒淒慘慘戚戚，而一旦尋找到毛澤東尋找到革命，他就從心底喊出了"毛澤東，我們的領導者我們的先知"（《我們最偉大的節日》）這樣的標語口號式，感動了他自己，卻難以感動語境不同的後生讀者。今日向學生背誦此類詩句，結果是哄堂大笑：這能算是詩？這也許就是"代溝"。讀《沒有批評就沒有前進》與稍後發表的《胡適文學史觀點批判》，我有一種感覺：何氏是在盡心盡力完成一項非他所長而又不得不擔當的"戰鬥任務"。何氏新中國成立後雖以文藝評論名家，縱橫古今馳騁中外，甚至連《林海雪原》《青春之歌》這樣革命版的"武俠小說"與"才子佳人小說"，也曾引起他濃厚的興趣，但從他留下的文字中，卻找不到文藝評論家本人自創的理論體系。這也許就是所謂"時代局限"吧。須知何氏所處的時代，是"思想一統"的時代，他不可能在主流意識形態之外自創什麼體系，也不可能引進蘇式馬克思主義文藝學之外的"西學"，而只能是在"階級鬥爭"理論的武庫中尋找"批判的武器"，來完成時代賦予他的政治的或文藝的使命。但何氏所具有的詩人氣質或"書生氣"，以及他早年的藝術創作與藝術審美體驗，又使他不能滿足於教條式地圖解馬克思主義的普遍真理。事實上，何氏試圖將"階級分析"的方法與文學經典個性化的闡釋盡可能完美地結合起來，於是就有了所謂的"典型共名"說。

據《文學的春天序》，1956 年 9 月，為紀念魯迅先生逝世二十周年，《人民日報》約請何氏撰寫一篇紀念文章，而他"不甘心以一篇泛泛的紀念文章去交卷"，於是就選擇了論阿 Q 為題，"試圖回答為什麼阿 Q 是一個農民但阿 Q 精神卻是一種消極的可恥的現象這樣一個難題"。這在今日不言自明，即魯迅先生所謂的"國民性"，但在當年，居然是令國家科學院文學研究所所長也頗感棘手的一道學術難題。因為稍有不慎，就可能被人指控為宣揚超階級的"人性論"，在那個學界動輒上綱上線的年代，一旦這種指控成立，後果之嚴重影響之惡劣，但凡那個時代的過來人皆不難想象。何氏當然不可能也不會冒天下之大不韙，因此在分析阿 Q 這一典型形象時，如當時文藝學界的所有論者一樣，他先花了大量筆墨來分析阿 Q 的階級屬性，定性分析加反復論證，但進而分析作為文學典型而非現實人物的阿 Q 時，何氏認為阿 Q "精神勝利"的性格特點已超越他的階級屬性，因而人們在日常生活中將其作為一種代號,用來廣泛地指稱一切類似性格的人等。這就是所謂"典型共名"。何氏在創造這一概念前,曾小心翼翼地說明:

> 許多評論者的心目中好像有這樣一個想法,以為典型性就等於階級性。然而在實際生活中,在文學的現象中,人物的性格與階級性之間都不能畫一個數學上的全等號。道理是容易理解的。如果典型性完全等於階級性,那麼從每個階級就只能寫出一種典型人物,而且在階級消滅以後,就再也寫不出典型人物了。這樣,文學藝術在創造人物性格方面的用武之地就異常狹小了。在階級社會裏,真實的人都是有階級身份,都是有階級性的。文學作品所描寫的階級社會的人物因而也就不能不有階級性,而且典型人物的性格的確常常是表現了某些階級的本質特點。然而在同一階級裏面卻有階層不同、政治傾向不同、思想不同、性格不同的人物,這就決定了文學從一個階級中也可以寫出多種多樣的典型來。這大概誰也不會否認。生活中還有一種現象,某些性格上的特點,是可以在不同階級的人物身上都見到的。文學作品如果描寫了這樣的人物,而且突出地描寫了這種特點,儘管他也有他的階級身份和階級性,但他性格上的這種特點卻就顯得不僅僅是一個階級的現象了。諸葛亮、堂吉訶德和阿Q都是這樣的典型。①

何氏的這段論述,無非是想說明文學典型在日常生活中的影響,用如今頗為流行的"接受美學"的話來說,即所謂"讀者反應",而非"作者意圖"。魯迅先生筆下的阿Q,無論屬於哪個階級,因其突出的性格特點具有廣泛的概括意義,這個形象在日常生活中就成為"精神勝利法"者的一種"共名"。平心而論,這並非驚人之見,實乃一般讀者皆有的平常經驗。今日新潮後生戲曰"小兒科",亦不為刻薄。

然而,居然有人火眼金睛看出其中"有人性論的傾向"。這個人就是

---

① 《論阿Q》,《何其芳文集》第五卷,人民文學出版社1982年版,第181—182頁。

以批判俞平伯紅學而名震天下的文壇新秀李希凡。據李氏回憶,他時任《人民日報》文藝部編輯,作為責任編輯審讀何文原稿,發現這一問題,提請何氏注意,"何其芳同志當然不會接受這一意見",李氏就寫了一篇《典型新論質疑》,發表在同年12月的《新港》雜誌上:

> 典型性格的突出的特點,不產生在社會歷史現實的具體條件之下,這就是何其芳同志典型新論的第一個公式。
>
> 離開了典型人物的典型環境,離開了典型性格的活的形象,而把它抽象成"最突出的性格特點"——這實際上是某些永恆的概念形式,這不是在分析現實主義文學的典型,而是在為"萬能的概念"尋找新的解釋,其結果只可能是把典型論引向永恆不變的人性論舊陷阱。我以為這就是何其芳同志典型新論的第二個公式。

但何氏不僅不屑於回應,而且在同年稍後撰寫的長文《論紅樓夢》中,繼續發展了他的"典型共名"說:

> 同中國的和世界的許多著名的典型一樣,賈寶玉這個名字一直流行在生活中,成為了一個共名。但人們是怎樣用這個共名呢?人們叫那種為許多女孩子所喜歡,而且他也多情地喜歡許多女孩子的人為賈寶玉。是不是我們可以笑這種理解為沒有階級觀點和很錯誤呢?不,這種理解雖然是簡單的,不完全的,或者說比較表面的,但不是沒有根據。這正是賈寶玉這個典型的最突出的特點在發生作用。……《紅樓夢》用許多筆墨渲染出來的賈寶玉的這個特點是如此重要:去掉了它也就沒有了賈寶玉。這就是這個叛逆者得以鮮明地和其他歷史上的和文學中的男性叛逆者區別開來的緣故。這就是曹雪芹的獨特的創造。……賈寶玉的性格的這種特點也是打上了他的時代和階級烙印的。然而少年男女和青年男女的互相吸引,互相愛悅,這卻不是一個時代一個階級的現象。因此,雖然他的時代和階級都已經過去了,賈寶玉這個共名卻仍然可能在生活中存在著。世界上有些概括性很高的

典型是這樣的,它們的某些特點並不僅僅是一個時代一個階級的現象。但是,如果今天有人有意地去仿效賈寶玉,而且欣賞他身上的那些落後的因素,那就只能說是他自己犯了時代的錯誤,《紅樓夢》是不能負責的。①

我們還是看在生活中,人們怎樣用林黛玉這樣一個共名吧。人們叫那種身體瘦弱、多愁善感、容易流淚的女孩子為林黛玉。這種理解雖然是簡單的,不完全的,或者說比較表面的,但也並不是沒有根據。這也是林黛玉的這個典型的最突出的特點在發生作用,《紅樓夢》也是反覆地描寫了這個特點的。……林黛玉這個性格的特點,比較賈寶玉是更為具有強烈的時代和階級色彩的。隨著婦女的解放,這個典型將要日益在生活中縮小它的流行的範圍。然而,即使將來我們在生活中不再需要用這個共名,這個人物仍然會永遠激起我們的同情,仍然會在一些深沉地而又溫柔地愛著的少女身上看到和她相似的面影。②

今日後生也許無法理解,同為馬克思主義紅學陣營的批評家,居然就為了這種常識性的觀點而展開了曠日持久的論戰。何氏之"典型共名"說無非是在"階級分析"的大前提下,注意到藝術審美欣賞特點罷了,而非以所謂"人性論"來消解或淡化"階級論"。所以他在1964年為《文學的春天》撰寫的近三萬字的序言中,再次正面闡述了他的觀點,指李希凡《典型新論質疑》是"用引申、誇大或者甚至改變的方法製造出來的錯誤"。此時正值江青領導的文藝革命漸入高潮之時,"思想文化戰線"的鬥爭也已如火如荼。李氏當即針鋒相對寫了火藥味甚濃的反批評文章《典型"共名"說是階級論還是人性論?——關於阿Q、典型、共名及其他》,投遞《新建設》雜誌,但被"資產階級文藝黑線的反動頭目"周揚扣發。李氏回憶說:"當時我在氣憤之餘,就把此文寄給了江青同志,並給周揚寫了一封信說明:此文已送給江青同志。"③ 周揚雖然也曾是通天人物,但他

---

① 《何其芳文集》第五卷,人民文學出版社1982年版,第204—205頁。
② 同上书,第208—209頁。
③ 《紅樓夢評論集·三版後記》,人民文學出版社1973年版,第309頁。

知道李氏的背景。周不僅是毛氏"光輝信件"最早的"內部讀者"之一，以他延安時代以來就領導革命文藝的經驗，我相信他絕對知道壓制這位曾"聳動帝聽"的李氏的嚴重後果，何況李氏此時已直接與"敬愛的江青同志"搭上線。李氏回憶說，儘管周揚曾在當年"冒充代表黨找我們談話"，表示他的"鼓勵"與"支持"，"但對毛主席的光輝指示，他卻從不漏出一字，嚴密封鎖"。① 我不相信李氏這輩人真會這等幼稚，他周揚即算是文藝界學術界的"閻王"，但又豈能豈敢壓制"毛主席的光輝指示"？就是"江青同志"的"懿旨"，容或他有不同意見，也不能不敢公開壓制。據說經過鬥爭，最後雙方達成妥協，1965年第2期的《新建設》刊出了李氏的反批評文章，但將副題改為正題，火藥味明顯減淡。據李氏回憶，中宣部某副處長奉周揚之命，建議"人性論"的問題是否也可以不提。這可能是周揚為保護何氏所作的一點點努力，畢竟兩人都來自延安革命文藝陣營，且一直是上下級關係。周揚作為文藝界學術界的最高官員，判過新中國成立以來諸多"文字獄"，一定深知"人性論"或別的非馬非毛論的指控一旦成立，上綱上線為兩個階級兩條路線的思想鬥爭，等待何其芳的，將可能是什麼結局，至少，不僅是一場筆墨官司而已。但李氏不知深淺，居然說："這實在是忍無可忍了，我只得爽直地答復，這是原則分歧，不能修改。如要我改，文章可以不發，但中宣部不發我的文章，就是欠了債。"②"文革"風雷隱隱在耳，紅樓內外閃動著刀光劍影。

近30年前，我在蜀中鄉下插隊落戶，理想破滅百無聊賴，某日在蛙聲環繞燈光搖曳的茅屋中，偶然獲讀李希凡、藍翎合著的新版《紅樓夢評論集》，淺色封面，淡淡墨香，這種書蟲才有的感覺，至今記憶猶新。近日為研究生講授紅學略史，在學校圖書館塵封的書架上，翻出此書，拂去歷史的塵埃，不覺有"如逢故人"的溫馨。詩人北島云："一切都是夢幻，一切都是煙雲。"十年一覺"文革夢"，化解了很多中國人的是非恩怨。但何其芳與李希凡之間也能"一笑泯恩愁"嗎？據說，何其芳當年在"幹校"勞動改造，讀到李氏為新版《紅樓夢》所寫序言中對"典型共名"說

---

① 《紅樓夢評論集·三版後記》，人民文學出版社1973年版，第305頁。
② 同上書，第309頁。

的批判,非常氣憤,寫信給人民文學出版社負責人,重申己說,不同意李氏的批判。而李氏也稱,他之所以在《紅樓夢評論集》部分文章的"校後附記"與"後記"中,追憶新中國成立以來紅學領域的兩個階級兩條路線的思想鬥爭,還一再提到"何其芳同志",就是因為何氏頑固抵抗死不認錯。李氏因此在該書《三版後記》中專辟《賈寶玉、林黛玉典型"共名"的再商榷》一節,全面批駁何氏的觀點與態度,最後猛喝:"無產階級革命樣板戲的成功的創作經驗,它的革命的現實主義與革命的浪漫主義相結合的創作方法,它的創造當代英雄典型的'三突出'的原則,更加無情地粉碎了典型'共名'說的人性論的謬說。現在應當說已經到了何其芳同志徹底認識自己這個錯誤理論的時候了!"① 但何氏竟然一意孤行。

  何氏何來如此勇氣,竟敢為自己的一家之言而得罪"文革紅人"?竊以為,何氏既非陳寅恪式的純學者,也非顧准式的思想者。他的"典型共名"如果不是李氏咄咄逼人窮追猛批的話,根本不可能在新中國成立以後的紅學中凸顯出來,因為,所謂"典型共名"不過是審美常識,正如當年何氏嘲笑李、藍二人的批判文章"不過是在講馬克思主義的常識"一樣②,皆非觀念或理論創新。而李氏之見賞於毛澤東,拋開新中國成立初期"思想文化戰線"的特殊背景,一則是"初生牛犢不畏虎"的銳氣,再則是"階級分析"的方法。老人家就是用"階級分析"的眼光來閱讀《紅樓夢》等古典小說的。老人家說:"《紅樓夢》我至少讀了五遍。我是把它當歷史讀的。"又說:"《紅樓夢》不是愛情小說,而是政治小說,寫愛情是為了掩蓋政治。"③ 把小說當歷史讀,並非老人家的發明,舊紅學的索隱派不也是力圖將《紅樓夢》還原為歷史嗎?或以此書為影射清朝政治。蔡元培先生即認為:"《石頭記》者,清康熙朝政治小說也。作者持民族主義甚摯,書中本事在弔明之亡,揭清之失,而尤于漢族名士仕清者寓痛惜之意。"(《石頭記索隱》)作為革命領袖,老人家將《紅樓夢》當作歷史與政治來讀,從中看出階級鬥爭,正是題中應有之義。《紅樓夢》不同於其

---

 ① 《紅樓夢評論集·三版後記》,人民文學出版社1973年版,第337頁。
 ② 《關於〈紅樓夢簡論〉及其他》校後記,《紅樓夢評論集》,第19頁。
 ③ 見龔育之等《毛澤東的讀書生活》,三聯書店。

他古典小說而獨具魅力,也正在於它給讀者提供了廣大的想象空間闡釋空間。魯迅先生有言曰:"單是命意,就因讀者的眼光而有種種:經學家看見《易》,道學家看見淫,才子看見纏綿,革命家看見排滿,流言家看見宮闈秘事……"① 而俞平伯看見"情場懺悔",毛澤東看見階級鬥爭,也皆"因讀者的眼光"不同所致。老人家不同於新舊紅學家的特點,是他讀活了《紅樓夢》,如論及兩條路線鬥爭,謂"不是東風壓倒西風,就是西風壓倒東風";論及美蘇兩個超級大國,謂"大有大的難處"。此皆《紅樓夢》中家常之語,一經老人家化用,便成名言。據傳,毛主席生前曾召見許世友將軍,問:"我死後,中央出修正主義,怎麼辦?"許將軍答曰:"打!"主席微微一笑,又問:"可你弄不清誰是修正主義,怎麼打?"將軍當即啞口無言。毛主席緊握將軍的手,語重心長道:"讀一讀《紅樓夢》吧。"我相信這個民間傳言的真實性,因為據將軍女兒回憶,將軍晚年飲酒讀《紅樓夢》,但總是讀不下去,他是把《紅樓夢》當作"吊膀子"書的,所以直至仙去,枕邊翻開的《紅樓夢》永遠在第一回。我想將軍晚年一定非常痛苦,他哪里能從卿卿我我兒女情長的大觀園中尋出主席想要的答案?何況《紅樓夢》開篇就假語村言雲遮霧障,這讓猛張飛式的許將軍如何有讀得下去的耐心?如果不是主席生前有言,許將軍晚年絕不可能用《紅樓夢》來無端地折磨自己。但毛主席他老人家用心良苦,絕非戲言。我讀過不少紅學家的論著,包括某些自命為"後現代"闡釋的非常異議可怪之論,見解並不比老人家高明。

再說李希凡與何其芳之間為"典型共名"說的筆墨官司,考慮到"文革"中"形而上學猖獗"的時代背景,李氏肯定穩操勝券。記得李氏《紅樓夢評論集·三版後記》有這麼一段質問:"何其芳同志從今天的現實生活哪個角落裏發現了'那種為許多女孩子所喜歡,而且也多情地喜歡女孩子'的賈寶玉的'共名'人?如果有,這難道是社會主義的新風尚所允許的嗎?恐怕未必等得及何其芳同志來欣賞、命名,就得去應該去的地方接受教育了。"② 這在今日看來完全是超出論題的胡攪蠻纏,但當日卻能理直

---

① 《集外集拾遺·〈絳花洞主〉小引》,人民文學出版社 1973 年版。
② 同上書,第 333 頁。

氣壯大行其道。根據"文革"中斷章取義攻其一點不計其餘的批判邏輯，在一個人被剝奪答辯權力之後，是很容易被單方面隨心所欲地判定為什麼錯誤或罪名的。何況李氏的背景，已人所共知。最好的辦法，也許就是沉默，讓歷史去評說。但身處逆境的何其芳不僅未能保持沉默，還負隅頑抗據理力爭。這難道僅僅是因為"書生氣"或"一身傲骨"？我曾百思不得其解。近來在圖書館過期書刊中翻閱到何氏舊文《毛澤東之歌》，我以為，可能算是找到了一種答案：何氏之所以敢於堅持己見，也是得到偉大領袖光輝思想的直接啟示。何氏曾在1977年8月的《人民文學》上，發表回憶文章《毛澤東之歌》，追憶老人家對他的歷次耳提面命。其中一次是1961年1月23日，在中南海頤年堂：

> 最後，毛主席談了一個很重要的理論問題，美學問題。他說：
> 各個階級有各個階級的美。
> 也是上次那位插話幾次的同志說：
> 問題在於也有一些相同的。
> 毛主席像是回答他的問題，也像是發表他思考的結果似地說：
> 各個階級有各個階級的美。各個階級也有共同的美。"口之於味，有同嗜焉。"
> 這兩次聽毛主席談話，我都感到講了許多很重要的問題，但因為不是在正式會議上，我都沒有當場做筆記，而是準備回來追記，但毛主席講了這段關於美的問題的話，我卻忍不住從口袋裏掏出筆記本來記上了。

然後何氏發表自己的評論說：

> 美是一個複雜的問題，不同階級之間是否也有一些共同美也是一個複雜的問題。
> 毛主席說各個階級有各個階級的美，各個階級也有共同的美，到底應該怎樣理解呢？因為當時插話的同志要明確的是各個階級是不是

有共同的美這個問題，毛主席只說到這裏為止。根據我們理解，各個階級感到共同的美又還是有所不同的，有不同的階級性的差異。正如"口之於味，有同嗜焉"，同嗜之中仍包含著不同一樣。

對於各個階級是不是有共同的美這個問題，"形而上學猖獗"的"四人幫"及其追隨者之流，是只能這樣回答的："沒有。絕對沒有。承認各個階級有共同的美，就是人性論。即使認為各個階級感到的共同的美仍然是又同又不同，仍然有階級性的差異，也是絕對的完全的百分之百的人性論！"

老人家曾說："只有具體的人性，沒有抽象的人性。在階級社會裏就只有帶著階級性的人性，而沒有超階級的人性。"① 這是何氏所熟知的經典言論。但老人家又說："各個階級也有共同的美。"並引孟子之語為證。在階級分析理論被絕對化教條化的時代，這後一種觀點可能更具震撼性。而且，"各個階級也有共同的美"，比所謂"典型共名"說更人性論，因為這裏有一個預設的前提：共同的人性。老人家的話雖然前後矛盾不能自圓其說，但這不更說明老人家的思想豐富而且深刻嗎？何氏顯然從中得到極大啟發。但這是毛的私下談話，何氏不可能以個人名義公開披露，來支持他的"典型共名"說，以駁倒論敵李希凡。這是作為意識形態官員的何其芳深知的黨性原則與組織紀律。儘管如此，這卻可能就是何氏後來敢於堅持己說絕不認錯的理論依據與精神支柱。按照當年的論辯邏輯，只要能引經據典哪怕是革命領袖的隻言片語，你就可以理直氣壯地宣佈真理在手。但關鍵問題是，李氏引證的觀點也並非他自家想當然的發明，也有革命導師偉大領袖的理論為依據。說到底，論辯雙方都從馬克思主義毛澤東思想的武庫中找到了反擊對方的法寶，都自以為找到了絕對真理，結果是領袖的思想自己在打架，論戰雙方卻唇槍舌劍刀光劍影，令我們這些觀戰者眼花瞭亂一頭霧水。我不由得想起"文革"中動了真槍真刀的派戰，兩派或數派為保衛相同的信仰，卻互相攻擊指對方為敵，甚至不惜刀兵相見橫屍街

---

① 《在延安文藝座談會上的講話》，《毛澤東選集》第三卷，人民出版社1991年版，第870頁。

頭，以證明自家革命的純正性與徹底性。李、何之間為"典型共名"說而打的這場筆墨官司，與"文革"派戰在本質上又有何區別呢？我以為沒有。他們不過是各執一端，理解不同側重不同而已，但都是毛記的"革命紅學"。事實上，"文革"前"文革"中"思想文化戰線"包括紅學的許多論爭，究其實質，不過是對革命領袖光輝思想的理解與闡釋存在某些分歧而已，而論辯雙方都煞有介事唇槍舌劍，甚至不惜"上綱上線"為"兩個階級""兩條路線"的殊死鬥爭。不知這是當代學界的可笑還是可憐？領袖思想偉大深刻毋庸置疑，但如果人文學界僅是為證明或闡釋這種思想的絕對正確性而存在，那人文學科還有什麼獨立存在的理由？"百家爭鳴"還爭鳴個什麼呢？且說李、何之間關於"典型共名"說長達十餘年的爭鳴，最後爭鳴出什麼沒有呢？竊以為，什麼也沒有。李氏固然是被人當了槍使，何氏難道就不是奉命前驅？他們在這場論戰中提供了什麼人文智慧或理論創新？無有也。這樣的紅學這樣的人文研究，被遺忘被邊緣化，乃歷史之必然。《紅樓夢》首回甄士隱《好了歌注》曰："甚荒唐，到頭來，都是為他人作嫁衣裳！"追憶世事，玩味斯語，為之唏噓不已。

原載中華書局《聶石樵教授八十壽辰紀念文集》

《鐘與鼓》譯序

中國是世界文明古國之一,具有源遠流長的文學傳統,《詩經》正是這一文學傳統中的經典作品。千百年來,《詩經》對我國的詩歌及其他文學的創作產生過極為廣泛深遠的影響,它與另一部名著《楚辭》,並稱中國傳統文學的最高典範。甚至可以這樣說,"詩騷"傳統即是中國詩歌與文學的主流傳統。正因為如此,自孔子以來,《詩經》研究成了一家專門之學,即所謂"《詩》學"。千百年來,《詩》學研究蔚為大觀,堪稱"顯學"。

不僅如此,《詩經》也是一部世界性的傑作。早在 20 世紀之前,這部中國的古典詩歌名著就被譯成了西方主要文字。據筆者所知,僅英語就有 James Legge、C. F. R. Allen、Witter Bynner、Arthur Waley、Herbert A. Giles、Henry H. Hart Helen Waddell、Granmer-Byng、Ezra Pound 以及楊憲益、戴乃迭夫婦的譯本,不下十家。在這些譯者中,Ezra Pound 本人即是一位聲名卓著的詩人。他是美國意象派詩歌運動的盟主,曾以其《詩經》(翻譯作《孔子頌詩集》)及其他中國古典詩歌的譯作(取名《神州集》),推動了英美現代派詩歌運動的發展。這一歷史佳話早已成為中西比較文學研究中的熱門課題。自然而然,《詩》學研究也就成了一門世界性的"顯學",讀者只要瀏覽一下本書后所附參考文獻的西文部分,即可知其大概。

眾所周知,中西文化傳統與思維模式是不大一樣的,因此西方學者包括海外的中國學者,他們在《詩經》研究上所持的文學理論及其批評方法,必然與我國傳統《詩》學有所差異。讀一讀海外學者有代表性的《詩》學著作,在方法論上對我們也許不無啟示。所以我們將旅美華人學者王靖獻教授的《鐘與鼓——詩經的套語及其創作方式》(*The Bell and the Drum: Shih Ching as Formulaic Poetry in an Oral Tradition*) 一書譯介給國內讀者，不敢說一定有多麼了不起的學術意義，但至少可以使我們開闊一下視野，知道除傳統的訓詁考據外，《詩》學以及中國古典文學研究尚有這樣一個"流派"。

王氏此書，在國外的《詩》學以及中國文學研究中是頗具代表性的：一是他的研究建立在中西比較文學的基礎上，再則是引入西方現代詩歌批評的新方法，同時也廣泛吸收了傳統研究——從漢代經學到當代學者——的某些方法與成果。為了便於讀者了解這種理論背景，我們特將王氏書中所運用的套語理論作一簡要介紹。

所謂套語理論，最早是由美國哈佛大學古典文學教授米爾曼·帕里 (Milman Parry) 在 20 世紀 30 年代建立的。後經帕氏弟子阿爾伯特·洛爾德 (Albert Lord) 發展擴充為一套完整的批評體系，對西方古代文學研究產生了廣泛影響。在帕、洛二氏那裏，套語理論只適用於荷馬史詩等古典文學的研究，但自從 20 世紀 50 年代以來，西方學者將這一理論推而廣之，使之成為一種跨文化系統的批評與研究方法，被廣泛應用於英、法、德、俄等民族的古代敘事史詩的研究之中，而且，東方文學研究專家也開始運用這一方法來研究日本、印度、朝鮮等國的古典詩歌。可以這樣說，套語理論的廣泛應用不但給東西方古代文學研究領域帶來了新氣象，使古代文學的研究更加"科學化"，反過來也使這一理論體系本身變得更為精確、縝密、完善，更具有普遍的意義。

套語即陳陳相因的習語與習慣表達方式，是古典詩歌中廣泛存在的一種現象，例如在古希臘的《伊利亞特》與《奧德賽》中，套語就比比皆是。而在中國的《詩經》《楚辭》以及漢代樂府民歌中，套語也是一種司空見慣的現象。同樣的詩句，或同樣結構的句式，反復出現在不同的詩篇中。套語現象的發現并不始於帕里與洛爾德，在他們之前已經有很多學者注意到這一現象，並試圖通過對套語的歸納分析，來解決古典詩歌中的一些問題。例如，清代學者王念孫通過對《詩經》中的套語"王事靡盬"的歸納比較，得出了"盬"即"息"的結論。這種方法實際上也是清代學者研究《詩經》語言的一種普遍模式。但是，帕里之前的中外學者，無非是將套語看作語言的雷同，或"文學上的借用"，甚至只是"陳詞濫調"，是一種變相的"抄襲"現象。直到帕里提出套語理論，才將套語當作古典詩歌而主要是古代的口述詩歌（如荷馬史詩）的獨特的創作方式，套語現象才得到了歷史的科學的合理解釋，上古詩人的創作之謎才得以大白於今日，人們對套語的理解與看法也因此全面改觀。

帕里認為，文學有兩種形態：一種是口述的，另一種則是書寫的。不言而喻，中外文學在其早期發展階段，都經歷過一個口頭創作的時期，詩人不是用筆，而是通過"吟唱"的方式隨口創作，口口相傳，到後世才由某些學者以書寫形式記錄下來。如荷馬史詩、古英語詩歌與我國《詩經》中的很多作品，最早即是這種形態的口述文學。口頭創作並非原始先民的專利，即使在文字發明後，一方面有了書寫創作，另一方面，口頭創作也依然存在。如中國民間藝人的說唱文學，西方古代吟游詩人隨口吟唱的歌謠，就是與書寫文學同時並存的口述文學。帕里套語理論的獨特貢獻正在於他對口述文學創作特點所作的深入系統的研究，并提出了相應的審美批評理論。他認為套語是口述文學的創作方式，古代詩人平時把大量的習語句式爛熟於心，然後在特定的場合或背景之下，根據現場要求，將這些習語句式加以新的組合，出口成章，正如鑲嵌工人使用現成的鑲嵌材料組合出不同的圖案一樣。所以，口述文學都是套語化的，而古代詩歌中普遍存在的敘述的非一致性，描寫的非現實性與比喻所指對象的不確定性等特點，也因此得到了新的認識。既然口述文學是用另一種方式創作出來的，那麼我們就應當建立起相應的審美批評標準，才能真正認識理解欣賞古代詩歌的藝術美。顯然，在此之前，學者大多是根據書寫文學的審美批評標準如"獨創性""新穎性"等來分析評價套語創作的口述文學的，自然會產生種種誤解，從而導致了對古代詩歌藝術的普遍偏見。在這種意義上，帕里所創立的套語理論及其審美批評標準，可以說具有劃時代意義上的貢獻。

不但口述文學，而且在書寫文學中，也存在著套語現象，或者說，有這樣一個時期，甚至書寫文學也運用著套語創作的方式。現代古英語學者馬貢（Francis P. Magoun, Jr）於是對帕里與洛爾德的套語理論作了進一步的擴充與修正，提出了所謂"過渡時期"的問題，認為歷史上曾有過一個書寫文學的套語創作時期，將套語理論應用於書寫文學的研究，從而大大拓寬了套語理論的領域。

套語理論有兩個核心範疇：套語與主題。所謂"套語"，根據帕里的定義，即是"在相同的韻律條件下被經常用來表達某一給定的基本意念的一組文字"。而在不同的文化背景與韻律傳統中，這一經典定義被各國學者作了相應的修正與補充，並且引入了諸如"全行套語""套語式短語""套語系統"等概念，同時設計了套語分析的三種具體方法，即列表法、劃線法與歸納說明法，從而使套語理論既能作定性的描述，也可作定量的統計，由此可以看出西方學者力求使文學研究科學化的嘗試。所謂"主題"，根據洛爾德的定義，即是"口述詩歌中反復出現的敘述與描寫成分……但并不如套語那樣必須受到嚴格的韻律條件的限制"，它是"一個話題單元，一組意念"，或者說是一種套語式的表現結構。例如，古英語詩歌中的"戰場禽獸"就是典型的"主題"，只要詩人一敘述到格鬥或戰場，他照例要引入鷹、烏鴉、狼等意象，以此來渲染氣氛，而不管這些禽獸的出現是否符合詩中所敘述的內容與時地限制。所以，有些學者將"主題"稱為"典型場景"。質而言之，"套語"與"主題"都是古代詩人所運用的記憶手段與創作方式，套語構成詩行，而主題則渲染氣氛，以引起聽眾（或讀者）的"條件反射"，從而產生共鳴的情緒。分而言之，則有"套語創作"與"主題創作"；合而言之，兩者都可統稱"套語創作"。顯而易見，套語理論所注重的是詩歌表現形式的分析，是一種典型的形式主義批評方法。

本書作者王靖獻教授是將套語理論系統引入中國古典詩歌研究中的第一人。一方面，他根據中國語言與韻律的特點，對專門為分析西方敘事史詩而發明的套語理論作了相應的修正和補充，使之可應用於《詩經》這樣的東方抒情詩的研究之中，從而豐富了套語詩歌的理論。另一方面，他又運用這一批評方法，從《詩經》的形式入手，對中國古典詩歌的創作方式及其美學意蘊進行了系統深入的分析，創獲頗多。比如"興"的意義，是一個千百年來聚訟紛紜的話題，一般認為它與"比"一樣，是《詩經》作品的一種表現方式，合稱"比興"。它的特點是"托物起興"，即"先言他物，以引起所詠之辭"，如《關雎》以"關關雎鳩，在河之洲"起興，引出"窈窕淑女，君子好逑"的詠嘆來。問題在於，"興"句所詠景物是否詩人眼前的實景實事，是否與後面所詠內容有內在聯繫？古今學者對前者是肯定的，對後者一般是否定的，認為"興"即是詩人的觸景生情，托物起興，完全是即興而歌，與後面所詠內容並無必然聯繫。王氏在本書中對"興"的解釋與傳統結論相反，認為"興"即西方套語理論中的"主題"概念，是一種套語式的表現結構，也是中國古典詩歌的一種創作方式。"興"句所詠景物并不一定是詩人眼前所見的實景實事，而是平時儲存於詩人記憶中的現成的套語，它們與詩歌所詠內容之間有著內在的聯繫。例如，"倉庚于飛"與新婚有關，"交交黃鳥"則與棄婦有關，而"泛舟"並不指詩人真要泛舟而游，只是表明詩人處於困境，心情壓抑。這樣，"興"的性質與功能才算得到了合理解釋。正是從"套語"與"主題"的概念出發，王氏對《詩經》中的一系列作品進行了非常精彩的分析，我們也可借用一句"套語"來說，他的這些分析，多是"發前人之所未發"，令人有耳目一新之感。

中國古典詩歌研究是一個古老的課題，至少已有兩千多年歷史。我們并不否認傳統《詩》學取得過巨大成就，也許正因為如此，傳統《詩》學到今天才步入難以超越的窘境。所以，從事中國古典文學研究的青年學者便開始借用西方文學批評的新理論新方法，試圖另闢蹊徑，別開生面，給古老的學科注入新鮮的活力。這種嘗試的意義是應該加以充分肯定的。然而在他們運用西方文學批評的新理論新方法時，不可避免地存在生搬硬套生吞活剝的現象。例如，借用"三論"（系統論、信息論、控制論）來分析古代文學現象，多是在一些似是而非的新名詞新概念上兜圈子，并沒有提供什麼更新的意義。王氏的研究，在運用西方文學的新理論與新方法來研究中國古典文學的課題中可以說提供了一個成功的範例。套語理論作為一種批評方法，原本只是為西方古典文學而設計的，它的定義域概念都是以西方語言與韻律傳統為基礎而建立起來的。王氏在引入這一批評方法時，根據中國詩歌的語言特點與韻律傳統，對其進行了大量的修正與擴充，甚至重新規定了套語的定義。實際上，他只是借用了套語理論的思維方式，許多理論見解都是他獨創的。王氏通古希臘文、拉丁文、英文、法文、德文、日文等多種文字，對東西方文學有很深入的了解，因此在《詩經》研究中左右逢源，中外貫通。正如作者自己所說，此書的特點一是注重形式分析，一是注重比較研究。但他所作的比較研究，是為了從一個新的角度去解決東西方文學中的具體難題，以更廣泛的證據去證實套語理論所提出的種種假設，而不是以炫耀自己的博學為目的，也不是以簡單的異同排比與現象羅列為滿足。他所提供的結論至少是新穎的。這就是我們將此書翻譯成中文，並推薦給中國古典文學與比較文學研究者的目的。

當然，套語理論畢竟只是一種注重形式的批評，只能從某一個側面去考察某種文學現象，不可避免地存在局限性。王氏用其研究《詩經》既屬首創，在方法與結論上不可能無懈可擊，尤其是涉及具體篇章中那些歷來有爭議的問題，更不可能解決得天衣無縫。但他畢竟給我們提供了一種全新的方法。

本書作者王靖獻，1940年生於台灣，1963年畢業於台灣東海大學。后赴美留學，於1970年獲得伯克利加州大學文學博士學位。現在西雅圖華盛頓大學執教，任該校亞洲語言文學系中國文學與比較文學教授。本書是他的博士論文，1974年由伯克利加州大學出版社出版。他還是一位詩人，筆名楊牧，譯者孤陋寡聞，目前尚未拜讀過他的創作。我相信，同他的詩歌研究一樣，這位詩人學者的詩歌創作也一定是獨具特色的。

原載四川人民出版社《鐘與鼓》卷首

龐德:中國詩的"發明者"

美國意象派詩人埃茲拉·龐德（Ezra Pound, 1885—1973）的名字，對現代中國讀者來說，並不陌生。他那首令人想起日本俳句的《在地鐵站上》，不僅在英語世界流傳甚廣，在中國也頗有知名度：

幻影一般出現在人群中的這些面孔；
濕漉漉的黑色枝條上開放的花瓣。（杜運燮譯）

據說，龐德曾先後寫過三十行和十五行，都不滿意，幾經刪改，最後才凝聚成這兩句"意象詩"。但是，如果沒有譯者詩外的闡釋發揮，我們中國讀者也許很難體會到其意象的絕妙。唐詩中，比這精彩的意象俯拾即是："雲想衣裳花想容"（李白《清平調》）、"梨花一枝春帶雨"（白居易《長恨歌》）、"人面桃花相映紅"（崔護《游城南莊》）。我不知道唐詩被譯成另一種語言後，是否還能傳達原文中的"神韻"，但龐德這首名詩被譯成漢語後（還有好幾種漢譯文本），味同嚼蠟，卻是不少讀者的共同感覺。好在原文既不艱深，也不晦澀：

    The apparition of these faces in the crowd;
    Petals on a wet, black bough.

"幻影一般出現（apparition）""面孔（faces）""濕漉漉（wet）""黑色枝條（black bough）"等漢譯，就很難產生原文中的韻味和美感。但也真是難為了譯者，我至今也想不出既能達意又能傳神的翻譯，只有感慨：詩果真是不能翻譯的！

但龐德卻以翻譯中國詩蜚聲英語世界。我在美國哈佛訪學時，曾在學校附近的一家書店買了一本《美國名詩 101 首》①，由美國桂冠詩人約瑟夫·布羅茨基創建的"美國詩歌與文學普及學會"編選，類似當年上海古籍出版社推出的《唐詩一百首》《唐宋詞一百首》那樣的普及讀本。龐德的詩入選了兩首，一首即《在地鐵站上》，另一首名 "The River Merchant's Wife: A Letter"。注曰："譯李白中文詩。"就是李白的《長干行》："妾髮初覆額，折花門前劇。郎騎竹馬來，繞床弄青梅……"一首中文譯詩，居然榮膺"美國名詩 101 首"的殊譽，與朗費羅、愛倫·坡、惠特曼、迪金森、弗洛斯特、桑德堡、艾略特這些美國一流詩人的傑作，交相輝映。後來，又見到多種英美詩選本，無論是普及選本也罷，還是 *Norton American Poetry*（《諾頓美國詩選》，諾頓出版公司 1998 年版）、*Understanding Poetry*（《理解詩歌》，Cleanth Brooks & Robert Penn Warren 編著，溫斯頓出版公司 1976 年版）這樣的權威選本也罷，無一例外要選錄龐德這首據說是"錯誤百出"的譯詩。也就是說，李白的《長干行》經過龐德的生花妙筆，已經被美國人毫無愧色地"攘為己有"。這在中外翻譯史上不能不說是一個奇蹟。

更奇的是，這位以翻譯中國詩享譽英語世界的龐德，竟然不諳中文。據肯納爾（Huge Kenner）所著《龐德的詩歌》（*The Poetry of Ezra Pound*，伯克利加州大學出版社 1973 年版）介紹，20 世紀初，龐德讀翟理斯（Herbert A. Giles）所著《中國文學史》，便對中國詩產生了濃厚的興趣，當然他所讀的是"二手貨"。他是憑一種詩人的敏感，體悟到中國詩哪怕是經過翻譯的中國詩的獨特韻味。也許是忍不住技癢，也許是不滿漢學家的拘謹，他居然根據翟理斯的譯文，"重譯"托名漢武帝的《落葉哀蟬曲》和班婕妤的《怨歌行》，並將其收入自己的詩集 *Lustra*。《落葉哀蟬曲》是一首塵封在中國古典詩庫裏的平庸之作："羅袂兮無聲，玉墀兮塵生。虛

---

① 101 *Great American Poems*，多佛出版公司 1998 年版。

房冷而寂寞,落葉依於重扃。望彼美女兮安得,感余心兮未寧。"龐德題名《劉徹》的"譯詩",卻推陳出新,"化腐朽為神奇",將其創造為一首典型的現代"意象詩":

> **Liu Che**
> The rustling of the silk is discontinued,
> Dust drifts over the courtyard,
> There is no sound of footfall, and the leaves
> Scurry into heaps and lie still
> And she the rejoicer of the heart is beneath them:
> A wet leaf that clings to the threshold.

我敢斷定,英美讀者讀這首詩的感覺,絕對比我們讀中文原詩的感覺要美妙得多。班婕妤《怨歌行》是最早的五言詩:"新裂齊紈素,皎潔如霜雪。裁為合歡扇,團團似明月。出入君懷袖,動搖微風發。常恐秋節至,涼風奪炎熱。棄捐篋笥中,恩情中道絕。"以扇之於人喻宮妃之於君王,比喻固然貼切,但語言質樸,殊少餘韻。龐德敏感地抓住了這首詩的"靈魂":

> **Fan-Piece, for Her Imperial Lord**
> O fan of white silk
> Clear as frost on the grass-blade,
> You also are laid aside.

其實,就是原詩的第一和最後一行。如果將詩題《扇,為伊皇而作》(這是"畫龍點睛"之筆)與正文連讀:"啊白絹之扇/皎潔如草上之霜,/你也被拋在一旁。"你就不得不佩服龐德的"詩心"。正是這顆"詩心",以心會心,悟到了中國古典詩人的浪漫之心,在詩集 Lustra 中,龐德以《墓誌銘》(Epitaphs)為題,表達了他對中國詩人的神往:

Fu I

Fu I loved the high cloud and the hill
Alas, he died of alcohol.

Li Po

And Li Po also died drunk
He tried to embrace a moon
In the Yellow River.

这些诗意大概都来自翟理斯《中国文学史》对中国诗人的描述，而不是中国诗中的"意象"。"傅奕眷恋行云与高山，呜呼哀哉死於酒"典出《旧唐书》。据《旧唐书·傅奕传》："奕生平遇患，未尝请医服药。虽究阴阳数术之书，而并不之信。又尝醉卧，蹶然而起曰：'吾其死矣！'因自为墓志曰：'傅奕，青山白云人也，因酒醉死，呜呼哀哉。'其纵达皆此类。"但"李白也是醉死，他欲拥抱黄河中的月亮"却大可商榷。据古代民间传说，李白醉酒，投入长江，拥月仙去。20多年前，我大学实习，曾经在安徽采石矶凭吊"唐诗人李白衣冠冢"，并在碑前留影。面对浩浩长江，不禁神游故国，想见诗仙李白之风流神采。庞德将"长江"改为"黄河"，是不知还是明知故犯，以达到色彩对应的诗意效果（月亮在黄色的河中），文献语焉不详，但我凭直觉断定，他是"明知故犯"。the Yangtze River（扬子江）在英语中与 the Yellow River（黄河）给读者带来的色彩感觉与联想，可大不相同。也许正是这种对中国诗人的"心领神会"，引起了一位美国汉学家遗孀的注意。

据佩尔金斯（David Perkins）所著《现代诗史》（*A History of Modern Poetry*，哈佛大学出版社1976年版）介绍，1912年，庞德与玛丽·费诺罗沙（Mary Fenollosa）相识。这位夫人的亡夫厄内斯特·费诺罗沙（Ernest Fenollosa, 1853—1908），语言学家，生於美国马萨诸塞州，後来前往日本研究中国、日本的古典艺术和诗歌，不幸病故，留下17本研究笔记和其他手稿。费诺罗沙的遗孀是有心之人，她要完成亡夫遗愿，将亡夫一生的心血變為不朽的"詩碑"。她在滿世界尋找一位能解讀亡夫遺稿並將其譯為英文的人。當她讀到龐德的詩集 Lustra，振奮不已："欲繼亡夫未竟事業，舍伊其誰耶？"真個是"眾裏尋他千百度，驀然回首，那人卻在燈火闌珊處！"龐德讀罷費諾羅沙的遺稿，一見傾心，相遇恨晚。費諾羅沙說："漢字乃繪畫之速寫，一行中國詩就是一行速寫畫。"又說："一個漢字就是一個意象（a image），一首詩就是一連串意象（a succesion of images）。"志在創新且素有慧根的詩人龐德真如醍醐灌頂，茅塞頓開。他後來回憶說："例如'明'這個漢字的意象，日月為明，意味著光照的全過程：光的輻射、吸收與反射；因此，'明'有聰明、明亮、光明、照耀之意。"（Confucian Terminology，1945）1913—1914年的冬天，壓根兒不懂漢語的美國詩人龐德，憑藉他僅有的中國印象以及詩人之心，鑽研費諾羅沙的遺稿，反覆領會，加上詩人的想象，於是就有了轟動一時、開創美國一代詩風的《神州集》（Cathay，1915）。

《神州集》並非標準的翻譯，與嚴復主張的"信達雅"何啻千里。說句實話，如果按照通行的標準看，龐德的這部《神州集》真可謂"野狐禪"。龐德不諳漢語，更不諳中國文化的語境和背景。旅美華裔學者葉維廉（Wan-Lim Yip）在其《龐德的〈神州集〉》（Pound's Cathay）一書中，曾逐字逐句指出龐德的誤譯。例如李白《送孟浩然之廣陵》："故人西辭黃鶴樓，煙花三月下揚州……"龐德譯為：

Ko-Jin goes west from Ko-keku-to,

The smoke-flowers are blurred over the river.

His lone sail blots the far sky,

And now I see only the river,

The Long Kiang, reaching heaven.

將"故人"誤譯為人名，"黃鶴樓"音譯（日文讀音）為地名，不知是費諾羅沙遺稿就已如此呢，還是龐德故弄玄虛，以造成一種"陌生化"的效果？難道"黃鶴"這一中國詩歌的經典意象在英語中還不如一個拗口的異國地名令人浮想聯翩？時間（三月）、地點（揚州）都給漏譯了，全詩中突出的意象是"長江"，連詩題也給改為"Separation on the River Kiang"（《江上送別》）。諸如此類的誤譯和漏譯，並非完全因為龐德不諳漢語，常常是有意為之。如李白《長干行》原詩中"常存抱柱信，豈上望夫臺"，運用了兩個典故：一是尾生守約而喪生的故事（見《莊子·盜跖》），一是思婦盼夫歸來望穿秋眼的傳說。這樣的典故，不但龐德不懂，普通中國讀者也不一定全懂（尤其第一句）。龐德就採取了"通融"的政策，意譯為：

Forever and forever and forever
Why should I clime the look out?

"尾生"沒有了，"望夫臺"也沒有了。但保留這樣的典故，卻可能會給英語世界的讀者造成理解上的障礙，如王國維《人間詞話》所說的"隔"。要讓其"不隔"，最好就是將這類典故省去。龐德翻譯中國詩，如像我們的箋注家那樣講究"無一字無來處"，字斟句酌，原文照譯，可讀性和審美性就會大大降低，《神州集》也就不可能在英語世界的讀者中掀起一陣"漢詩熱"。

不過，龐德的《神州集》不是嚴格意義上的翻譯，甚至也不是通常意義上的改寫，他是在用英語的詩歌語言表現"中國詩"的"神韻"，是一種"發明"或創造。諾貝爾獎得主 T. S. 艾略特在其選編的《龐德詩選》的序言中就說：

說到《神州集》，我們必須指出：龐德是我們這個時代的中國詩的發明者……竊以為，龐德的翻譯比理雅各（James Legge）這類漢學家的翻譯更能使我們深刻領悟到中國詩的真精神。我曾預言，三百年之後，龐德的《神州集》將成為所謂"溫莎翻譯（Windsor Translation）"，正如恰普曼（Chapman）之荷馬、諾斯（North）之普魯塔克（Plutarch）今日成為"都鐸翻譯（Tudor Translation）"一樣，將被視為"二十世紀詩歌的傑作",而非某種"譯詩"。一代自有一代之翻譯。質言之,我們今日所知道的中國詩,不過是龐德發明出來的某種東西。我們與其說有一種自在的中國詩(a Chinese poetry-in-itself),等待著某位舉世無雙的理想的翻譯家去發現,毋寧說龐德以其傳神的翻譯豐富了現代英語詩歌的寶庫。①

艾略特當日所言,正是今日美國學者的共識,難怪他們不約而同地要把李白的《長干行》選入各種版本的"美國詩選"中。

龐德的足跡從未踏上過神州大地。他對這個東方文明古國以及在這片土地上產生的中國詩與中國文化,始終有一種距離感和神秘感。他卷帙浩繁的《詩章》(Cantos)中,有描寫中國的篇章(如第十三章),還不時引用儒家格言和中國古詩,甚至將《擊壤歌》原文"日出而作,日入而息。鑿井而飲,耕田而食"與"禮""樂""仁""愛"等漢字穿插其間。對中國詩和中國文化如此一往情深,歐美詩人中還沒有第二個。

原載《讀書》2001 年第 10 期

---

① Ezra Pound: *Selected Poems*,費貝爾圖書有限公司 1948 年版。

後　記

　　我們這代"50後"生長在動亂年代,兒童遭遇飢荒,少年遭遇"文革",小學中學都是混畢業的。我在同年級算好學者,所謂好學,無非是課外多讀了一些被官方列為禁書的中外文學名著。高中畢業後到農村插隊,白天出工,晚上在農家土屋搖曳的煤油燈下,如饑似渴閱讀從各種渠道得到的文史哲書籍,似懂非懂。但這些漫無邊際沒有功利目的的閱讀,不僅讓我空虛的心靈有所寄託,在黑暗時代嚮往著自由與光明,也培養了我對人文學科濃厚的興趣。但1977年恢復高考,我卻突然對文科感到厭倦,選擇了理工科。進入大學後到工廠實習,發現自己對工程技術人員的生活毫無興趣。這才意識到選擇專業就是選擇一種生活方式,乃至選擇一種人生。大學畢業前,在系總支書記陳老師與同學的鼓勵下,跨專業報考古代文學研究生,成為一名從事古代文學教學與研究的高校教師。

　　毋庸諱言,在現代社會,古代文學是很邊緣很冷門的學科,很多朋友曾對我的選擇不理解,我卻樂在其中。即使在高校教師很清貧的20世紀80—90年代,也沒後悔這種選擇,因為我在"子曰詩云之乎者也"中找到了自己喜歡的生活方式。讀書教書,與古人為友,在這個浮華喧囂的時代,怡然自得,盡可能保持著精神的自由與內心的寧靜。

　　本集所收論文,或"學報體",或"《讀書》體",短則三四千言,長則萬餘言,故名《短長集》。論題從秦漢到明清,不是我精力充沛興趣廣泛,主要是因為教學工作的需要。我在碩士、博士生階段的研究課題是漢宋經學與秦漢儒學,博士畢業後到四川大學中文系任教,系上分配給我的工作卻是講授明清文學。好在碩士生階段,諸老先生繼承"蜀學"傳統,學位課程以專書導讀為主,從《毛詩》《莊子集釋》《史記》《文選》到《元曲選》《古文辭類纂》等,獲益匪淺。當年的學風與現在恰好相反,導師再三強調的是多讀書,讀好書,而不是發表論文。自知半路出家,才疏學淺,所以無論寒暑,甚至周末看壩壩電影,都手不釋卷。沒有明確的功利目的,而是為充實自己,為對得起讀書人這個稱號而已。因有這樣苦讀泛讀的笨功夫,所以能很快適應新的教學任務,並受到學生的歡迎。

光陰荏苒,不覺老之已至。當年棄工學文,無所謂雄心壯志,不過是服從內心的呼喚,選擇自己喜歡的生活方式。自我期許,平常人平常心,如朱熹《大學章句序》所云"知其性分之所固有,盡其職分之所當為",做一個稱職的高校教師而已。近 30 年所撰寫論文,努力表達自己對傳統文化與文學的認識與理解,雖然不乏新意有所創獲,卻不敢自詡對學術有多大新貢獻。有些當年算是大膽新穎的觀點,今日看來難免幼稚可笑。敝帚自珍,姑仍其舊,以見時代變化之跡。博士生趙寶靖同學不辭辛勞為我搜集整理這些舊文,謹致謝忱。

謝　謙
2015 年 2 月 22 日於四川大學江安花園